김명호 에세이

따뜻한 반란

이 도서의 국립중앙도서관 출판시도서목록(CIP)은 e-CIP홈페이지(http://www.nl.go.kr/ecip)에서
이용하실 수 있습니다. (CIP제어번호: 2010000074)

김명호 에세이

따뜻한 반란

한울

읽고 쓰는 일이 직업이었습니다. 그런데도 글쓰기가 이렇게 어려운지 미처 몰랐습니다. 신문이나 잡지에서 흥미 있게 잘 써내려간 글을 읽을 때엔 정말이지 무척 부러웠습니다. 어떤 때엔 열등감에 빠지기도 했고 또 어떤 때엔 너무도 존경스러워 '어쩌면 이렇게 잘 쓸 수 있을까?' 감탄하며 글쓴이의 사진을 한참 들여다본 적도 있었습니다. 제게는 이 에세이집 한 권이 학위논문을 쓰는 것보다도 더 힘든 일이었습니다.

저는 아버지의 얼굴을 모르고 자랐습니다. 선친께서는 제가 태어난 지 꼭 2년 한 달이 되던 날, 서른세 살의 일기로 저세상으로 가셨습니다. 한 살이 아래이신 어머니께서는 서른둘의 꽃다운 나이에 사남매를 안고 거친 세상에 내팽개쳐졌습니다. 너무도 어려운 시절이었습니다. 농촌에서 전답 없이 살아간다는 것, 그것은 정말 서럽고 처절한 일이었습니다. 저는 막내인 데다 너무 어려서 그 고통을 다는 모르고 자랐지만 세 살 위의 형님이나 다섯 살, 열한 살 위의 누님들은 어머니의 그 피나는 삶의 절규를 늘 함께했습니다.

어머니께서는 독실한 보살이셨습니다. 얼마나 믿음이 깊으신지 매일같이 새벽 세 시에 일어나셔서 꼬박 세 시간 동안 '반야심경(般若心經)'과 '천수심경(天授心經)'을 바치고, 먼저 가신 아버님과 저희 사 남매를 위한 간절한 기도를 드린 연후에야 일과를 시작하셨습니다. 지금은 저희 내외가 십수 년을 졸라댄 끝에 천주교 신자가 되셨지만 그때나 지금이나 기도의 대상만 바뀌었을 뿐 독실한 신앙생활에는 변함이 없습니다.

큰 누님은 이런 어머니를 '등대지기'에 비유하곤 했습니다. 큰 누님에게 이 노래는 평생의 애창곡이 되었습니다. 어린 나이에 벌써 선친을 대신하여 어머니를 도와 살림을 꾸렸던 까닭에 어머니의 그 고통스러운 삶을 너무도 뼈저리게 헤아리셨겠지요.

제게는 또 한 분의 보살이신 둘째 누님과 아버지 같은 형님이 있습니다. 이 두 분을 생각하면 저는 언제 어디서건 금방이라도 눈물이 고입니다. 이분들은 당신들에게 돌아가야 할 모든 기회를 막내인 제게 양보하고 평생을 어렵고 힘든 길로만 우회하셨습니다. 성장기에 국한된 이야기가 아닙니다. 쉰 살을 바라보는 지금까지도 저는 그분들의 희생 위에 서 있습니다. 참 나쁜 사람이지요.

저는 지금 외도를 하고 있습니다. 20여 년 동안 학문의 길을 가다가 어느 날 갑자기 대학을 떠나 현실정치판으로 뛰어들어 야인 생활을 시작한 지 만 12년이 지났습니다. 아마도 주제넘게 과욕을 부리는 것 같습니다. 꼬박 12년 동안 정치학을 공부해서 서른두 살 이른 나이에 박사학위를 받았지만 도무지 성에 차지 않았습니다. 뭔가가 결핍되었다는 생각을 떨쳐버릴 수 없었습니다. 무엇보다도 소련정치를 전공했으면서도 그 나라에 한 번도 가보지 못했다는 것을 스스로 용납할 수 없었습니다.

1981년 봄이었습니다. 학부 시절 어느 선생님의 영향으로 문득 북방을 동경하게 되었습니다. 시베리아의 찬 공기를 흠뻑 들이마시고 싶었습니다. 막연한 기대였습니다만, 십여 넌쯤 지나면 소련과도 국교가 정상화될 것이라 생각했고 또 그래야만 우리의 민족문제도 해결할 수 있을 것이라 생각했습니다. 그뿐 아니라 광활한 시베리아는 우리 민족 앞에 놓인 거대한 파이라고 느꼈습니다. 그때가 되면 모스크바에 발을 딛는 최초의 한국인이 되겠다는 꿈을 키웠습니다. 영화 <닥터 지바고(Doctor Zhivago)>(1965)를 몇 번이고 되풀이해서 보았고 소련과 관련된 책이나 논문, 문학, 신문기사, 심지어 지도나 화보가지도 구할 수 있는 자료는 죄다 수집해 읽었습니다.

예견이 빗나갔습니다. 한창 학위논문을 쓰고 있던 1990년 9월 30일, 저의 예상보다 훨씬 빨리 한·소 수교가 이루어졌습니다. 이로써

'모스크바에 발을 딛는 최초의 한국인'이 되고자 했던 꿈은 날아가 버렸습니다. 몸은 서재에 있었지만 마음은 이미 블라디보스토크에서 시베리아를 지나 모스크바, 키예프, 상트페테르부르크, 발트 해를 왕래하고 있었습니다. 몇 번이고 그만두고 유학을 가려 했으나 좀처럼 여건이 허락되지 않았습니다. 이미 떠 있는 마음을 간신히 억눌러 십 년 공부를 마치고 박사학위를 받았지만 여전히 개운치가 않았습니다.

졸업한 지 한 달도 채 안된 1992년 3월 21일에 모스크바로 떠났습니다. 고향의 성희여자고등학교에서 음악교사로 재직 중이던 아내를 종용하여 사표를 내게 하고는 모험을 시작했습니다. 그때 아내는 첫 아이를 가진 지 석 달째였고 모스크바는 이제 막 공산당체제가 무너진 지 석 달째가 되던 극도로 혼란한 시기였습니다. 모스크바에 도착한 지 일곱 달 만에 씩씩하고 총명한, 특히 러시아어 발음이 탁월했던 큰 딸을 얻었습니다. 아내는 새로이 성악과 음악학을 공부했고 저는 '북한 체제 변화와 민족 재통합 전망'이라는 주제로 독토르(정박사)학위에 도전했습니다. 꼬박 5년이 걸렸습니다. 아내는 예술학 박사학위를 취득했고 저는 정치학 독토르학위를 받았습니다.

논문이 통과된 지 사흘째 되던 날인 1997년 3월 2일, 귀국길에 올랐습니다. 서울이 아닌 고향 안동으로 직행했습니다. 정치를 하고 싶었습니다. 모스크바에서의 마지막 사흘 동안 저는 엉뚱하게도 국회

진출 7개년 계획을 세웠습니다. 시베리아 상공에서만 무려 여덟 시간이나 날고 있는 비행기 안에서 재차 다짐했습니다. '그래, 시베리아야. 이곳이야말로 반도에 제한된 우리 민족이 뻗어나갈 약속의 땅이야. 이제 입법부에도 러시아를 아는 전문가가 필요해.'

서울에 계신 스승님께서는 하더라도 방법을 달리하라고 충고하셨습니다. 처음엔 정계 입문 자체를 강하게 만류하던 스승이셨지만 못난 제자의 고집불통에 서울에서 대학교수로 일하면서 적절한 기회를 보는 것이 현실적이라고 말씀하셨습니다. 전북 정읍의 산골마을이 고향인 스승님께서는 농촌지역에서 지역사회 활동으로 정계에 진출한다는 것이 얼마나 어려운 일인지를 너무도 잘 아셨던 것 같습니다. 아둔한 저는 스승님의 가르침을 저버린 채 고향으로 뛰어들었습니다.

친구들과 선배님들께 조언을 구했습니다. 용기와 지혜를 얻고 싶었습니다. 하지만 그분들은 한결같이 "왜 하필 그 어려운 길을 가려 하느냐?"고 걱정했습니다. 이른바 '정치판'에서 살아남으려면 '정치 9단'까지는 아니더라도 최소한 아마추어 수준은 넘어야 한다는 것이 그분들의 생각이었습니다.

저 또한 백면서생(白面書生)이 살벌한 선거판에서 살아남을 수 있을지 고민하지 않은 것은 아닙니다. 그러나 저는 두렵지 않았습니다. 종자돈 800만 원으로 언 땅 모스크바에서 5년을 살아남았으니까요.

'다른 곳도 아닌 고향에서 사람을 섬기는 일인데 그것이 무에 어렵겠는가' 하고 생각한 것입니다. 비록 아마추어였지만 나름대로 경험도 있었습니다. 초등학교 시절부터 줄곧 선거를 치르며 성장했습니다. 반장 선거, 어린이회장 선거, 학생회장 선거, 대학 총학생회장 선거, 심지어 학위논문을 쓰던 중에도 대학원 총학생회장 선거에 출마했을 정도이니 이미 조금은 중증이었던 셈이지요.

고향에서의 첫해는 무척 바빴습니다. 우선은 아내의 국내 음악계 데뷔가 급했습니다. 서울 예술의전당에서 대구와 고향 안동을 거쳐 제주도에 이르는 순회콘서트를 치르고, 이 대학 저 대학에 강의를 얻느라 1년을 보냈습니다. 다음 해엔 17년이나 비웠던 고향에 자신을 알리는 일이 급했습니다. 민방위교육 강사를 자원하여 청년들을 만났습니다. 부족한 처지였지만 생각을 나눈다는 뜻에서 초중고 어머니회와 노인대학에도 특강을 다녔습니다. 오라는 데는 없어도 가야 할 곳은 많았습니다. 그렇게 해서 만난 사람이 3만여 명이었습니다.

제16대 총선을 꼭 1년 앞둔 1999년 4월 13일 새벽에 목욕재계를 하고 기도했습니다. 지역과 나라를 위해 건실하고 유용한 도구가 되게 해달라고 기도했습니다. 그러나 '제 뜻대로가 아닌 당신 뜻대로' 되게 해주십사 간구했습니다. 그리고는 맨 먼저 부정한 방법으로는 단돈 1원도 쓰지 않겠다는 선언부터 했습니다. 꼬박 1년을 숨 막히게 뛰었습니다. 당선이 목표가 아니었습니다. 시종일관된 모습을 견지

따뜻한 반란

하려 애썼고 무엇보다도 구태 정치와 후진적인 선거 풍토를 거스르는 데 밀알이 되려 했습니다.

2000년 4월 13일 밤, 목표했던 표의 절반을 얻었습니다. 그러나 감사했습니다. 기성의 정치거물들 틈에서 처녀 출전한 무명인 저에게 뭘 보시고 7,400여 시민께서 마음을 던져주셨는지요. 이튿날 저는 하루 온종일을 집안에서 누운 채로 뒹굴었습니다. 당선자가 모든 스포트라이트를 독점하도록 죽은 듯이 하루를 지냈습니다. 그 다음 날부터 다시 뛰었습니다. 1년을 꼬박 낙선 인사를 다녔습니다. 사람들이 물었습니다. "무슨 낙선 인사를 1년 내내 하느냐?" 저는 대답했습니다. "준비를 1년 했으니 감사 인사도 1년은 하는 게 마땅하지 않겠습니까?"

이듬해 1년간 낙선 인사가 끝났지만 저는 거기서 멈출 수 없었습니다. 진짜 목표인 2004년 4월 제17대 총선이 보였기 때문입니다. 그리고 광활한 시베리아가 저를 부르고 있었기 때문입니다.

하지만 2004년 4월이 제게는 너무 잔인한 달이었습니다. 고향에서 최초로 오페라를 공연한 아내를 도운 것이 화근이 될 줄은 꿈에도 생각지 못했습니다. 언론사에 보도자료와 함께 건넸던 1만 원이 표기된 초대권 60장이 문제가 되었습니다.

불출마를 선언했습니다. 깨끗한 정치라야 나라가 산다고 대학생들에게 입버릇처럼 강조해온 자신이 스스로 선거법위반자가 되었다는 사실이 견디기 어려웠습니다.

재판을 받았습니다. 징역 1년을 구형받았습니다. 부족한 저를 위해 지역의 어르신들이 재판부에 탄원을 해주셨고 5,000여 시민이 탄원서에 서명을 해주셨습니다. 징역 8월에 선고유예를 받았습니다. 법정을 나서는데 자신도 모르게 뜨거운 눈물이 흘러내렸습니다.

여기에 담긴 이야기들은 말 그대로 잡동사니입니다. 그렇다고 독창적인 이야기도 아닙니다. 글이야 물론 제가 썼습니다만 적지 않은 부분이 스승님들의 강의노트에서 얻은 영감을 소재로 했고, 주변에서 주워들은 이야기를 다듬은 것들도 있습니다. 그리고 뒤늦게 시작된 신앙생활이지만 지난 삶을 새롭게 돌아볼 수 있는 은총을 받은 것이 자양분이었습니다.

비록 부족하지만 이 글들에는 하나의 논지가 있습니다. 그동안 정치학을 공부하면서 느낀바 가장 중요하다고 생각해온 '시민문화(civic culture)' 개념이 깔려 있습니다. 법과 제도의 중요성을 간과하거나 경시하는 것은 아니지만 사회 발전은 문화 수준과 더불어 성숙한다고 저는 믿고 있습니다. 그리고 그 근저에는 신앙적인 믿음이 전제되어야 한다고 생각하고 있습니다.

선뜻 내놓기 부끄러운 이 책이 세상에 나오는 데는 적지 않은 분들의 도움이 있었습니다. 우선 49년을 한결같이 좌충우돌하며 살고 있는 부족한 아들을 여든둘의 관세음보살과도 같은 어머니께서 지켜주셨습니다. 장차 제가 무슨 일을 하건 살아 있는 마지막 날까지 저를 움직이는 원동력은 변함없이 어머니일 것입니다.

그리고 부족한 제게 학문과 삶의 지혜를 깨우쳐 주신 김갑철 교수님을 비롯한 저의 영원한 스승님들을 기억합니다. 부족하나마 제가 사람 구실을 하고 있다면 바로 그분들의 가르침 덕분일 것입니다. 또한 초등학생 시절 어린 제게 처음으로 사회관을 심어주신 장태수 선생님과 촌뜨기 어린애에게 평생의 자양분이 될 음악을 알게 해주신 박대룡 선생님 역시 영원한 스승이십니다. 존경과 감사의 마음을 기록하고 싶습니다.

그리고 글을 쓰도록 기회를 주신 분이 있습니다. 2000년 4월 총선 이후 낙선 인사를 다니고 있던 미련한 저에게 일주일에 한 편씩 꼬박꼬박 생각을 가다듬을 수 있도록 지면을 비워두고 원고를 재촉해준 시인이신 조승엽 선생님이 베풀어주신 호의도 정성껏 기록하고 싶습니다.

비록 잡감이지만 매주 원고 마감 전에 자기 일을 제쳐놓고 감수를 해준 사랑하는 아내 조옥희 마르티나의 정성을 오래 기억하고 싶습니다. 어느덧 고등학생과 초등 고학년생이 되었지만 글을 쓰던 당시엔 아홉 살, 세 살이었던 귀여운 딸들의 도움도 컸습니다. 사려가 깊

모놀로그

고 순수한 예비숙녀로 자라준 큰딸 김강산 엘리사벳과 컴퓨터 앞에 앉은 아빠가 심심하지 않도록 끊임없이 훼방을 놓아주던 둘째 딸 김강석 프란체스카에게, 못난 아빠의 따뜻한 사랑을 여기에 남기고 싶습니다.

아무리 생각해봐도 이 책은 부족합니다. 이미 6년 전에 출판계약을 하고서도 부끄러운 생각에 마음이 무거워 좀 더 손질하리라 미뤄왔지만 나아진 것도 없이 시간만 허비했습니다. 두렵지만 매를 맞아야 다듬어진다는 생각에서 무모하게 볕에 내놓습니다. 많은 질정과 가르침을 주십시오.

2010년 1월

김명호

차례

따뜻한 반란

제3부 가만있으면 중간도 못 갑니다

문화 수준과 사람의 값

　아내와 저는 모스크바에서 첫딸을 얻었습니다. 그로써 저희 부부는 다시 태어나듯 큰 교훈을 얻었습니다. 서른한 살이었던 아내는 열 달을 채울 때까지 말로는 다 못할 고초를 겪었습니다.

　한창 입덧이 심하던 임신 3개월째에 낯선 땅에 도착한 아내에게 입에 맞는 음식이라고는 박스로 가져간 라면뿐이었습니다. 어쩌다 거리에 딸기라도 나오면 상자째로 사서 며칠 동안 걸신들린 듯이 먹었지만 그것도 날이면 날마다 있는 것이 아니었으므로 끼니를 거를 때가 더 많았던 것 같습니다.

　막상 분만일이 다가오자 덜컥 겁이 났습니다. 러시아의 의료 시스템은 좀 특이했습니다. 임신 중에는 부인과병원에서 정기적으로 검진을 받다가 해산일이 다가오면 분만병원에 연락해야 합니다. 해산 진통이 시작될라 치면 분만병원에 전화를 하는데, 모스크바 어느 지역에서건 늦어도 10분 이내에 간호사가 동승한 앰뷸런스가 집 앞에 당도합니다. 임산부와 남편이 함께 앰뷸런스를 타고 분만병원으로 가는데, 이때 남편은 아내가 병원에서 신을 슬리퍼 한 켤레만 준비하면 됩니다.

병원에 도착하면 남편은 안으로 들어갈 수가 없고 현관 밖에서 초조하게 기다리다 아내가 벗어 내놓은 옷가지를 들고 집에 돌아가 기다려야 합니다. 그러다 아기가 탄생했다는 연락을 받으면 꽃을 사 들고 병원으로 달려가 마당에서 병실을 향해 "타냐!", "레나!", 소냐!" 하고 고함쳐 부릅니다. 남편의 목소리를 들은 산모들은 저마다 창문을 열고 손을 흔들어대다가 노끈 같은 것을 내려보냅니다. 남편들은 거기에 꽃다발을 묶어 올려보내고는 서로 손가락으로 원거리 키스를 연발하며 잠시 정을 나누다가 다시 헤어져야 합니다. 안타깝지만 퇴원할 때까지 그들은 만날 수가 없습니다.

저는 도저히 그 짓을 할 엄두가 나지 않았습니다. 임신 기간 대부분을 물배만 채운 아내인 데다 서른이 넘은 노산(老産)에다 초산인지라 걱정이 많았습니다. 그리고 당시만 해도 아내는 러시아어가 그다지 능숙하지 못했습니다. 혹시라도 뭔가를 선택해야 할 운명에 처하게 될지도 모르는데, 만일 아내가 고통 속에 아무 때나 덜컥 "예!" 하고 대답해버리면 큰일일 것 같았습니다. 그런 걱정 때문에 비록 돈이 좀 들었지만 남편이 입회하여 분만에 동참하는 유럽식을 요구했습니다.

　제 아이가 태어나기 직전에 분만실에서는 예쁜 러시아인 아기가 갓 태어나 작은 침대에 실려 나가고 있었습니다. 새하얀 얼굴에 파란 눈과 환상적인 쌍꺼풀, 곱게 빗어 넘긴 갈색 머리에 또렷한 이목구비……, 흔히 우리는 "인형처럼 예쁘다"라고 표현하지만 저는 아직까지 그 어떤 인형도 그 아이보다 더 예쁜 것을 보지 못했습니다. 저도 그런 예쁜 아기를 얻는다고 생각하자 하루를 꼬박 굶으며 열두 시간씩 아내의 골반마사지를 하느라 쌓였던 피로가 한순간에 싹 가시었습니다.

　그런데 이게 웬일입니까? 분만대에서만 삼십 분이 넘게 사투를 벌인 끝에 받아낸 제 아이는 조금 전에 보았던 그 예쁜 아이와는 전혀 딴판이었습니다. 한 스무 배쯤은 못생겼더군요. 쌍꺼풀은커녕 눈, 코, 입이 제대로 붙었는지 걱정스러울 정도로 이상하게 생긴 여자아이가 태어나는 순간 저는 무엇보다도 먼저 부끄럽다는 생각이 들었습니다. 한참 뒤에야 비로소 저는 제 얼굴과 그들의 얼굴을 비교할 수 있었고 잘못을 뉘우칠 수 있었습니다. 부족한 제게 새 생명체를 주심과 산모와 아기가 다 건강하다는 사실에 감사기도를 바칠 수 있었습니다.

　그런데 이건 또 웬일입니까? 분만실에 있던 예닐곱 명의 의료진들이 동시에 탄성을 질러대는 것이었습니다. "너무 예쁘다!"라는 것입니다. 저는 '이놈들이 누굴 놀리나?' 하는 생각에 기분이 나빠졌습니다. 그런데도 이들은 계속하여 "너무 예쁘다"라고 난리를 치는 것이었습니다. 저는 오직 한시바삐 분만실을 벗어나고 싶은 마음뿐이었습니다.

러시아인 특유의 느릿느릿한 동작으로 한참 동안 아기를 씻기고 닦고 동동 싸매면서도 계속 "너무 예쁘다!"라고 감탄사를 연발하더니 이윽고 아기를 제 품에 건넸습니다. '이제야 해방되는구나!' 하고 안도하는데 분만실 밖 복도에 아내의 침대를 멈추고 고정하더니 건너편에 의자를 내주면서 저더러 아기를 안은 채 침대를 마주 보고 잠깐 앉아 있으라는 것입니다. 복도를 부산히 지나다니는 의료진마다 제 아이를 들여다보고는 예의 "너무 예쁘다"는 탄성을 질렀습니다. 분만실 안에서보다 더 불쾌했습니다.

처음엔 건네줄 소지품이 더 남았거나 아니면 입원실 준비가 늦어져서 잠시 대기하는 줄로 생각했지만 십 분이 다 되어도 아무런 말이 없었습니다. 위생상으로도 별로 좋지 않을 것 같았고 지나는 의료진마다 들여다보며 "너무 예쁘다"고 한 마디씩 입을 대는 것이 짜증스러워서 저는 "왜 꼭 이래야 되느냐?"라고 따지듯 물었습니다.

"세상 밖으로 갓 태어난 아기는 모든 것이 낯설어 두려움을 느끼지요. 산모입원실과 영아실로 헤어지기 전에 잠시나마 아빠 품에 안겨 엄마와 함께 있으면 아기에게 따뜻한 부정(父情)이 전달되고 정서

적으로 안정되기 때문입니다."

할 말이 없었습니다. "얼마나 더 있어야 하느냐?"고 체념하듯 물었더니 20분 동안 꼭 안고 있으라는 것이었습니다. 그동안 수십 명의 의료진이 지나다녔고 한 명도 예외 없이 제 아이를 들여다보며 한마디씩 입을 댔지만 꾹 참았습니다.

아이가 자라면서 유모차를 타고 거리에 나가거나 좀 더 커서 지하철을 탈 때에도 이들은 저마다 몰려와서 아이를 들여다보며 예쁘다고 뽀뽀를 하고 난리를 쳤습니다. 역시 "너무 예쁘다"는 것입니다. 그들의 칭찬이 절대로 진심이 아닐 것이라고 확신했던 저는 '그래 이놈들아, 실컷 놀려라!' 하면서 인상을 찌푸리고 다녔습니다.

아주 나중에서야 알았지만, 이들은 제 아이가 정말 미적으로 예쁘다기보다는 어린 생명체, 인간 그 자체를 진심으로 아름답게 느꼈던 것입니다. 그 사실을 깨닫자 진짜로 부끄러워졌습니다. 그들은 열 배나 더 예쁜 자기 아이를 품에 안고서도 지나가는 남의 못생긴 아이를 보고 "예쁘다"라고 탄성을 지르고 뽀뽀를 했던 것입니다.

그 시절의 추억을 떠올릴 때마다 저는 우리 사회의 모습을 비교하게 되어 마음이 무거웠습니다. 우리는 남의 아이보다 열 배나 못생겨도 제 아이가 더 예쁘고, 아니 억지로라도 그렇게 믿고 싶어 안달하지 않습니까? 고슴도치 이야기는 바로 그래서 나온 말이겠지요. 남의 아이가 아무리 착한 짓을 해도 내 아이가 그렇지 못하면 부러울지언정 기쁘지는 않습니다. 내 아이보다 공부를 잘해도 언짢고, 그림을 잘 그려도, 피아노를 잘 쳐도, 인사를 잘한다는 칭찬을 들어도 내 아이가 그렇지 못하면 이내 기분이 엉망이 되어버리는 사회가 아닌지요?

이래서는 우리 아이들이 가슴이 따뜻한 사람으로 성장하기 어려울 것 같습니다. 제 자식만 전부인 사회가 계속된다면 우리 아이들은 집 밖에서는 늘 주눅이 들 수밖에 없을 것입니다. 항상 자기 집 대문 앞에서만 50점을 미리 따고 들어가 기를 펼 수 있는 사회, 내 아이에게만 맛있는 음식을 먹이고 싶고 내 아이만 멋진 옷을 입혀 돋보이게 하고 싶은 사회, 이래서는 문화선진국이 되기 어렵다고 생각합니다. 사람의 값이 이렇게 편협하게 대접받아서는 그 공동체가 인간화되기 어려울 것입니다.

사람의 값, 즉 인간성(humanity)이 제대로 평가되는 것은 바로 문화 수준에서 비롯된다고 생각합니다. 다른 사람의 존재를 인정하고 인격을 존중하며 그들과 함께하려는 마음이 전제되어 있지 않은 사회에서는 제대로 된 문화가 꽃피기 어렵다고 생각합니다. 이런 사회에서는 민주주의도 평등도 제대로 된 자유도 권리도 뿌리내리기 어려울 것이라고 생각합니다.

이제부터라도 우리의 마음 문을 좀 더 크게 열면 어떨까요? 우선은 귀찮고 장사가 안돼 기분이 엉망일지라도 주변에 낯선 어린아이가 지나가면 억지로라도 그에게 미소를 지어주고 머리를 쓰다듬으며 칭찬과 격려를 해주면 좋겠습니다. 그러면 그 아이는 이 세상을 좀 더 아름다운 눈으로 바라보게 될 것이고, 사기충천하여 더욱 올바른 사람으로 성장하지 않겠습니까? 내 아이가 나보다도 오히려 남들에게 깊은 관심을 받게 될 때, 그것은 아마 나 혼자서 주는 열배 스무배의 관심과 사랑보다도 더 큰 고무가 되지 않겠습니까? 이제 우리도 이렇게 사랑이 넘치는 세상을 한번 만들어보면 좋겠습니다.

딸아이의 러시아인 주치의

　　딸아이 이름은 김강산(金剛山)이라고 지었습니다. 모스크바로 향하던 기내에서 지은 이름으로, 태아 감별은 하지 않았지만 의당 사내아이일 것으로 기대하고 지었습니다. 그때까지도 저는 첫딸을 낳고 실망하는 친구들이나 '첫딸은 살림밑천'이라고 애써 위안하는 사람들을 한심하게 생각했고, 사내아이를 둘이나 얻었다고 뿌듯해하는 친구 또한 우습게 생각했습니다.

　　모스크바에 도착한 후 산부인과를 찾아 초음파 검진을 받았습니다. 담당 여의사는 아주 능숙하고 편안하게 설명해주었습니다.

　　"자, 한번 볼까요. 오, 심장이 아주 건강하군요. 박동소리가 아주 힘차죠? 예쁜 딸이 나오겠어요. …… 팔, 다리, 손가락 다섯 개, 발가락도 다섯 개, …… 아주 좋아요."

　　사실 저는 예쁜 딸이 나오겠다는 그다음 말은 귀에 들어오지도 않

따뜻한 반란

았습니다. 저의 첫 계획부터 차질을 빚었기 때문입니다. 저는 늘 '아들 - 딸 - 아들 - 딸 - 아들', 3남 2녀를 가지겠다고 떠들고 다녔거든요. 갑자기 어머니 얼굴이 떠올랐습니다. 틀림없이 손자를 낳아드리겠다고 큰소리치던 아들을 대견한 듯 바라보시던 어머니였습니다. 그리고는 아들만 둘을 나란히 낳고 큰소리를 뻥뻥 치며 으스대던 친구 녀석의 당당한 얼굴이 지나가더니, 첫아들 낳는 비법을 전수받는 대가로 생맥주 3,000cc를 상납하게 했던 선배의 능글맞은 얼굴에서 멈췄습니다.

선배의 얼굴에서 재빨리 기억을 더듬은 다음 저는 보무도 당당하게 절대로 그럴 리가 없으니 그 부분을 다시 제대로 잘 살펴보라고 의사를 재촉했습니다. 처음엔 의아해하더니 이내 재미있다는 표정으로 제 얼굴을 한 참이나 쳐다보던 의사가 연거푸 두 번이나 더 확인해준 연후에야 비로소 저는 ' '딸 - 아들 - 딸 - 아들 - 딸' 2남 3녀도 괜찮겠네, 뭐?' 하면서 체념할 수가 있었습니다. 이름은 '어차피 제복제가 타고난다'고 하니 그냥 붙여주기로 했습니다.

강산이가 태어난 곳은 모스크바 레닌대로 변에 위치한 '모스크바 국립 제25호 분만병원'이었습니다. 초산에다 노산이었던 아내는 아침에 진통이 시작된 후 열두 시간 동안이나 몸을 틀어대다가 밤 열한 시가 다 되어서야, 정말이지 천신만고 끝에 자연분만으로 첫아이를 낳았습니다. 어렵게 순산해 완전히 탈진한 상태였던 까닭에 아내는 닷새나 병원 신세를 졌습니다. 하루 이틀 먼저 퇴원할 수도 있을 것 같았는데도 병원 관계자들은 한사코 퇴원을 허락하지 않았고 그 덕에 저는 매일같이 미역국을 퍼 날랐었습니다.

다음날 미역국이 든 들통을 들고 병실에 들어서니 아내와 의사가 실랑이를 벌이고 있었습니다. 의사는 "왜 샤워를 하지 않으려 하느냐?"고 답답해하며 종용하고 있었습니다. 그뿐 아니라 "복부에 얼음 마사지를 해야 수축이 촉진된다"라며 끈질기게 훈계하고 있었습니다. 10월 하순이었으니 모스크바는 이미 겨울이었습니다. 저는 깜짝 놀라서 "무슨 큰일 날 소리를 하느냐?"라고 의사를 나무라면서 아내 편을 들었습니다. 그 의사는 우리 부부를 마치 미개인을 보는 것 같은 표정으로 집요하게 훈계했지만 우리는 오히려 그 의사가 한심한 사람인 양 혀를 차며 "우리는 우리 식대로 하겠으니 걱정하지 말라"고 우겨 끝까지 고집을 꺾지 않았습니다.

다음날 오후 늦게 아내의 당부로 몇 가지 빠트린 유아용품을 사러 아동백화점에 갔다가 저는 깜짝 놀랐습니다. 그날 밤 강산이가 태어나기 바로 전에 예쁜 러시아 아이를 낳았던 산모 내외가 쇼핑을 하고 있는 것이었습니다. 저는 동물의 왕국을 보는 것 마냥 신기한 눈빛으로 그들과 축하 인사를 나누었습니다. 하지만 헤어지면서 속으로 중얼거렸습니다. '샤워에다 얼음찜질까지 했겠군. 살아봐라, 이 친구들아, 나이 들면 후회가 막심할 거다.'

따뜻한 반란

　이윽고 퇴원한 날, 아내와 저는 핏덩이를 들여다보느라 새벽녘까지 시간 가는 줄 몰랐습니다. 긴장이 풀린 탓도 있지만 핏덩이 녀석이 밤낮이 뒤바뀌어 밤새 빽빽거리다가 새벽녘에야 간신히 잠이 들었으므로 이튿날 아내와 저는 제때에 일어나지를 못했습니다.

　아침 열 시쯤 되었을까, 저희 부부는 아직 한잠이 들어 있었는데 초인종이 찌르릉거렸습니다. 너무도 피곤하여 못들은 체 무시하고 그냥 자려고 했지만 얼마나 끈덕지게 눌러대는지 입에서는 절로 욕이 나왔습니다. 짜증스러운 말투로 물었습니다.

　"크또 땀?(누구세요?)"

　"의사입니다. 문 열어주세요!"

　'뚱딴지같이 의사는 무슨' 하는 생각에 구멍으로 내다보니 정말 의사 복장을 한 젊고 늘씬한 예쁜 여자가 서 있는 게 아니겠습니까?

　밤새 핏덩이와 씨름하다 뒤늦게 깊은 잠이 들었던지라 뻣뻣하게 헝클어진 머리에 부스스한 얼굴이며 게슴츠레한 눈……, 제 몰골은 흉하기 짝이 없었고 아내는 퉁퉁 부은 얼굴에 온몸이 축 늘어져서 더 가관이었습니다.

　그렇지만 여자의 재촉에 하는 수 없이 문을 열었습니다. 여자가 씩씩하게 문을 밀고 들어오기에 무슨 일이냐고 물어보려는데 대뜸 "화장실이 어디죠?" 하고 서둘렀습니다. '무슨 여자가 남의 집에 들어서자마자 화장실부터 찾는담?' 하고 중얼거리며 화장실 문을 열어주었더니 비누를 떡칠해가며 손을 씻고는 "자, 아기는 어디 있죠?"
하는 것이었습니다.

"우리 집에 아기가 있다는 걸 어찌 아느냐?" 저는 되물었습니다.
"나는 당신 딸의 주치의입니다."

저는 깜짝 놀라 "나는 의사를 부르지 않았다"라고 손사래를 쳤습
니다. 그런데 이 여의사는 "이건 내 일입니다. 아기는 어디 있죠?"라
고 서둘렀습니다.

하는 수 없이 저는 아기를 덮어둔 포대기를 가리켰습니다. 워낙
추운 나라인 데다 겨울에 출산을 했으므로 처가 어른들이 솜을 두텁
게 넣은 푹신한 요와 이불을 만들어오셨습니다. 저는 너무도 고마웠
고 우리 부부는 그 이불로 아기를 폭 덮어씌워 두었습니다.

갑자기 의사의 얼굴이 험악해지더니 이불을 확 걷어내고는 청진
기를 가슴과 등에 들이대 보고 눈을 까뒤집어 보고 입도 벌려보며
한참을 살폈습니다. 그리고는 침대 머리맡에 걸린 수건을 한 장 달랑
덮어주고는 이불을 멀리 치우라고 소리쳤습니다. 저는 안 된다고 우
겼고 의사는 더 완강하게 우겨댔습니다. 저는 "내 아이를 우리 식으
로 한다는데 당신이 왜 이래라 저래라 하느냐?"라고 우겨댔고 그녀
는 "이 아기가 어째서 당신들만의 아기이냐?"라고 따지고 들었습니
다. 저는 할 말을 잃었습니다.

동양인 부부가 눈곱을 달고 귀신머리를 한 채 낯선 이방인 여자와

계속 승강이를 벌인다는 것이 부끄럽기도 하고, 한편으로는 귀찮아서라도 빨리 내보내야겠다는 생각에 "하라쇼!(알았다!)"라고 해버리고는, "얼마냐?"고 물었더니, "필요 없다"는 것이었습니다.

의사가 간 다음 우리는 재빨리 두터운 이불을 다시 덮어주고는 하루 종일 그 '어이없는 의사' 이야기를 하며 낄낄댔습니다. 그날 밤도 마찬가지였습니다. 아기는 밤새도록 울어댔고 우리는 새벽에야 잠이 들었는데 아침부터 초인종이 줄기차게 울어댔습니다. 눈을 떠보니 또 열 시였습니다. '허, 참! 오늘은 또 어떤 인간이 이렇게 집요하게 괴롭히지?' 하며 나가보니 문밖에는 어제 그 의사가 또 서 있는 것이었습니다. 저는 문도 열지 않고서 "왜 또 왔느냐?"고 소리를 쳤더니 "빨리 문이나 열라"는 것이었습니다. 또 화장실로 달려가 손을 씻더니 째려보는 저더러 "손이나 씻고 오라"고 했습니다.

마지못해 손을 씻으며 기분 나빠하고 있는데 아기를 보러 갔던 의사가 "누가 이걸 덮었느냐?"라고 호통을 치며 이불을 들고 나왔습니다. 그 바람에 저는 무조건 "잘못됐다"라고 하고는 끈기 있게 참았습니다. 진찰이 끝난 후 "설마, 내일도 오는 것은 아니겠지?" 하고 묻자 이불을 가리키며 "너희들에게 어떻게 아기를 맡긴단 말이냐?"라고 씩씩거리더니 한 달 동안 계속 올 거라며 쌩하니 가버렸습니다.

그로부터 꼬박 한 달, 정말 그 의사는 하루도 거르지 않고 매일 아침 열 시에 정확히 아기를 보러왔고 저희는 그 시간에 맞춰 이불

대신 수건을 덮어놓고는 기다렸습니다. 그러는 사이에 우리는 제법 정이 들었습니다. 한 달째가 되는 날에 의사는 내일 아침 열 시에 근처 골목에 있는 소아과병원으로 아기를 데려오라고 당부하고 사라졌습니다.

이튿날 병원에 가니 그녀는 다시 아기를 진찰하고 몸무게를 달고 키를 재어 기록하고는 옆방으로 가라고 했습니다. 그 방에서는 핏덩이의 몸에 무슨 크림 같은 것을 바르고 아기가 자지러지게 울어도 아랑곳하지 않고 온몸을 비비고 펴고 문질러대다가, 급기야는 양다리를 잡고 좌우로 굴리기를 계속했습니다. 보다 못한 제가 남의 아이 잡겠다며 그만두게 하고는 우는 아기를 간신히 달래놓았더니, 이번엔 아래층으로 데려가서 커다란 욕조 양쪽에 서 있던 간호사들이 제 아이를 받아 마주 잡고는 수영을 시켰습니다. 생후 한 달 된 아기에게 배영, 평영……, 정말 웃기는 일이었지만 저희는 그 짓을 계속해야만 했습니다. 물론 그 모든 게 공짜였습니다.

그로부터 5년이 지나 저희 가족은 귀국했고, 감수성이 탁월하면서도 씩씩한 둘째 딸 김강석(金剛石)이가 태어난 후 저는 자랑스러운 딸딸이 아빠로 기쁘게 살고 있습니다. 요즘도 가끔 큰 딸 강산이의 사랑스러운 모습을 보노라면 그 러시아인 주치의의 그리운 얼굴이 떠올라 빙그레 미소를 짓곤 합니다. 아이들의 천국, 복지사회, 그리고 이른바 히포크라테스 정신이란 바로 그런 것이 아닐는지요?

문화선진국으로 가는 열쇠

저 자신이 한없이 초라해지고 부끄러웠던 기억이 있습니다.

모스크바 국립대학교에서 가르치던 시절입니다. 제게는 러시아 주재 미국대사관 일등서기관으로 근무하던 토머스라는 친구가 있었습니다. 그는 명문 하버드에서 소련정치를 연구했고 십수 년째 외교관 생활을 하는 전문가였지만 틈만 나면 도서관에서 자료를 뒤지고 세미나를 쫓아다니는 학구파이기도 했습니다.

어느 날 우리 부부는 토머스 부부에게 저녁식사 초대를 받아 그의 집을 방문하게 되었습니다. 피차간에 고달팠던 이국 생활이었지만 그 친구의 집은 우리 집과는 모든 것이 달랐습니다. 아파트 출입구는 거구의 경비원이 눈을 부릅뜨고 지키고 있었고, 집 안의 가구나 조명이 당시 러시아의 경제 사정과는 전혀 다르게 화려했습니다. 가난한 유학생 부부가 사는 우리 집과는 딴판이었습니다. 그들도 우리처럼 출산이 늦었는지 현관에 들어섰을 때 토머스의 아내는 아기를 돌보고 있었습니다.

토머스의 안내로 거실 여기저기에 걸린 그림을 감상하고 있을 때 전화벨이 울렸습니다. 아기를 안은 채 토머스의 아내가 전화를 받았습니다. 대화 내용으로 보아 전화한 사람은 남편의 직장동료 부인쯤 되는 것 같았습니다.

다음 그림으로 발을 옮기다 무심코 전화기 쪽으로 눈을 돌렸을 때 저는 신기한 장면을 목격하게 되었습니다. 거기에선 모자간에 심각한 갈등이 전개되고 있었습니다. 아기가 한사코 전화기 줄을 잡아당겨 입에 넣으려 하는 통에 엄마의 통화가 방해받고 있었던 것입니다. 저는 그들을 유심히 관찰하지 않을 수 없었습니다.

아기의 공격을 받은 그녀가 수화기에 대고 이렇게 말했습니다.

"죄송합니다. 지금 제 아기가 전화통화를 방해하고 있으니 잠시만 기다려주십시오. 잠깐 설득해두고 다시 받겠습니다."

저는 제 귀를 의심했습니다. '갓난아기를 설득한다고……??'

그녀는 수화기를 내려놓고 탁자 위의 펜을 집어 들고 아기와 대화를 시작했습니다.

"애야, 네가 이걸 가지고 노는데 엄마가 자꾸 이렇게 잡아당기면 너는 좋겠니? 안 좋겠지? 지금 엄마가 전화를 받고 있지 않니, 그런데 네가 자꾸 이 전화 줄을 잡아당기면 엄마 기분이 좋겠니? 자꾸

따뜻한 반란

그러면 엄마도 역시 기분이 안 좋아진단다. ……”

저는 아무리 봐도 그녀가 좀 수상쩍었습니다. ‘아기는 이제 고작 8~9개월 정도밖에 안 돼 보이는데 이런 갓난아기와 저렇게 심각한 대화를 하다니…….’ 저는 그녀의 아기도 틀림없이 저와 같은 생각이었을 거라고 추측했습니다. “이 한심한 엄마야! 이제 고작 8개월밖에 안 된 나한테 그 무슨 터무니없는 수작이야, 잉…….”

그런데 이게 웬일입니까? 제 추측은 완전히 빗나갔습니다. 수화기를 내버려둔 채 몇 번이나 반복해서 심각한 대화를 하던 그녀에게 아기가 반응을 보이기 시작한 것입니다. 이제 아기도 말똥말똥한 눈빛으로 엄마의 눈을 유심히 쳐다보며 듣고 있는 것 같았습니다.

순간 저는 어렸을 적 우리 사회 어른들의 모습이 떠올랐습니다. 어른이 뭔가를 하고 있을 때, 그것도 중요한 일을 하고 있을 때 어린 아이가 방해하거나 간섭하면 우리의 어른들은 으레 짜증부터 내며 냅다 소리쳐 나무라거나 내쫓고 말았습니다. 더러 성질이 급한 어른은 배우자를 책망하면서 아이를 덜렁 들어서 현장에서 격리하곤 했습니다. 더 나쁜 일부 어른은 꿀밤을 한 대 먹여서라도 방해에서 해방되려 했습니다. 하던 일이 중요하면 중요할수록 아이에게 돌아가는 대가는 더욱 심각했습니다.

토머스의 집에서 있었던 그날의 기억은 제 평생 잊을 수 없는 초라함과 부끄러움, 그리고 진한 감동을 느끼게 한 사건이었습니다. 아울러 '문화 - 사회화 - 발전'이라는 주제로 고민하던 정치학도였던 저는 그들 모자의 갈등 해결 방식을 통해 두꺼운 정치학 교과서 수십 권에서도 깨닫지 못했던 지혜를 한꺼번에 얻었습니다.

토머스의 아내는 아기의 인격을 무시하지 않았고 박탈감이나 소외감과 같은 상처를 입히지도 않았으며 저지레로 표출되는 아기들의 창의적인 욕구를 억압하지도 않았습니다. 윗사람의 중요한 전화인데도 그녀는 상대방에게 양해를 구하면서까지 아기의 인격과 자존심, 창의를 존중했습니다. 또한 공동체 사회의 구성원으로서의 소양과 에티켓을 길러주기 위해 상대방인 엄마 자신의 감정 상태를 평화로운 모습으로 아기에게 전달하려 노력했습니다. 저는 그들에게서 문화선진국으로 들어가는 소중한 열쇠를 발견했습니다.

영화나 소설 등에서 서양의 노인들이 옆자리에 앉은 어린아이를 가리키며 "애는 내 친구야!"라고 소개하는 모습을 보면 왠지 좀 어색하기도 합니다. 하지만 토머스의 아내와 갓난아기의 대화를 보면서 저는 생각했습니다. 인간주의 사회는 바로 이렇게 출발한다는 것을, 그리고 민주정치는 이렇게 지극히 초보적이면서도 사소해 보이는 일에도 상대가 누구이건 간에 먼저 상대방을 존중하는 겸손한 태도에서 살아난다는 것을 말입니다. 물론 문화선진국에도 날강도가 있고 성폭행이 있고 아동학대도 있지만, 그 사회의 보편적 의식의 기저에는 이러한 인간존중 정신이 녹아 있다는 것이 한없이 부러웠습니다.

따뜻한 반란

아이들의 천국

모스크바에서 귀국하던 날이었습니다.

1997년 3월 3일 아침, 김포공항 국내선 대기실에서 저희 가족은 작은 소동을 겪었습니다. 아내와 저는 다섯 살짜리 딸아이를 데리고 예천행 비행기를 타기 위해 국내선 청사 대기실에서 시간을 보내고 있었습니다. 저는 딸아이가 염려스러웠습니다. 모스크바에서 태어나 주변 사람들에게 늘 관심을 받으며 자란 강산이가 입을 꽉 다물고 무표정하게 바라보기만 하는 낯선 어른들과 마주치자 좀처럼 우리 부부의 소맷자락을 놓지 않고 바싹 달라붙었습니다. 한 시간쯤 지나자 웬만큼 마음이 놓였는지 공중전화 부스 앞에 늘어선 젊은 남녀들 근처를 왔다갔다 맴돌며 탐색전을 벌이고 있었습니다.

결국 우려했던 일이 일어났습니다.

"아이, 깜짝이야! 이게 웬 아이야!?"

전화를 마치고 돌아서던 어느 젊은 여성의 다리에 강산이가 부딪히자 그녀는 아이를 먼저 걱정하기는커녕 짜증스럽다는 표정으로 퉁명스레 딸아이를 피해 종종걸음으로 가버렸습니다. 이로써 한 시간 동안이나 탐색하며 적응을 시도했던 강산이의 노력은 수포로 돌아가고 말았습니다.

딸아이는 그 젊은 여성의 말투와 싸늘한 시선에 충격을 받아 그만 서럽게 울기 시작했습니다. 제가 달려가서 아무리 달래도 강산이는 좀처럼 울음을 그치지 않고 서럽게 울기만 했습니다. 그도 그럴 것이 태어나서 5년 동안 단 한 번도 낯선 사람에게 그런 식의 짜증이나 무시를 당해보지 못했던 것입니다.

모스크바는 아이들의 천국이었습니다. 모스크바에서 자라는 동안 딸아이는 이웃이나 공원, 길거리는 물론이고 지하철에서까지 줄곧 따뜻한 사랑과 관심의 대상이었고, 칭찬과 격려와 스킨십의 대상이었습니다. 딸아이가 남달리 특출하게 예뻐서가 아니었습니다. 비단 강산이뿐만 아니라 모스크바 사람들은 주변에서 마주치는 어린애는 누구건 간에 으레 상냥한 표정의 미소로 사랑을 표현하고 "아이, 예뻐라!", "참 똑똑하네!", "너무 너무 귀엽다!" 등등의 감탄과 칭찬, 격려를 아끼지 않았습니다. 어린 생명체 그 자체에 대해서 경외감을 갖고 저마다 고결한 인격체로 인식하며 극진히 대접했습니다.

그런 분위기에서 늘 남들의 관심과 사랑, 칭찬과 격려를 받으며

따뜻한 반란

생활하다가 김포공항에서 갑자기 사랑도 관심도 칭찬도 스킨십도 아닌 귀찮아하는 표정의 냉대를 마주한 딸아이는 급격한 환경 변화에 적응이 되지 않았던 것입니다.

우리 사회의 유치원이나 초등학교의 입학식에 가보면 젊은 부모들이 예쁘게 단장시킨 제 자녀의 손을 꼭 잡고 종종걸음으로 돌아다니는 모습을 흔히 볼 수 있습니다. 어쩌다 다른 아이들이 진로를 방해하면 요리조리 피하거나 때로는 성가시다는 표정으로 한 손으로 길을 열어가며 목적지로 서둘러 향하곤 합니다. 평소에 알지 못하던 사람의 자녀에게 상냥한 미소로 먼저 눈인사를 보내거나 덕담을 건네는 아름다운 어른은 좀처럼 찾아볼 수 없는 것 같습니다.

딸아이가 고향인 안동에 와서 적응하는 데는 2년여가 걸렸습니다. 한동안은 집 앞에 있던 대한항공사의 친절한 여직원들에게 "언니, 언니" 하며 따르던 것 외에는 도무지 집 밖으로 나가려 하지 않았습니다. 그럭저럭 세월이 흘러 그 아이도 안동 사람이 다 됐습니다. 아무도 사랑해주지 않고 관심을 가져주지 않는 골목길이지만 그런대로 잘 나다녔습니다. 하지만 수년 동안, 특히 방학이 다가오면 어김없이 "모스크바에 가고 싶다"고 졸라대던 것은 우연이 아니었던 것 같습니다.

굳이 자녀를 위해 이민을 선택하는 사람들의 이야기까지 인용할 것도 없이, 오늘날 급격히 사랑이 메말라가는 우리 사회의 현실을 생각하면 저는 걱정스러운 마음을 떨쳐버릴 수가 없습니다. 낯선 아이들에게도 따뜻한 미소로 사랑을 표현해줄 순 없을까요?

오로지 제 자녀에게만 사랑을 쏟아붓고 맛있는 음식을 먹이며 흐뭇해하는 엄마들이 늘어난다면 그 사회의 미래는 어둡지 않을까요? 아무리 고급스러운 학용품에다 멋진 옷으로 단장하고 갖가지 과목의 과외공부를 시키고 외국연수를 보낸다 해도 이웃과 사회로부터 사랑을 듬뿍 받아 아름답고 평화로운 인성을 갖게 되지 못한다면 그 아이의 미래의 삶이 행복할 것이라고 단언할 수 있을까요?

설령 다행스럽게 잘 자라주었다고 하더라도 외부의 환경이 온통 삭막하다면 제 아이 혼자 아무리 잘 자란들 무슨 소용이 있을까요? 어차피 그런 삭막한 사람들과 이웃하고 살아야 하고 그들과 함께 더불어 살아야 하는데 말입니다. 우리가 바라는 문화선진국은 무엇보다도 먼저 아이들의 천국이어야 하지 않겠습니까?

따뜻한 반란

비비언 리의 미소

영화 <바람과 함께 사라지다(Gone with the Wind)>(1939)를 생각하면 누구나 스칼릿 오하라(Scarlett O'Hara) 역을 멋지게 표현해낸 비비언 리(Vivien Leigh)의 모습을 떠올리게 될 것입니다.

당시 《뉴욕 타임스》는 "비비언만큼 예쁘면 연기력은 불필요, 또 그녀만큼의 연기력이면 아름다움은 부차적인 것, 그녀는 바로 스칼릿 자신!"이라고 극찬한 바 있습니다. 하지만 정작 비비언은 "나는 무대 여배우이지 영화 스타는 아니다"라며 전혀 감격하지 않았습니다. 오스카상을 두 번씩이나 받았지만 그녀는 늘 환한 미소로 기쁨을 표현했을 뿐, 이른바 감격의 눈물 따위는 적어도 그녀의 사전엔 없었습니다.

그녀의 일생은 저널리스트 앤 에드워즈(Anne Edwards)가 소상히 기록하고 있습니다.

비비언은 완벽주의자였습니다. 파티든 연극이든 영화 촬영이든 간에 모든 일정을 위해 그녀는 무수한 연습을 계속했습니다. 그녀가 맨 처음 할리우드로 진출하려 했을 때 오히려 '이것저것 다 갖춘 너무 완벽한 여자'라는 이유로 탈락했을 정도였습니다. 단 한 가지 흠이 있었다면 어울리지 않게 큰 손이었는데, 처음엔 장갑을 끼거나 호주머니에 감추려고 했으나 이내 적극적으로 꾸준히 손동작을 연습함으로써 극복해냈습니다.

비비언은 뜨거운 변화의 열정에 차 있었고 사려 깊고 정이 두터웠으며 사랑스럽고 열렬한 여자였습니다. 화려한 꿈을 그리면서도 동시에 검소했고 사소한 일에도 기뻐할 수 있는 여자였습니다. 그래서인지 그녀는 남편과 애인 두 남자를 동시에 사랑한 여자이기도 했습니다.

비비언만큼 사랑을 혼자 독차지했던 사람도 없습니다. 남자란 남자는 모두 그녀에게 혼을 빼앗겼는데, 그들의 여자들조차도 그것을 시기하지 않았다고 합니다. 첫 번째 남편 리 홀먼(Leigh Holman)은 비비언과 이혼한 후에도 그녀를 끝까지 사랑했고, 두 번째 남편 로렌스 올리비에(Laurence Olivier)의 전처로 그녀에게 남편을 빼앗긴 질 에스먼드(Jill Esmond)마저도 비비언의 매력 앞에 무릎을 꿇었을 정도였습니다. 로렌스 올리비에가 군무원으로 입대한 후 북아프리카 전선에 위문공연을 갔을 때엔 알제리에선 아이젠하워, 트리폴리에선 몽고메리, 콘스탄티누스에선 스파츠, 튀니지에선 국왕 조지 6세까지도 이 세기의 미녀에 넋을 잃었다고 합니다.

그녀는 범접할 수 없는 기품을 지녔던 것 같습니다. 전성기의 메릴린 먼로(Marilyn Monroe)가 영국에 왔을 때조차 함께했던 사람들은 오히려 비비언에게 더 깍듯한 경칭을 썼고 그녀는 주인공보다 더 큰 관심을 받았다고 합니다.

비비언의 미소와 자신감, 그리고 지칠 줄 모르는 열정은 과연 어디에서 나온 것일까요?

그것은 결코 우연히 얻어진 것이 아니었습니다. 그녀는 인도 캘커타(Calcutta)에서 사업에 성공한 영국 신사 어니스트 하틀레이(Earnest R. Hartley)와 독실한 가톨릭 신자였던 거트루드 하틀레이(Gertrude Hartley) 사이에서 태어났습니다. 인도의 다르질링 지방에서 어머니 거트루드는 "1년 내내 흰 눈을 덮어쓰고 있는 고산 칸첸중가를 늘 바라보면서 살면 고운 아이를 얻는다"라는 그 고장 사람들의 전설을 실천했다고 합니다. 비비언을 얻은 어머니는 예쁜 딸을 위해 어릴 적부터 영국인 가정교사를 들여 안데르센에서 성서에 이르기까지 온갖 양서를 골라주었습니다. 비비언은 곧 책벌레가 되었고 특히 키플링과 그리스신화를 애독했다고 합니다.

그녀의 얼굴은 울거나 샐쭉거리지 않았고 뽐내지도 않는 솔직 그 자체였다고 합니다. 사랑이 넘치는 집안에서 늘 칭찬을 받으며 자라

제1부 엄마들의 반란

난 비비언은 자연히 어느 한군데 어두운 면이 있을 수 없었습니다. 꿈 많고 진취적이며 총명했던 그녀는 칭찬받는 것을 지극히 자연스러운 일로 여기며 성장했으므로 그녀 역시 항상 남을 기쁘게 하는 방법을 몸에 익혔고 예쁜 입술을 웃는 얼굴에 맞춰 벌리며 미소를 잊지 않았으며 언제나 상대방의 눈을 똑바로 바라보았다고 합니다.

날씬하고 유연한 몸매에 마치 여신과도 같은 아름다움을 간직해 지나는 사람들은 모두 숨을 죽이고 그녀의 뒷모습을 오래오래 돌아보았지만, 정작 그녀는 누구에게나 친절했고 너그러웠다고 합니다. 그래서 빛나는 하얀 살결과 회색을 띤 초록빛 눈동자, 우아한 목덜미……, 마치 모딜리아니(A. Modigliani)의 조각품 그대로였지만 한 번도 시기의 대상이 되지 않았다고 합니다.

비비언의 진정한 아름다움은 칭찬과 격려를 먹고 자란 아름다운 인성에서 비롯되었던 것 같습니다. 그리고 단 한시도 자기계발의 고삐를 늦추지 않았던 그녀의 지칠 줄 모르는 적극성에서 더욱 구체화했을 것입니다. 늘 자신감에 차서 도전하는 삶을 살면서도 언제나 겸손함을 잃지 않았다는 데에서 그녀의 인간적 아름다움이 더욱 빛나는 것 같습니다.

따뜻한 반란

병아리 강사 시절의 고백

난생처음으로 대학 강단에 섰던 때의 일입니다.

박사학위 과정 초창기였던 스물일곱 살부터 강단에 서기 시작했지만 어느 학기도 긴장되지 않은 때가 없었습니다. 같은 과목을 다음 학기에 또 가르칠 때에도 사정은 마찬가지였습니다. 물론 식견이나 인품이 부족한 탓이겠지만, 남을 가르친다는 것은 정말이지 대상이 누구이건 간에 늘 조심스럽고 긴장되는 일입니다. "대학에서 한 시간을 강의하기 위해서는 여섯 시간을 공부해야 한다"라는 것이 평소에 선배 은사님들께 들은 지침이기도 했지만 제겐 강의를 더욱더 조심스럽게 여기게 된 특별한 사연이 있었습니다.

맨 처음 강단에 섰던 곳은 공주교육대학교였습니다. 1987년 봄 어느 토요일, 서울에서 공주행 버스를 타고 두 시간 동안 달려 설레는 마음으로 학교에 도착했습니다. 학과장님과 인사를 하고 시간이 되어 강의실로 갔습니다. '교육과 정치'라는 과목의 세 시간짜리 수업이었습니다.

그런데 막상 강의실 문을 열자 학생들은 보이지 않고 웬 양복쟁이 중년 신사숙녀들이 한 방 가득 차 있었습니다. 강의실을 잘못 찾았다고 생각하고 교학과 직원에게 다시 확인했지만 그 강의실이 틀림없다는 것이었습니다. 제가 "그 강의실엔 교수님 같은 분들만 가득 모여계시던데요"라고 했더니, 그 직원은 웃으면서 그분들이 바로 제가 가르쳐야 할 학생들이라고 대답하는 것이었습니다.

"아니 무슨 학생들이 그렇습니까?"

"그분들은 현직 교사들입니다. 과거 2년제 교육대학을 나오신 분들인데 교육대학이 4년제로 바뀌었잖아요. 그래서 새로 3학년에 편입하여 재교육을 받는 것입니다."

갑자기 눈앞이 캄캄했습니다. '아무리 초년생이라지만, 서울에 그 많은 대학을 다 놔두고 이 먼 공주에까지 와서, 그래, 난생처음으로 만나는 학생이 현직에 계시는 선생님들이라니……' 강의실 문 앞에서 저는 신세를 원망하며 한참을 서성였습니다.

지금은 모 중앙 일간지 전문기자로 활동하고 있는 유능한 선배 한 분이 제게 충고하기를 자신은 세 시간 강의를 위해 대학노트 열두 쪽의 강의안을 준비한다고 했습니다. 첫 강의인지라 걱정도 되고 또한 의욕도 왕성하여 그 선배의 충고에 따라 무려 열여덟 시간을 공부

따뜻한 반란

하며 저도 그렇게 강의안을 준비했습니다.

슬며시 문을 밀고 들어갔습니다. 다시 나타난 제 모습을 보는 그들 역시도 '교수는 안 오고 웬 총각이 자꾸만 들락거리나?' 하는 눈치였습니다. 교탁 앞에 서서 강의를 시작하겠다고 알렸습니다. 그제야 학생(?)들은 자리를 정돈하기 시작했습니다. 어떤 분들은 신기하다는 듯 쳐다보았고 또 어떤 분들은 못 미덥다는 표정으로 물끄러미 바라만 보고 있었습니다.

간단히 자신을 소개하고 출석을 부른 다음 강의를 시작했습니다. 열두 쪽의 강의안을 교탁 위 잘 보이는 위치에 얹어놓고 조심스레 한마디씩 이어나갔습니다. 지금 생각해보면 그것도 콤플렉스 탓이었지만 실력이 없어서 공책을 보고 한다고 무시할까 봐 애써 강의안을 보지 않고 하느라 진땀을 빼고 있었습니다.

그런데 이게 어찌 된 일입니까. 아뿔싸, 세 시간 동안 써야 할 강의안이 두 시간도 채 안 되어 벌써 바닥이 나버렸던 것입니다. 저는 속으로 선배를 원망했습니다. 골탕을 먹이려고 일부러 거짓말을 한 줄 알았습니다.

지금 돌이켜보면 열두 장은 너무도 많은 분량입니다. 요즘은 세 시간 강의에 한두 장이면 적당한데, 당시엔 세 시간을 위해 열여덟 시간을 준비했다지만 완전초보 병아리강사 시절인지라 설명 능력이 너무도 일천했고, 만약을 대비해 자질구레한 모든 것들을 일일이 다

기록해야만 했기 때문에 장수만 많았던 것입니다. 또한 처음으로 남을 가르친다는 데에서 오는 심리적 부담과 일종의 으쓱함, 왕성한 열정, 그리고 그 대상이 스무 살짜리 학생이 아닌 현직 선생님이다 보니 너무도 긴장이 되어 자꾸만 톤이 높아지고 말이 빨라졌던 것입니다.

강의안의 마지막 장을 마주한 저는 가히 절망적이었습니다. 새삼스레 아무리 천천히 말을 한다고 해도 남은 한 시간을 채울 수는 없는 일이었습니다. 그렇다고 난생처음 하는 강의인 데다 또 주말 오후에 멀리서 모인 분들에게 이것으로 마친다고 하는 것은 더더욱 있을 수 없는 일이었습니다. 이미 밑천은 다 떨어졌고 학생들은 빤히 쳐다보며 열심히 적어대고 있는데 이를 어쩌란 말입니까.

마지막 내용을 이야기하고 나니 아직도 근 한 시간이 남았습니다. 하는 수 없이 학생 중 제일 연세가 많아 보이는 남자분을 지적하여 어디에서 오셨느냐고 물었습니다. 아무래도 젊은 분들보다는 더 너그럽고 우호적이지 않겠는가 하는 생각에서였습니다. 그런데 엎친 데 겹친 격이라고나 할까요 그분이 대답하기를 '대전에 있는 ○○초등학교 교감'이라고 하는 것이었습니다. 순간 저는 제 초등학교 시절 연세 지긋하고 학식도 인품도 높으셨던 교감선생님의 모습이 떠오르면서 완전히 주눅이 들어버렸습니다.

하는 수 없이 이번엔 다시 가장 젊어 보이는 여자선생님께 물었습

따뜻한 반란

니다. 그 선생님은 '논산에 있는 ○○초등학교에서 가르치는 미스'라고 했습니다. 한결 부담이 덜했습니다. 결국은 그날 남은 한 시간은 그렇게 호구조사를 하면서 보냈습니다. 고향도 물어보고 주말에 이렇게 매주 모이려면 피곤하시지 않겠느냐는 둥, 이런저런 이야기로 원수 같은 한 시간을 무사히 메우고 마칠 때가 되었습니다. 하지만 그냥 아무 일도 없었던 것처럼 뻔뻔스레 물러나자니 차마 양심이 허락하지 않아 사실대로 고백했습니다.

"저는 오늘 생애 처음으로 대학 강단에 서게 되었고, 여러분을 만나 몹시 실망했으며 지난 세 시간이 제게는 생지옥이었다"라고 털어놓았습니다. 좌중에서 폭소가 터졌습니다. 더러는 그런 줄 알았다고 끄덕이기도 했고 또 더러는 전혀 그런 것 같지 않았다고 애써 위로해주기도 했습니다. 특히 아까 그 교감선생님께서는 "처음 하는 강의치고는 대단히 잘하시는 것 같다"고 자신의 첫 강의 시절의 일화를 들려주시며 너그러이 격려해주셨습니다.

이미 오래전의 일이지만 저는 지금도 그분들을 잊을 수 없습니다. 그때 그분들께서 베풀어주신 자상한 칭찬과 위로와 격려가 아니었다면 어쩌면 저는 치유하기 어려운 커다란 콤플렉스를 키웠을지도 모릅니다. 자상한 칭찬과 위로와 격려는 누구에게나 소중한 것이 아닐까요?

핏줄은 중요하지 않습니다

　역사의 아버지라 불리는 고대 희랍의 역사가 헤로도토스(Herodotos, B.C.484경~B.C.430경)는 세계 각지의 혼인풍습을 연구하기 위해 중동지방과 지중해 연안을 자주 여행했다고 합니다.

　중동지방은 대개 한 남자가 여러 여자를 거느리고 사는 일부다처제 사회였지만 유독 지금의 리비아 땅에서는 한 여자가 여러 남자를 거느리고 사는 이른바 일처다부제 사회였다고 합니다.

　헤로도토스는 의아했습니다.

　"한 남자가 여러 여자를 거느리고 살면 태어난 아이의 부모가 누구인지는 분명히 알 수 있는데, 한 여자가 여러 남자와 살면 아이의 아버지가 누구인지를 어떻게 알 수 있을까?"

　헤로도토스는 아예 장기간 머물며 직접 관찰하기로 했습니다.

　어느 집 안주인이 배가 불러 아이가 태어났습니다. 그런데도 한동안 아버지를 가리지 않더랍니다. 1년쯤 지나서 아이가 걸음마를 시작할 때 비로소 안주인이 남편들을 일렬횡대로 불러 앉히고는 아이를 일으켜 세워 등을 톡 치더랍니다. 아이가 뒤뚱 걸음으로 남편들 앞으로 쫑쫑 나아가 맨 처음으로 손을 잡은 남자, 그 남자가 아버지가 되더라는 것입니다.

거기에 무슨 피가 섞였겠습니까? 그 남자가 아버지일 확률은 3분의 1일 수도 있고 능력 좋은 여자였다면 7분의 1일 수도 있을 것입니다. 하지만 그렇게 해서 맺어진 부자(父子)관계였지만, 그들은 물고 빨고 더할 수 없이 애지중지하면서 한평생을 행복하게 살아가더라는 것입니다.

여기서 헤로도토스는 단언했습니다. "핏줄은 중요하지 않다!"라고 말입니다.

종종 우리 사회는 핏줄과 관련한 충격적인 기사를 접합니다. 멀쩡한 제 아들딸을 여러 명씩 두고도 한국에서 고아를 입양하여 훌륭하게 키워서는 "생모를 찾아주고 싶다"고 한국을 방문하는 서양 사람들입니다. 부끄러운 일입니다. 영아를 수출하는 것도 부끄러운 일이지만 수출까지 하면서도 정작 우리는 여전히 제 핏줄이 아니면 큰일이 나는 것처럼 야단을 떱니다.

핏줄의식이 과연 우리 사회를 얼마만큼 인간화했습니까? 핏줄을 주장하여 우리 사회가 얼마나 더 행복하고 평화로워졌습니까? 그토록 핏줄을 강조하는 사회에서 왜 가장 흉포한 사건은 종종 핏줄 간에 일어납니까? "피는 물보다 진하다"라면서 왜 "사촌이 논을 사면 배가 아프다"는 걸까요? 한배에서 난 같은 핏줄의 자식들이 재산 다툼으로 남보다 못해져 버리는 사건은 어떻게 설명해야 할까요?

중요한 것은 핏줄 그 자체가 아니라 피로써 상징되는 인간애가 아니겠습니까? 우리는 가장 가까운 사람으로부터 소외되거나 무시당했을 때가 더 서럽지 않은지요? "피가 물보다 진하다"는 말은 그 어떠한 물질적 가치보다도 인간애가 더욱 중요시되는 조건에서만 진리로 받아들여질 수 있을 것입니다.

우리 사회가 지향하는 선진 문화사회는 인간애를 바탕으로 하여 서로 간에 인격을 존중하고 그 영혼을 고귀하게 배려하는 풍토, 존재의 다양성을 인정하고 다르다는 것이 존중의 이유가 되는 사회여야 할 것입니다. 피보다 더 진한 것은 사랑이기 때문입니다.

따뜻한 반란

아버지의 사랑은 최선의 항생제

몇 해 전 가을에 발표된 연구결과입니다.

아버지의 따뜻한 사랑은 딸아이의 신체를 아이로 머무르게 하지만 낯선 남자는 소녀를 더 빨리 여성으로 만든다는 것이 과학적으로 입증되었다는 기사였습니다.

뉴질랜드 캔터베리 대학교의 브루스 앨리스(Bruce Alice) 박사는 초등학교 입학 전의 여자어린이 173명이 어떻게 자라는지를 8년 동안 관찰하고 분석한 연구결과를 권위 있는 심리학 전문지인 ≪성격과 사회심리학(Journal of Personality and Social Psychology)≫(October, 1999)에 발표했습니다.

여기에서 그는 아버지로부터 받는 사랑의 정도에 따라 사춘기가 오는 시기가 달라진다는 사실을 밝혀냈습니다. 즉, "아버지에게 따뜻한 사랑을 받고, 아버지와 많은 대화를 나누며 자란 딸은 그렇지 않은 경우보다 사춘기가 훨씬 늦게 시작됐다”는 것입니다.

앨리스 박사는 “스트레스를 많이 받은 소녀는 여성호르몬 에스트로젠의 분비가 촉진돼 사춘기가 빨리 온다”라고 설명하고 “아버지의 사랑이 스트레스를 감소시켜 여성호르몬 분비를 늦추는 것”이라고 설명했습니다. 반면 “의붓아버지나 낯선 남성과 오래 지낸 여자어린이는 그렇지 않은 어린이보다 사춘기가 더 빨리 왔다”고 합니다. 앨리스 박사는 그 원인을 “낯선 남성에게서 받게 되는 스트레스가 여성호르몬 분비를 촉진하는 것 같다”라고 설명했습니다.

저는 이 기사를 읽으면서 우리 사회를 한 번 더 돌아보게 되었습니다. 주변에서 “요즘 아이들 얼마나 조숙한지요?” 하는 말로 대화를 시작하는 모습을 자주 봅니다. 물론 일차적으로는 영양상태가 과거에 비해 현격하게 나아진 것이 큰 요인일 것으로 생각합니다만, 오늘날 급격하게 변화한 사회·문화적 환경도 적지 않은 영향을 미치고 있는 것 같습니다. 어린이들의 일상생활 환경에 깊숙이 들어와 있는 첨단문명과 복잡하게 다원화되고 재구성된 사회·문화적 환경도 우리 어린이들을 조숙시키는 데 크게 한몫을 한다고 합니다. 예전엔 중학생들도 아직 사춘기가 오지 않은 경우가 많았었는데 이젠 초등학교 졸업 이전에 대부분 사춘기가 시작된다고 합니다.

앨리스 박사의 연구결과를 참조한다면 이것은 그다지 좋은 현상이 아닌 셈입니다. 다시 말하면 오늘날 우리의 아이들은 아동기를

따뜻한 반란

제대로 만끽하고 있지 못하다는 의미입니다. 한창 천진난만한 시절을 보내야 할 아이들이 벌써 어른의 증상을 보이는, 이른바 애어른 노릇을 하게 된다는 것은 아이들에게도 그만큼 사는 낙이 줄어들고 있음을 뜻합니다. 사실 요즘 아이들은 어쩌면 어른보다 스트레스를 더 많이 받으며 사는지도 모릅니다. 엄마아빠로부터의 스트레스, 선생님으로부터의 스트레스, 거리에서, 학교에서, 또 학원에서…….

아이들이 조숙한 것을 두고 어떤 어른들은 믿음직스럽고 뿌듯하게 생각하기도 합니다. 그러나 그것은 어디까지나 비정상 증후일 따름입니다. 그 아이는 그만큼 스트레스를 많이 받으며 아동기를 보냈다는 것을 의미합니다. 어린 시절에 그들만이 누려야 할 행복을 너무 일찍 박탈당했다는 뜻이니 오히려 안타까운 일입니다.

과연 무엇이 우리 아이들을 이렇게 만들고 있을까요?

앨리스 박사는 아버지의 따뜻한 사랑이 결핍된 경우의 딸아이에게 나타난 문제점을 지적했지만, 따지고 보면 이것이 어디 비단 딸아이에게만 해당하겠습니까? 우리 주변에는 온갖 형태의 유해환경이 즐비합니다. 안방과 거실에 버티고 앉아 분별없는 상업주의 경쟁을 일삼는 텔레비전을 비롯하여, 초등학생에게까지 필수가 된 인터넷과 휴대전화, 수많은 인쇄매체와 골목마다 나붙은 선정적인 영화 포스터 등등…….

이 모든 것이 우리 아이들에게 아름답고 천진스러운 어린 시절의 행복을 박탈하고 있는 셈입니다. 그뿐 아닙니다. 더욱 심각한 것은 이웃에서, 동네에서, 거리에서, 시장에서, 도처에서 우리 아이들이 무표정한 낯선 어른들로 인해 스트레스를 받으며 살고 있다는 점입니다. 비록 남의 아이이지만 따뜻한 말로 칭찬과 격려의 말을 해주고 용기를 북돋워주는 자상한 어른들이 갈수록 더 줄어들고 있습니다. 그리고 우리 아이들에게 가장 많은 스트레스를 주는 심각한 유해환경은 어쩌면 우리 자신, 부모인지도 모릅니다.

모든 것이 새롭다는 21세기입니다. 우리 아이들이 천진스럽고 행복한 아동기를 더 오랫동안 만끽할 수 있도록 우리 어른들의 눈빛과 표정을 좀 더 부드럽고 온화하게 바꾸면 좋겠습니다. 물론 하루아침에 잘되지는 않을 것입니다. 우선 아이들과 마주칠 때만이라도 의식적으로 연습을 한번 해보면 어떨까요?

아마 아이들도 갑작스레 변한 어른들의 어색한 표정을 보면, "웬일?" 하며 의아해할 것입니다. 하지만 한 번 두 번 자꾸만 접하다 보면 어느새 자연스러운 일로 느끼게 될 것입니다. 그것은 비단 아이들에게만 행복을 주는 것이 아니라 어른들이 더 기쁘고 행복해지는 길이 되겠지요.

어색하나마 상냥하게 웃으며, "안녕!"이라고 먼저 인사를 건네봅시다. 아니면 "몇 학년?"이라고만 해도 됩니다. "3학년이요" 하면, "반짝반짝하는 눈빛이 똑똑하게 생겼네!"라고 한마디만 해줍시다.

따뜻한 반란

아마 그 아이는 집에 달려가서 가방을 내던지며, "엄마! 오늘 어떤 아저씨(아줌마)가 내 눈이 반짝반짝 빛난대!" 하고 자랑을 하겠지요. 이런 칭찬과 격려를 자주 받으며 자라는 아이들은 거리에서 낯선 어른들을 마주쳐도 스트레스를 덜 받을 것입니다. 더 빨리 사춘기로 내몰리지도 않을 것이며, 열등의식이나 독선에도 빠지지 않고, 두루 원만하고 진취적인 훌륭한 신사숙녀로 성장할 것입니다.

학교가 성차별의 온상

초등학교 2학년이던 딸아이가 제게 물었습니다.

"아빠, 나는 왜 만날 35번이나 40번이어야 해?"

'응, 그것은 네가 여자이기 때문이야.'

"왜 여자는 만날 남자들 뒤에 있어야만 해?"

"……."

저는 적절한 대답을 해줄 수가 없었습니다.

성차별 문제가 처음 제기된 지 200년이 지났습니다. 국내 대학에서 여성학을 가르친 지도 20년이 넘었습니다. 21세기는 여성의 시대라고 하면서도 우리 사회에서 남녀평등 문제는 여전히 구호 차원에서 크게 나아가지 못하고 있는 실정입니다. 우리의 초·중등 교육 현실을 들여다보면 극명한 예가 보입니다. 남학교에서는 은연중에 이른바 사나이〔大丈夫〕론을 강조하고, 여학교에서는 현모양처가 모델

따뜻한 반란

이 되고 있습니다.

저는 '사나이답다'라는 말 자체를 나쁘다고 지적하고 싶지는 않습니다. 이 표현에 여성에 대한 우월적인 뉘앙스가 내포되어 있지 않다면 말입니다. 현모양처라는 말도 역시 그 자체가 나쁜 뜻은 아닐 것입니다. 이 표현이 남성에 대한 봉사나 희생을 전제로 하는 굴욕적인 의미가 아니라, 현부양부(賢父良夫)의 상대적 의미로서만 사용된다면 말입니다.

하지만 아무리 그렇게 이해하려 해도 왠지 좀 미심쩍습니다. 우리 사회에서 사나이답다는 말은 여성성(女性性)을 '소극적이고 의존적이며, 수동적이고 미덥지 못한, 비독립적인 불완전한' 것으로 인식하는 이미지가 전제되어 있기 때문입니다. 적어도 남학교에서 현부양부를 길러내는 것을 교육목표로 제시하지는 않을 것입니다. 남학교에서는 나라와 인류를 이끌어갈 대들보를 길러낸다고 강조하면서도 왜 유독 여학교에서는 현모양처를 길러낸다는, 이른바 성 역할의 고정적 관념이 엄존하고 있을까요?

이러한 잘못된 관념은 우리 교육의 지극히 기본적인 틀에서 비롯됩니다. 예컨대 유치원이나 초·중등학교 출석부의 명렬(名列)에는 으레 남녀를 구별하고 남학생을 앞에 기재합니다. 교육 당국은 짐짓 공평성을 내세워 생년월일 순을 택하고 있지만, 아마도 그들의 사고로는 여전히 남녀의 구분선까지 타파하지는 못하나 봅니다. 가뜩이나 남아선호 경향 때문에 여아의 숫자가 남아의 3분의 2에 불과한데도 편의상 또는 무심코 남학생을 우선시하여 여학생들은 종종 학내의 소수로 전락하고 있습니다.

또 있습니다. 아이들이 즐겨 읽는 동화책, 특히 한국 고전이나 위인전에는 기본 바탕에 이미 성차별의식이 깔려 있습니다. 특히 조선시대의 작품은 유교문화의 부정적 찌꺼기를 여과 없이 그대로 재판하고 있습니다. 하지만 과연 누가, 아이들이 독서할 때마다 이에 대한 인식을 수정하도록 지도하겠습니까? 이는 출판물 검열기관인 '한국도서잡지윤리위원회'가 담당해야 할 새로운 과제이지만 지금까지 이 위원회는 국가보안법상의 저촉 여부나 외설 시비 등에만 집착해 왔습니다.

이제부터 출판될 아동용 서적에는 그것이 설사 고전일지라도 성차별적 내용 전개나 권위주의적 표현에 대해서는 자세한 주해를 달아둘 것을 법으로 규정하고 엄정한 심의를 거치도록 해야 할 것입니다. 아울러 창작동화의 경우엔 성차별적 인식과 태도, 행위 뒤에는 반드시 불행한 결말이 따른다는 권선징악적 교훈을 내포하게 해야 할 것입니다. 이에 대해 표현의 자유를 위협한다고 비판하기는 힘들 것입니다.

이제 우리는 사랑하는 우리 아이들마저 구시대의 껍질 속에 갇혀 살게 하는 잔인한 어리석음을 더는 되풀이하지 않아야 하겠습니다.

따뜻한 반란

우리의 소중한 새싹들이 아주 어릴 적부터 남녀를 불문하고 성차에 얽매이지 않고 서로 존중하며 창의적 사고와 진취적 기상을 지닌 멋진 신사숙녀로 성장할 수 있도록 길을 닦아주어야 하겠습니다. 획일화되고 타성에 젖은 우리 사회의 제도와 관행을 혁신하기 위해서는 우리의 사고와 의식을 먼저 혁신해야 할 것입니다.

모스크바 대학의 강의실

모스크바 대학에서 가르치던 때의 일입니다.

몹시 희망했던 일이긴 했습니다만 막상 외국의 대학에서 그 나라 언어로 강의를 해야 한다고 생각하니 저의 어설픈 러시아어 실력이 너무도 초라하게 느껴져서 여간 걱정되고 긴장되는 게 아니었습니다. 긴긴 여름방학 동안 휴가 한 번 제대로 가지 못하고 줄곧 강의 준비를 해야 했습니다. 가을이 되자 비록 불안하기는 했지만 난생처음으로 하는 외국 대학에서의 강의인지라 설레는 마음으로 개강 일을 맞았습니다.

떨리는 마음을 다잡으며 강의실로 갔습니다. 그런데 이게 웬일입니까. 저는 실소를 금할 수 없었습니다. 모스크바 대학의 웅장한 스케일에 걸맞지 않게 정작 강의실은 콧구멍만 했습니다. 대학원 시절에 수업하던 세미나실처럼 조그마한 공간에 두 명이 앉을 만한 책걸상 서너 개에 모두 일곱 명의 학생이 앉아 있었던 것입니다.

순간 긴장되던 마음은 어디론가 사라지고 갑자기 자존심이 상했습니다. '넓은 강의실에 꽉 찬 러시아인 학생들의 시선을 집중 받으며 열강을 할 수 있어야 할 텐데……' 하던 생각은 완전히 접어야 했습니다. "나 원 참, 강의를 해달라고 할 때는 언제고 외국인이라고 무시하는 건가. 학생이 고작 일곱 명이라니." 기분이 언짢아 학생들 앞인 줄도 잊고 한국말로 이렇게 투덜거리며 자리에 앉았습니다. 앞에 있는 책걸상 하나가 교수가 앉는 자리였던 것입니다.

그런데 다음 순간 저는 깜짝 놀랄 일을 겪었습니다. 한 학생이 유창한 한국말로 "교수님, 다른 강의도 다 그렇습니다"라고 말하는 것이 아닙니까. 저는 어안이 벙벙하여 "아니, 어떻게 한국말을 할 줄 아느냐?"라고 물었더니, 자신들 중 두세 명이 한국어를 부전공으로 하고 있다고 대답했습니다. 몇 학년이냐고 묻자 2학년이라고 했습니다. 아니, 그렇다면 한국어를 언제부터 배웠느냐고 물었더니 1학년 때부터 배웠다는 것입니다.

저는 도무지 이해할 수 없었습니다. 아무리 수재들만 입학한다는 모스크바 대학이라지만 이제 고작 1년 반을 공부하고서 교수가 혼자 중얼거리는 한국말을 알아듣고 설명까지 해주는 모습에 정말이지 뒤통수를 한 대 얻어맞은 기분이었습니다.

의문이 풀리는 데는 채 며칠이 걸리지 않았습니다.

물론 그들이 다 수재들이긴 했습니다만 열쇠는 바로 강의실에 있었습니다. 거의 대부분의 수업을 그와 같이 조그마한 강의실에서 예닐곱 명의 학생과 교수가 마주 앉아 진행하고 있었습니다. 우리 대학들의 대학원 수업에서보다도 더 적은 인원으로, 그야말로 집중적으로 공부하고 있었던 것입니다.

저는 잠시 엄청나게 많은 학생 앞에서 강의했던 지난 시절을 떠올렸습니다. 서울의 모 대학에서 '대중매체의 이해'라는 교양 선택과목을 강의할 때였습니다. 그 대학의 초창기에 강당으로 사용했다는 기다랗게 생긴 큰 강의실에서 550여 명의 학생을 앉혀놓고 강의를 했습니다. 강의실 앞에 서면 뒷자리에 앉은 학생들의 이목구비가 제대로 분간되지 않을 정도였고 출석을 부르는 데만 20분이 소요되었으니 그건 강의라기보다는 강연이었던 셈입니다. 병아리강사 3년 차 시절이었습니다. 회상해보건대, 당시 저는 몹시 우쭐댔던 것 같습니다. 제가 강의를 잘해서 학생들이 그렇게 많이 몰려온 것으로 착각할 정도였으니 말입니다.

지금에 와서 생각해보면 그땐 정말 모든 게 엉터리였습니다. 학기말에 채점을 하고 성적을 평가하는 일이 말 그대로 장난이 아니었습니다. 다른 두어 강좌까지 합하면 모두 1,000명가량의 학생을 가르친 셈인데, 논술시험이었으니 중간고사 답안지가 1,000장, 기말고사 답안지도 1,000장, 게다가 어쩌다 공부를 좀 많이 한 학생은 답안지를 두 장씩 쓴 사람도 있었습니다. 더욱이 과제물을 두 번씩 부과했으니 200자 원고지 20매 분량의 리포트가 2,000여 부, 이러니 그 학기에 제가 강의 준비와 평가 이외에 다른 무엇을 할 수 있었겠습니까. 거의 매일을 학생들이 낸 리포트나 답안지를 읽고 채점하는 것이 전부였습니다. 그러니 다른 연구는 고사하고 평가인들 제대로 되었을 리 만무했습니다. 물론 딴엔 하느라고 했지만 객관식 답안지도 아닌 논술식 답안지 수천 매를 어떻게 제대로 변별력 있게 평가할 수 있었겠습니까.

그런데도 저는 그런 과거에 은근한 자부심을 느끼고 있었으니 모스크바 대학에서 일곱 명의 학생을 만났을 때 얼마나 실망이 컸겠습니까. 하지만 사정을 알고 난 후 저는 또 다시 자존심이 상했습니다. 우선은 무의미한 일에 어설프게 자부심을 느껴왔던 저 자신이 부끄러웠고, 다음으로는 어디를 가나 콩나물시루인 우리 사회의 현실이 너무도 안타까웠습니다.

초등학생 딸아이 학급의 어린이는 모두 마흔세 명이었습니다. 모스크바 대학의 여섯 배인 셈입니다. 다행히 딸아이는 그런대로 적응하고 학업도 어느 정도 따라갔습니다만 그 마흔세 명의 학생 중에는 분명히 뒤떨어지는 어린이도 있었을 것입니다. 그럴 때 어떻게 선생님 한 분이 그 많은 아이들을 다 제대로 가르칠 수 있겠습니까.

불가능한 일입니다. 우리의 교육은 아주 어릴 때부터 잘하는 아이들 소수만 골라내는 식이었습니다. 다르게 표현하면 결과적으로는 뒤처지는 아이들을 하나둘씩 솎아내는 식이 되고 맙니다. 어쩌면 많은 사람을 모아놓고 그중 몇 사람을 뽑아내기 위해 나머지를 서서히 도태시키는 과정이 우리의 교육 여건인지도 모릅니다.

"영어 공부를 10년씩 하고서도 한마디도 알아듣지 못하는 잘못된 교육"이라고 늘 비판하는데, 사실 그것의 근본적인 원인은 바로 과밀학급입니다. 하루빨리 우리 사회의 과밀학급 문제를 해결하지 않는다면 아무리 열띠게 논쟁하고 이리 바꾸고 저리 바꿔보더라도 우리의 교육에 뚜렷한 변화는 기대할 수 없을 것 같습니다. 그런데도 우리는 여전히 너도나도 큰 학교를 선호하고 소규모 학교를 지속적으로 통폐합하는 엉뚱한 방향으로 치닫는 중입니다.

어린이를 존중하는 사회라야
비전이 있습니다

우리 사회는 전통적으로 어른중심 사회였습니다. 그러다 보니 자연스레 어른을 공경하는 사회로 뿌리내리게 되었고 그것은 날로 혼탁해지고 각박해지는 지구촌 세상을 돌아볼 때 매우 든든하고 자랑할 만합니다. 그래서 이제는 그러한 든든한 면 뒤에 가려져 온 부족한 부분에도 좀 더 관심을 가져야 할 때라고 생각합니다.

세상 모든 일이 다 나름대로 가치가 있겠지만 저는 아이들에게 꿈과 희망을 엮어주는 일이야말로 세상 무엇보다도 더 소중하고 의미 있는 일이라고 생각합니다. 더욱이 세계 어느 나라보다도 유독 어른중심적인 우리 사회를 돌아볼 때마다 저는 아이들의 꿈을 실현하는 사회 환경을 만드는 일이야말로 더욱 절실한 과제라고 생각합니다.

좀 극단적인 예이긴 합니다만 어릴 적에 구전되었던 전설 같은 이야기가 생각납니다.

찢어지게 가난한 내외가 병든 어머니를 공양할 최소한의 양식도 없어 가슴 아파하던 중 어머니 몰래 자신들의 갓난아기를 희생시켜 인육(人肉)을 공양했다는 이야기였습니다. "아이야 또 낳으면 되지만 한 분뿐인 어머니는 돌아가시고 나면 더는 공양할 기회가 없지 않느냐"라는 것이 이야기의 핵심이었습니다.

또 있습니다. 가난한 부부의 집에 귀한 손님이 들었는데 대접할 거리가 없었습니다. 남편의 체면을 걱정하며 부엌에서 애태우던 아내가 급기야 자신의 허벅지살을 도려내어 국을 끓여 대접했다는 이야기였습니다. 비슷한 것으로 경제적으로 무능한 남편을 도우려 자신의 머리카락을 잘라 끼닛거리를 마련했다는 아내의 이야기도 있습니다.

오늘날 우리는 이런 유의 이야기를 어떻게 받아들여야 할까요?

아름다운 마음 씀씀이를 나타낸 한쪽 면만 볼 때엔 매우 가슴 뭉클한 이야기입니다. 그러나 논리 자체는 야만적이고 전근대적인 사고의 전형이 아닐 수 없습니다. 비록 전설 같은 이야기에 불과하지만 전자가 어른중심 사회의 전형적인 모습을 극명하게 보여준 이야기라면 후자는 남성중심 사회의 전형을 보여주는 예일 것입니다. 누가 지어냈는지는 모르겠습니다만 오늘날 우리의 적지 않은 중년 엄마 아빠는 이런 유의 이야기를 미담(?)으로 전해 들으며 자랐습니다. 안쓰럽고 답답한 이야기들입니다.

아무리 담고 있는 메시지가 그럴싸하다손 치더라도 이건 아닌 것
같습니다. 아무리 어른을 공양하는 일이 중요하다 할지라도, 아무리
남성을 우월시하고 또 체면을 중시했던 사회라 할지라도, 이런 이야
기를 들으면 왠지 미개하고 야만스럽다는 느낌이 듭니다. 비록 효(孝)
를 강조하기 위해 상징적으로 꾸며낸 이야기라 해도 자식의 인육으
로 부모를 공양했다는 이야기는 근본적인 발상부터가 잘못된 것이
기 때문입니다.

오해가 없었으면 좋겠습니다. 잘못 꿰맞추면 마치 어른을 공경하
는 것 자체를 시비하는 것으로 오해될지도 모릅니다. 효를 경시한다
는 논리로 왜곡될지도 모릅니다. 하지만 이것은 효와는 별개의 차원
입니다. 세대 간의 갈등을 조장하는 말도 아닙니다. 그간의 우리 사
회가 너무도 비정상적으로 어른중심 사회만을 고집해왔던 것에 반
성을 제기하는 것입니다. 비록 극단적인 예를 들긴 했습니다만 우리
사회가 지난날의 관념들을 반성하고 새로운 사회를 준비하기 위해
서는 발상의 전환이 요구된다는 상징적인 문제 제기입니다. 이것은
인류 역사를 통해 입증되어왔고, 오늘날 입버릇처럼 주장되는 경쟁
력을 위해서도 그렇습니다.

어린아이를 키우는 아비의 한 사람으로서 날이 갈수록 어려워져
만 가는 사회의 단면들을 볼 때마다 늘 안타깝고 죄스러운 마음을
금할 수 없습니다. "나는 과연 저 아이들에게 무엇을 해줄 수 있을

까?", "어떻게 사는 것이 저 아이들이 욕되지 않고 꿈과 용기와 희망을 가꾸어갈 수 있도록 도와주는 길일까?", "지금 이대로의 사회를 그들에게 고스란히 물려줄 수밖에 없다면 그것은 죄스럽고 부끄러운 일이 아닐까?" 하고 말입니다.

공동체와 역사를 이야기할 때 우리는 흔히 과거, 현재, 미래를 말합니다. 그리고 인생을 이야기할 때 우리는 유년기, 청·장년기, 노년기로 구분합니다. 노인이 과거 세대라면 청·장년은 현재 세대이고 아이들은 미래 세대입니다.

인생에서 이 모든 시기는 한결같이 다 중요합니다. 지나간 과거를 잊고 공허한 상태로 살아간다면 그 인생에 무슨 보람이 있겠습니까. 오늘을 제대로 살아가는 데 꼭 필요한 소중한 경험과 교훈을 주는 역사로서의 과거는 그래서 중요합니다. 하지만 더 중요한 것은 역시 오늘을 사는 이유로서의 미래일 것입니다. 우리에게 미래가 없다면 오늘이 과연 무슨 의미가 있겠습니까.

비록 저 자신은 아직 여러모로 부족한 처지입니다만, 사람이 사람 대접을 제대로 받으며 살아갈 수 있는 인간적이고 민주적인 선진 문화사회를 이루기 위해서는 무엇보다도 먼저 그 사회가 아이들의 천국을 지향해야 한다고 믿습니다. 지금껏 지구 상에서 그런대로 인간적이고 민주적인 선진 문화사회를 이룩했다는 사회들을 보면 그들 사회는 한결같이 인간사에 아이들을 중심에 세우고 있다는 사실을

따뜻한 반란

깨닫게 됩니다. 그들이 아이들을 앞에 내세우는 것은 결코 노년의
부모들에 대한 관심이 부족해서가 아니라 공동체의 계속성과 미래
의 중요성을 너무도 잘 인식하고 있기 때문입니다.

지금까지 그들이 인류 역사를 주도해올 수 있었던 것은 그들 사회
가 과거나 현재 못지않게 미래를 중시하는 사회였기 때문일 것입니
다. 바로 그래서 그들은 언제나 아이들의 천국을 실현하는 것을 사회
의 중요한 목표로 삼아왔던 것이고, 시간이 흐르면 흐를수록 그들
사회가 더 튼튼해져 온 것 또한 미래 사회를 이끌어갈 아이들이 더욱
활발하고 창의적인 삶을 살 수 있도록 꾸준히 노력해왔기 때문일 것
입니다.

어른을 공경하는 일 못지않게 어린이를 존중하는 사회라야 비전
이 있습니다. 미래가 불투명하고 걱정된다면 하루빨리 이 사회를 어
린이를 존중하는 사회로 탈바꿈시켜야 할 것입니다. 우리 아이들이
더 슬기롭고 창의적으로 성장해서 더욱 희망찬 미래를 열어나갈 수
있기를 바란다면 우리 어른들이 좀 더 적극적으로 지혜를 모아야 할
것입니다.

물론 새삼스레 강조하지 않더라도 각 가정에서는 이미 자녀들을
너무도 잘 보살피고 있겠지만, 그것만으로는 부족합니다. 사회적인
접근 노력이 필요합니다. 사회의 공공재 대부분이 어른들 위주로 설
계되고 사용되는 현실을 묵과한 채로 늘어가는 사교육비만 원망하

는 사회는 미래의 비전을 확신할 수 없습니다. 제도 개선과 정책 개발을 통해 우리 사회의 문화 풍토 자체가 아이들의 천국을 방불케 하는 모습으로 전환되어야 합니다. 아직도 "내 아이는 내가 키우는 것이 아닌가?" 하는 생각에 사로잡혀 있다면 앞에서 소개한 미개한 이야기가 회자되던 시대의 사고와 다를 바 없을 것입니다. 지혜로운 어른들의 결단이 필요한 때입니다. 어린이를 자녀로 둔 젊은 부모들이 나서서 우리 사회 전반을 아이들의 천국으로 전환하는 노력을 시작하면 좋겠습니다.

따뜻한 반란

땟국물 사회

늦은 오후 대중목욕탕.

흔히 남성들은 새벽 목욕을 즐기지만 그런 남성들 때문에 더 바쁘게 살아야 하는 여성들은 새벽 목욕을 즐길 시간이 없습니다. 가족의 아침 식사와 남편의 출근 준비, 아이들의 등교 준비를 도와주다 보면 아무리 일찍 일어나도 새벽 시간은 늘 빠듯하기만 합니다.

낮 시간을 집안 정리에 시달리다가 늦은 오후라야 짬을 내게 되는데, 그 시간의 목욕탕은 대체로 지저분합니다. 남탕에는 목욕탕 여기저기에 젖은 수건과 쓰고 버린 일회용 면도기와 칫솔들이 난삽하게 흩어져 있고 온탕의 수면 위엔 뜨거운 물에 퉁퉁 불은 땟덩어리가 둥둥 떠다니기 일쑤입니다. 여탕엔 가보지 못했지만 아내의 말을 들어보면 이런 사정은 아마도 우리 대중목욕탕의 공통적인 현상인 것 같습니다.

간단히 샤워를 마치면 온탕의 뜨거운 물 속에 잠시 몸을 담급니다. 더러는 피로를 풀기 위해서, 또 더러는 때를 불리기 위해서라고 합니다. 더운 김이 무럭무럭 피어오르는 온탕에 앉아 있노라면 들어갈 때 첨벙하는 물결에 저만치 밀려갔던 땟덩어리들이 다시 스믈스믈 몸 가까이 다가옵니다.

정상적인 사람들은 대체로 땟덩어리를 기분 나쁘고 불결하게 생각합니다. 탕 속에 몸을 담근 채 수면을 손으로 휘저어 땟덩어리를 저만큼 밀쳐냅니다. 다시 또 스믈스믈 다가오면 같은 동작을 반복하여 자기 몸에 닿지 않게 합니다. 낯선 사람들 여럿이 앉아 있을 땐 저마다 자기 몸에 땟덩어리가 닿지 않도록 수면을 밀쳐댑니다. 좀 더 청결을 원하는 사람은 아예 들어서자마자 바가지로 땟덩어리를 건져내기도 하고 물을 넘치게 하여 흘려보내기도 합니다. 오래전엔 아예 잠자리채 같은 것을 비치하여 이따금 건져내기도 했습니다.

하지만 사람들은 그 뜨거운 물 속에 둥둥 떠다니는 땟덩어리가 어떻게 해서 몸에서 떨어져 나왔는지를 제대로 생각해보지는 않는 것 같습니다. 땟덩어리가 몸에서 떨어지려면 우선 뜨거운 물에 몸이 퉁퉁 불어야 할 것입니다. 그리고 누군가는 온탕 속에서 피부를 어루만지듯 하면서 남몰래 때를 밀었을 것입니다. 어쩌면 아무도 보지 않는 틈에 적극적으로 밀어댔을지도 모릅니다.

그건 고사하고 그렇게 밀릴 정도의 때라면 그 뜨거운 물 속엔 이미

따뜻한 반란

땟덩어리만 있는 것이 아니라 물 자체가 때를 푹 삶아낸, 말하자면 땟국물일 것입니다. 하지만 사람들은 우선 제 몸 가까이로 다가오는 눈에 보이는 땟덩어리에만 눈살을 찌푸릴 뿐 푹 삶겨서 진하게 우러난 땟국물 속에 몸을 담그고 있다는 사실은 애써 생각지 않는 것 같습니다.

우리의 삶도 마찬가지입니다. 우리 대중목욕탕 문화는 우리 사회의 어두운 축소판 같다는 생각이 듭니다. 저마다 좋은 것은 챙기고 나쁘고 싫은 것은 아무 데나 내버립니다. 승용차 안에서 피우던 담배가 꽁초가 되면 차 안을 어지럽히기 싫어 창밖으로 던집니다. 제 자녀에겐 해롭다 하여 한사코 멀리할 것을 주장하면서도 남의 집 아이들을 고객으로 해서 돈을 법니다. 제 식구들에겐 건강에 해롭다고 가까이하지 못하게 하면서도 남들을 상대로 해서 열심히 매상을 올립니다.

제 딸은 귀가 시간을 체크할 정도로 철저히 보호하면서도 남의 집 딸아이를 상대로 쾌락을 추구하는 어른도 적지 않습니다. 제 아내는 바깥출입을 막을 정도로 엄격히 조심시키면서도 남의 유부녀를 유혹하고 농락하기를 즐기는 사람도 있다고 합니다. 제 노부모에겐 젊은이들이 좌석을 양보해주기를 바라면서도 정작 자신은 노인 앞에서 눈을 감고 앉아 애써 외면하기도 합니다. 사회에 만연한 불합리를 누군가가 위험을 무릅쓰고 개혁해달라고 요구하면서도 정작 제 가

제1부 엄마들의 반란

족은 그런 일에 연루되어 구설에 오르거나 불이익을 당하지 않기를
바랍니다.

　이렇듯 자신은 온탕에서 남몰래 때를 밀어대면서도 늘 청결한 탕
이 기다리고 있기를 바라는 모순된 의식의 소유자들이 문화시민이
되기는 어렵습니다. 사회가 온통 땟국물인데 그 물을 갈고 새 물로
채우려는 노력은 하지 않고 우선 눈에 띄는 땟덩어리만 건져내려는
사회가 선진국이 된 예는 드뭅니다. 우리도 이제는 땟국물 속에서
허우적거리는 모습에서 벗어나면 좋겠습니다.

●
따뜻한 반란

엄마들의 반란

어릴 적 시골집 초가지붕 밑에는 닭 둥지가 매달려 있었습니다.

마당에 풀어놓은 닭들은 떼를 지어 몰려다니며 낟알을 주워 먹기도 하고 나물 이파리도 뜯어먹으며 어쩌다 운 좋은 녀석은 굵은 벌레도 얻어걸립니다. 집닭인지라 사람을 보고도 그다지 무서워하지도 않아 우리는 그들과 함께 정겹게 살았습니다.

암탉이 스스로 둥지에 올라 알을 낳고 꼬꼬댁거리면 우리 남매들은 금방 낳은 뜨거운 달걀을 서로 차지하려고 실랑이를 벌이곤 했습니다. 그 틈에서도 어머니는 용케도 달걀을 모으셨다가 암탉이 품을 때가 되면 둥지에 달걀을 넣고는 병아리가 되어 나올 때까지 잘 보살피셨습니다.

그런데 하루 한 번씩 달걀을 낳을 때만 해도 사람이 다가가면 슬쩍 피하곤 했던 암탉이 이상하게도 알을 품을 때가 되니 성정(性情)이

180도로 변해 있었습니다. 우리는 둥지 안의 알이 어떻게 변해가는지 궁금하여 수시로 손을 집어넣곤 했는데, 그럴 대면 영락없이 암탉의 부리에 손등이 찍히곤 했습니다.

이미 암탉은 눈에 보이는 게 없었습니다. 그 조그마한 몸집으로 마치 사람을 이기려는 듯이 목 깃털을 세우고 덤벼들기도 했고, 부리든 발톱이든 닥치는 대로 동원하여 할퀴곤 했습니다. 모이를 먹을 시간이 되어 암탉이 마당으로 내려오면 우리는 그때를 이용하여 둥지에 손을 넣어보지만 자칫 암탉에게 들키기라도 하면 이내 눈을 치켜뜨고 달려드는 암탉을 피해 도망쳐야 했습니다.

이렇게 20일 정도를 넘기면 드디어 둥지에서 병아리 소리가 나기 시작합니다. 정말이지 예쁜 노란 병아리를 보면 누구나 한 번쯤은 손에 넣어 보듬고 싶은 충동을 느끼게 됩니다. 하지만 이때쯤엔 어미 닭은 이미 닭이 아니었습니다. 어지간한 개보다도 더 무섭게 덤벼들기 때문에 흑심을 품고서는 감히 병아리 근처에 얼씬도 할 수 없었습니다.

보잘것없는 몸집의 나약한 미물이라고 하는 그 어미 닭이 스무 마리나 되는 병아리를 제 혼자서 어떻게나 열심히 잘 챙기는지, 오직 감탄할 따름이었습니다. 병아리들에게 위협이 될 만한 그 어떤 외부의 도전이나 환경에도 어미 닭은 과감히 공격을 시도했고, 새끼들의 안전을 위해 나름대로 최상의 조건을 만들어주기 위해 부단히 애쓰

따뜻한 반란

는 모습은 놀랍기만 했습니다.

저는 어릴 적 어미 닭과의 추억을 더듬을 때마다 오늘을 사는 우리 젊은 엄마들을 생각하게 됩니다. 오늘날 우리가 살아가는 사회 환경은 그 어미 닭이 자신의 새끼들을 지키려고 버둥대던 환경과는 비교도 안 될 정도로 훨씬 더 위협적입니다. 유괴사건은 차치하고서라도 영·유아 성추행과 폭행, 위험천만한 길거리, 각종 유해환경의 범람, 신뢰할 수 없는 교육제도, 급속히 붕괴하고 있는 자연환경, 한 치 앞을 예측하기 어려운 혼돈 속의 경제상황, 그런데도 끝없이 혼탁하기만 한 정치판……. 이 모든 것이 우리 아이들의 미래를 위협하고 있습니다.

그런데도 저는 아직 어릴 적 제 손등을 찍어대던 어미 닭처럼 용감하게 나서는 젊은 엄마들의 모습을 보지 못했습니다. "어쩌면 인간은 동물들보다도 더 나약한 존재가 아닐까?" 하는 의구심조차 듭니다. 한갓 미물인 어미 닭도 병아리들에게 위협이 될 상황이면 앞뒤 가리지 않고 덤벼드는데, 오늘날 우리의 엄마들은 과연 그 어미 닭만큼의 대응이라도 하고 있는 것일까요?

물론 우리 어머니들도 사랑하는 자식들에게 직접적으로 위협이 되는 일이 발생하면 그야말로 물불 가리지 않고 대처합니다. 자식을 구하려고 목숨을 내던진 어머니들의 이야기는 셀 수 없이 많습니다. "여자는 약하지만 어머니는 강하다"라는 말은 바로 그것을 일컫는 것이겠지요.

　하지만 내 아이를 포함한 이웃의 아이들 모두에게 관계되는 더 사회적이고 구조적인 문제에 대해서는 비록 불만은 가질지언정 적극적이고 명시적으로 대응하기보다는 움츠려 체념하고 마는 것이 또한 오늘날 우리 사회의 엄마들의 모습이 아닌가 싶습니다.

　연일 터져 나오는 사건, 사고가 죄다 우리 아이들이 장차 살아갈 세상을 위험하게 만드는 일인데도, 그저 단편적이고 직접적으로 위해가 되는 것에 국한해서만 반응할 뿐, 범사회적이고 더 근본적인 문제들에는 단지 푸념만 한 채 적극적으로 대응하고 있지는 못한 것 같습니다.

　분명 우리 아이들에게 위험한 환경임이 틀림없는데 어찌하여 우리 사회의 엄마들은 그토록 잘 인내하고 있는 걸까요. 어쩌면 다른 가치를 추구하고 있는지 모르겠습니다. 또 어쩌면 "괜히 나섰다가 나만 불이익을 당할지도 모른다"라는 나약하고 비겁한 의식에 지배되고 있는지도 모르겠습니다.

　그렇지만 우리는 충분히 이해할 수 있습니다. 지난 수 세기 동안 너무도 단단하게 고착된 남성 위주의 사회구조와 철옹성 같은 권위주의 권력, 정권이 몇 번씩 교체되어도 변함없이 사회의 모든 부문을 한 손에 장악하고 있는 기득권 세력……; 이러한 높고 두터운 장벽이 사랑하는 자식의 미래를 옥죄고 있는 현실 사회의 암담한 상황을 지

켜보면서도 어찌해볼 수 없는 우리 어머니들의 아픈 심정이야 오죽
하겠습니까.

하지만 인간은 적어도 어미 닭보다는 한 차원 높은 대응을 해야
마땅하지 않겠습니까. 우리 아이들이 살아가는 이 사회의 환경은 그
옛날 병아리들이 노닐던 시골집 마당과는 비교도 안 될 정도로 불안
하고 위험천만합니다. 그 누구도 돌봐주는 이 없고 저마다 제각기
자신의 앞만 보고 살아가는 세상에서 순진무구한 어린이를 키우는
어머니들은 좀 더 적극적인 대응을 해야 하지 않을는지요.

이젠 어린이를 키우는 젊은 엄마들이 직접 나서면 어떻겠습니까.
조직화되기 어렵다는 대중의 무력한 속성을 떨치고 일어나 사랑하
는 아이들의 미래를 위해 정치, 경제, 사회, 교육, 문화, 환경 등 제반
문제점들을 하루빨리 개선하자는, 이른바 '엄마들의 반란'을 주도한
다면 그 어떤 개혁정책보다도 더 큰 설득력을 발휘할 수 있지 않겠습
니까. 그리고 그 어떤 시민단체 활동보다도 더 큰 영향력을 갖게 되
지 않을까요.

사랑하는 자식을 위해 사회의 구조적인 문제들을 뜯어고쳐야 한
다고 한국의 엄마들이 들고 일어선다면, 그때도 권위주의적 장벽이
그들을 막을 수 있을까요. 경찰 병력을 투입하여 최루탄을 발사하고
진압봉으로 엄마들의 머리를 후려갈기게 될까요. 자식들의 미래를
위해 분연히 떨치고 일어난 엄마들에게 냉소적 질시나 보내는 이기

적이고 그릇된 사고를 지닌 아빠들이 있을까요.

아마도 전 세계, 아니 전 인류의 이목은 '엄마들의 반란'을 주목하게 될 것이고, 역사는 그 사건을 인류 역사상 가장 평화롭고 의미 있는 봉기로 기록하게 되지 않을까요.

시민은 도외시한 채 집단이기주의에 매몰되어 안하무인격으로 오만해지는 정치권을 지켜보면서도 속수무책 한숨만 쉬고 마는 시민사회를 돌아보니 문득 '엄마들의 반란'이 기다려집니다.

따뜻한 반란

사랑의 기술

오래전에 <교수목(The Hanging Tree)>(1958)이라는 유명한 영화가 있었습니다.

게리 쿠퍼(Frank James Cooper)와 마리아 셸(Maria Schell)이 주연했던 이 영화의 첫 부분은 강도의 습격을 받아 눈이 멀게 된 마리아 셸이 의사인 게리 쿠퍼를 만나는 데에서 시작됩니다. 게리 쿠퍼는 실명한 마리아 셸을 치료하고 있었는데, 어느 날 쿠퍼가 병실에 들어와 마리아 셸 옆으로 다가오자 그녀가 이렇게 말했습니다.

"당신은 키가 참 크시군요!"

쿠퍼가 깜짝 놀라, "아니 당신은 앞을 못 보면서 내가 키가 크다는 것을 어떻게 압니까?"

"다른 사람들은 문을 열고 내 침상까지 오는 데 다섯 걸음이 걸리는데, 당신은 네 걸음밖에 안 걸리는 것으로 봐서 키가 큰 분이라고 생각했습니다.”

이 말 한마디에 게리 쿠퍼는 그만 이 여인의 사려 깊음에 반해서 사랑하게 됩니다.

이런 이야기는 남자들 세계에서는 얼마든지 있는 일입니다. 사실 여성들이 오해하는 것이 하나 있는데, 사랑하는 자기 남자는 자신의 모든 것을 다 사랑하리라고 생각하는 점입니다. 단언하건대, 절대로 그렇지 않습니다. 비록 자기가 사랑하는 여자일지라도 그 여자의 모든 것을 다 사랑하지는 않을 것입니다. 어느 하나를 사랑할 뿐입니다. 예컨대, 처음 만나 인사할 때 인상적으로 느꼈던 생긋 웃으며 내보인 덧니, 또는 보조개, 또는 쌍꺼풀, 딸기밭에 가느라 시냇물을 건너뛸 때 드러나 보였던 새하얀 종아리, 또 더러는 딸기 따려 허리 굽힐 때 잠깐 드러나 얼핏 보게 된 저고리 안쪽…… 뭐 이런 식이지, 남자가 여자를 사랑하게 되는 것이 무슨 얼굴도 보고, 몸매도 보고, 마음씨도 보고, 학벌도 보고, 재산도 보고…… 이런 건 절대로 아닙니다. 오직 하나일 따름입니다.

이것은 비단 남자뿐 아니라 여자의 경우에도 마찬가지일 것입니다. 거의 매일같이 주변에서 마주치고 이야기하고 어울리면서도 전혀 다른 느낌이 일지 않다가도 어느 순간 어떤 상황에서 우연히 그 남자의 생각이나 행동, 판단, 태도, 혹은 표정이나 모습을 보게 된 이후로 그 남자가 문득 좋아져서 사랑에 빠지게 되는 경우가 왕왕 있는 것입니다. 비슷한 예는 얼마든지 있습니다.

엄청나게 못생긴 여자와 사는 남자의 경우에도 막상 그 남편의 이야기를 들어보면 제 아내가 제일 사랑스럽다고 우기는 경우가 있습니다. 그러면 우리는 그 남자를 일컬어 "허 참, 별 눈 삔 놈 다 봤네!" 하고는 으레 팔불출 운운하지만, 그 남자는 절대로 눈 삔 남자가 아닌 것입니다. 그는 뭔가 남들이 알지 못한 제 아내의 어떤 아름다움을 정말로 정확하게 이해하고 있기 때문에 사랑하고 아끼며 살아가는 것입니다.

또 남들 눈에는 "도대체 저런 남자와 어떻게 함께 살 수 있을까?" 의구심을 갖는 경우도 있지만, 그 여자는 자기가 진실로 그 남자만을 사랑하며 살아가지 않을 수 없는, 남들이 발견하지 못한 뭔가를 정확히 보아서 알고 느끼고 있기 때문인 것입니다.

하지만 오늘날 전 세계적으로 이혼율이 급증하고 있습니다. 어떤 나라는 이혼율이 60%를 넘어섰고, 국내의 지방 중소도시에서마저 이미 30%를 웃돌고 있다고 합니다. 이것은 사랑의 출발은 사소하게 시작될 수 있어도 그 사랑을 가꾸어가는 데는 훨씬 더 많은 노력과 기술이 요구된다는 것을 의미합니다. 사랑을 잘 가꾸지 못하고 실패하는 원인으로는 여러 가지가 지적되지만 더 근본적인 원인은 역시 사랑하는 사람을 위해 서로가 좀 더 부지런하지 못했기 때문일 것입니다.

사랑하는 사람을 위해 그(녀)가 내게 가졌던 매력을 유지하고 확대하려 노력하지 않고 매너리즘에 빠져 나태해진다면 그 사랑은 실패할 수밖에 없을 것입니다. 설령 헤어지지 않고 함께 살아간다 할지라도 그것은 이미 사랑이라기보다는 피치 못할 동거일 것입니다. "사랑에 눈이 멀면 단점도 장점처럼 보인다"라고 하는 이른바 콩깍지 이론은 어디까지나 초창기의 일시적 현상일 뿐, 그다음은 노력과 기술에 따라 사랑의 미래가 좌우된다고 생각합니다.

이제 한 번쯤이라도 사랑하는 사람을 위해서 사랑하는 그(녀)가 자신에게 처음으로 호감을 느끼게 되었던 매력을 다시금 되새기며 한껏 살려보는 여유로운 마음을 가져본다면, 비록 여러 가지로 어려움이 많은 시절일지라도 모처럼 따뜻한 사랑과 낭만을 만끽할 수 있지 않을까 싶습니다.

따뜻한 반란

신데렐라 콤플렉스

저는 몇 해 전부터 '여성학'을 강의해왔습니다.

요즘은 여성학을 전공한 학자들이 제법 많이 충원되었지만 우리 사회에서 대학에 여성학 강좌가 처음 생겼을 당시만 해도 여성학을 주 전공으로 공부한 학자들은 거의 없었습니다. 그래서 대부분 대학에서 정치사회학을 전공한 정치학자들이 여성학을 강의하기 일쑤였습니다. 저도 물론 그렇게 시작한 일이었지만 저 자신이 여성학을 공부하고 가르치고 싶다는 강한 의욕을 갖게 된 것은 역시 딸딸이 아빠가 되고 난 다음부터였던 것 같습니다.

"사람은 누구나 자기 처지가 되어 봐야만 제대로 받아들일 수 있다"고 했던가요. 사실 부끄러운 고백입니다만 저는 두 딸을 얻기 전까지만 해도 우리 사회의 큰 특징인 남성중심주의 사고에서 별로 벗어나지 못했습니다. 물론 민주주의를 공부하고 가르치는 정치학도의 입장이다 보니 남녀평등 문제라든가 여성지위 문제 등에 조금은 더 관대하고 적극적이었던 것은 사실이지만 이른바 여성해방을 주창하는 강의를 할 정도로 적극적이지는 못했습니다.

저는 그동안 한국여성연구회에서 펴낸『여성학 강의』(동녘, 1997)를 줄곧 교재로 활용해왔는데, 이 중에서도 이영자 박사가 쓴 '성과 사랑'이라는 부분에서 많은 것을 공감하고 배웠습니다.

이 박사는 급진적 여성해방론자인 파이어스톤(S. Firestone)의 유명한 저서『성의 변증법(The Dialectic of Sex)』을 인용하여 다음과 같이 지적합니다. "여성들은 가장 창조적인 시기를 오로지 좋은 남자를 낚기 위해 주요 에너지를 써버리고 그 나머지 일생은 그것을 지키기 위해 전념한다. 따라서 여성에게 사랑하는 것은 마치 남성에게 평생 직업과 같은 의미를 지닌다"라고 말입니다.

파이어스톤은 그 근본적인 요인이 여성을 열등하고 기생적인 계급으로 규정하는 사회적 조건, 특히 남성에 대한 여성의 경제적 의존성에 있다고 보았습니다. 바로 이러한 요소가 여성으로 하여금 사회에서 주어지는 열등한 지위에 도전하고 극복하려고 노력하기보다는 차라리 한 남성에게 인정받고 보호받으려는 쪽을 선택하도록 만든다는 것입니다.

이른바 신데렐라 콤플렉스입니다. 이것은 여성들에게 사랑이 생존 전략이나 지위 획득의 문제와 직결되는 사회 현실에서 여성들이 사랑을 도구화하여 자신의 여성적 자질과 외모를 남성의 능력과 교환하는 식의 타산적 사랑을 추구하는 세태를 비판적으로 표현한 말입니다. 즉, 한 번의 사랑으로 자신의 인생을 기적적으로 바꾸어놓으려고 애쓰는 일종의 강박관념을 말하는 것이지요.

흔히 기혼여성들이 주장하는 '사랑받는 아내론(論)'도 비슷한 맥락입니다. 사랑이란 받을 때보다 줄 때 더 아름다운 법이라고 말하면서도 정작 자신들은 자꾸만 사랑받는 여성을 강조하는 것은 그들의 생각이 여전히 인간적 자존감으로 충만한 자아정체감을 형성하고 있지 못함을 의미하는 것이 아닐까 합니다.

아내와 저는 출산이 많이 늦어서 마흔이 넘은 나이에 초등학생과 세 살짜리 딸을 키웠습니다. 늘 씻기고 다듬고 예쁜 옷으로 단장하고, 길을 나서서도 꼭 손을 잡고 걸었으니 오래전부터 어른중심 사회로 고착된 시골 땅에서는 눈총을 받을 때가 한두 번이 아니었던 것 같습니다.

그런데 우리 부부가 두 딸을 씻기고 다듬고 예쁘게 단장했던 것은 다른 생각에서였습니다. 우리는 두 딸을 예쁜 '공주'로 키우고 싶은 마음은 추호도 없었습니다. 우리는 그들을 따뜻한 가슴에 자아정체감이 충만한, 자존감이 강한 적극적이고 활달한 아이로 키우고 싶습니다. 그래서 우리는 그들의 이름조차도 남아인지 여아인지 구별이 잘 안 되는 강산이, 강석이로 붙여주었습니다.

93

우리 부부가 이 아이들에게 바라는 소원이 있다면 그것은 오로지 이들이 주체적으로 강건하게 자라서 한 세상 적극적인 자세로 뜻있는 삶을 살아주기를 바라는 마음뿐입니다. 그래서 저는 늘 기도할 때마다 이 아이들이 장차 남성에게 예속된 삶을 살거나 또는 남성에게 의존해서만 행복할 수 있는 나약한 사람이 되지 않게 해달라고 빕니다.

우리는 어린 시절 아이들이 즐겨 읽었던 동화책들을 기억합니다. 특히 여자아이들이 가장 즐겨 읽었던 동화는 「백설공주」, 「신데렐라」, 「엄지공주」 등이었을 것입니다. 그런데 여기에 등장하는 공주들의 삶은 왕자를 만나기 전까지는 고난의 연속이었습니다. 항상 결정적인 순간에 왕자가 나타나서 그들의 운명을 바꾸어 놓았습니다. 다시 말하면 이들은 주체적으로 자신의 운명을 개척한 것이 아니라 자신의 운명을 바꾸어줄 왕자를 기다리며 살았던 셈입니다. 갖은 고난을 겪다가 마지막에 왕자를 만나서, 말하자면 팔자를 고치게 된다는 이야기입니다.

물론 그 공주들은 한결같이 다 착했습니다. 그리고 부지런했고 아름다웠습니다. 하지만 이 동화들은 표면에 내건 교훈이 권선징악적인데도 정작 어린 소녀 독자들은 은연중에 공주병이나 신데렐라 콤플렉스를 키우게 되는 것이 사실입니다. 왜냐하면 그 공주들에게 왕자가 나타나지 않았다면 그들의 인생은 모두 다 별 볼 일 없는 것이

따뜻한 반란

되고 말았을 것이라는 사실을 철저히 깨닫게 되기 때문입니다.

오늘날 우리가 어린 딸을 키울 때 종종 공주라고 부르기도 하고 남들이 공주라고 불러줄 때 기분이 좋아지기도 합니다. 하지만 그것은 잘못된 발상입니다. 이것은 자신의 사랑하는 딸을 자아정체감으로 충만한 적극적인 여성으로 키우는 것이 아니라 남성에게 의존적인 무능한 여성으로 이끌 가능성이 더 크기 때문입니다.

이제 새로운 시대를 주도할 한국의 신여성이 될 소녀들은 이러한 공주병이나 신데렐라 콤플렉스에서 자유로워져야 합니다. 이것은 아주 어릴 적부터 성차 없는 교육, 다시 말해 남아와 여아를 동등하게 대하고 오직 인간이라는 한 가지 범주 속에서 평등하게 교육하는 풍토 속에서만 비로소 가능할 것입니다. 지금이야말로 아동교육에 균형 감각이 긴요한 때라고 생각합니다.

슈퍼맨 콤플렉스

여성학에 '슈퍼맨 콤플렉스'라는 말이 있습니다.

하지만 이것은 정작 여성들에게 해당하는 말이 아니라 남성들이 지니는 특별한 심리상태를 묘사한 것입니다. 즉, 남성우월주의 사고에 고착된 남성들이 집 안팎 대소사에서 남성인 자신이 모든 중대사를 판단하고 결정하는 이른바 해결사 역할을 하려는 일종의 강박관념을 말합니다. 마치 슈퍼맨처럼 말입니다.

그들은 우선 가장으로서 집안을 대표해야 하고 식구들을 먹여 살리는 가정경제에서부터 자녀교육과 진로 및 관혼상제, 심지어 부부관계에 이르기까지 모든 것을 주도해야 한다는 엄청난 책임감으로 무장하고 있습니다. 그러다 간혹 이에 실패하거나 더 이상 비전이 없다고 낙담하게 되면 이른바 고개 숙인 남자가 되거나 심하면 자살에까지 이르게 된다고 합니다.

우리 사회에서는 "남자는 과묵해야 한다"는 고착된 이데올로기 때문에 자칫 인간적 감정을 있는 그대로 표현했다가는 "채신머리가 없다"라는 흉을 듣기 일쑤입니다. 아무리 힘이 들어도 힘들다는 표현을 하면 행여 연로하신 부모님이 걱정하실까 염려되어 애써 태연한 체합니다. 아내에게 털어놓고 의논하는 것은 "대장부답지 못하다" 하여 기피합니다. 자식들에게 이야기하는 것은 더더욱 체통이 서지 않는 일이라고 여겨 쉬쉬합니다.

아무리 슬픈 일을 당해도 눈물을 보이면 안 됩니다. 원통한 일을 당해도 소리 내어 울 수 없습니다. 그뿐 아니라 즐거운 일을 만나도 너무 표시가 나게 기뻐하는 것은 역시 채신머리가 없는 짓이라 비난받습니다. 아주 우스운 이야기를 들어도 그저 껄껄 크게 몇 번 웃고 말아야지 배꼽을 잡고 본격적으로 웃는 것은 역시 남자가 취할 태도가 아니라고 합니다. 공연장에서 훌륭한 연주를 감상해도 박수는 그저 서너 번 투닥거리고 말아야지 느낀 그대로 쳐대면 가벼운 남자라는 눈총이 따를 것만 같습니다.

이렇게 한국 남성들은 삶의 희비애락을 솔직하게 표현하지 못하며 살아갑니다. 한국 남성들의 이러한 심리상태나 행동은 현대 의학이 권하는 것과는 정반대로 살아가고 있음을 의미합니다. 한국의 40대의 건강이 그다지 성치 못한 것은 바로 여기에 그 원인이 있는지도 모릅니다. 엄청난 스트레스 속에서 마치 전쟁을 치르듯이 살아가는 한국의 40대 남성은 적어도 1년에 한두 번씩 건강검진을 하지 않으면 위험하다고 합니다.

참 미련스럽기 짝이 없습니다. 그럼에도 한국 남성들은 지난 세월 동안 강건하게 그 이데올로기를 스스로 지켜왔습니다. 그렇지만 요즘 세상은 그리 호락호락하지 않다는 데 문제가 있습니다. 등골이 휘어지도록 일하고 속이 썩어 문드러지도록 고민하며 일평생을 한눈팔지 않고 앞만 보고 달려야 최소한의 면피를 하게 되는 어려운 시절이니 말입니다.

도대체 한국 남성들에게 왜 이런 슈퍼맨 콤플렉스가 형성되었을까요?

한국식 가부장제 이데올로기와 깊은 관련이 있는 것 같습니다. 한국 남성들의 철저한 여성차별 의식에 그 뿌리가 있습니다. 여성의 재능이나 역량을 남성들이 과소평가하는 데에서 비롯됩니다. 결국 여기에서 한국 남성들은 저마다 나 아니면 안 된다는 일종의 독선과 권위주의적 사고를 내면화하고 있는 것 같습니다. 그러나 사실 뒤집어 보면 남성들은 집안에서 여성 위에 군림하거나 고작 큰소리 몇 번 치고 폼 좀 잡는 대가로 평생을 뼈 빠지게 고생을 감수하는 셈입니다. 누가 시키지도 않았습니다. 남성들 스스로 미련스럽게 묵묵히 그렇게 하고 있을 뿐입니다.

한국 남성들의 이러한 슈퍼맨 콤플렉스는 아주 어린 시절부터 학습되고 내면화되는 것 같습니다. 그리고 그러한 학습의 주된 전수자는 아이러니하게도 바로 여성들입니다. 가장 가까이 있는 여성들, 즉 어머니와 아내가 아들이나 남편을 자꾸만 슈퍼맨 콤플렉스로 유도해온 것입니다. 남성의 군림이나 횡포를 싫어하는 것 같으면서도 은연중에 슈퍼맨 콤플렉스를 조장합니다. 결과적으로 볼 때 형식적으로는 남성들이 여성들 위에 군림하는 것 같지만 실질적으로는 여성들이 남성들을 구슬려서 부려먹는 셈입니다.

우리 사회의 많은 문제가 성차별에서 비롯된다고 생각합니다. 슈퍼맨 콤플렉스는 성차별이 낳은 가장 심각한 부스럼입니다. 그리고 동시에 이것은 성차별을 학습하고 전승하는 악순환의 기제로 기능합니다. 그래서 저는 우리 사회를 평화가 가득한 새로운 사회로 만들어가려면 무엇보다도 먼저 남성들을 슈퍼맨 콤플렉스에서 해방해야 한다고 생각합니다. 가장 확실한 방법은 우리의 자녀들이 아주 어려서부터 성차별을 모르고 동등을 내면화하며 성장하게 하는 것뿐입니다. 그래야만 미래의 한국 남녀가 진정한 인간평등 정신에 바탕을 두고 차별 없는 사회를 앞당겨 실현해갈 수 있을 것입니다.

2001년 3월 학기부터 큰딸 강산이가 다니던 안동서부초등학교에서는 출석부의 명렬에서 남녀의 구분을 철폐했습니다. 거의 대부분의 초등학교에서 여전히 남학생을 은연중에 우선시하는 관행에서 탈피하지 못하고 있는 현실에서 볼 때, 안동서부초등학교는 시대 변화에 역동적으로 적응해나가고 있을 뿐 아니라 인간주의적으로도 바람직한 방향을 모색하는 모범적인 학교라고 평가됩니다.

어쩌면 아들을 가진 부모들은 "뭐 그런 걸 가지고 야단스럽게 수선을 떠느냐?"라고 못마땅한 반응을 보일는지 모르겠습니다. 하지만 조금만 더 깊이 생각해보면 오히려 그것이 사랑하는 아들에게 인생의 무거운 짐을 혼자 지게 하는 강박관념, 즉 수퍼맨 콤플렉스를 심어주지 않고 참 인간적 행복을 만끽하며 살아가도록 이끄는 길이라는 것을 이해하게 될 것입니다.

어린 시절부터 남녀학생들이 함께 뒤섞여 똑같이 인간적 공감대를 형성해나간다면 우리 사회의 미래는 더 밝아질 것입니다. 그런 사회에서는 성차별도 사라질 것이며 억압과 폭력도 사라질 것입니다. 사랑이 넘치고 평화가 가득한 가정이 사회에 넘쳐나게 된다면 40대 남성의 사망률도 현저히 낮아지게 될 것입니다.

이제 엄마와 아내들은 아들과 남편들이 슈퍼맨 콤플렉스에 빠져 심신이 망가지는 것도 모른 채 자꾸만 치켜세우거나 근엄하게 만들어갈 일이 아닙니다. 오히려 엄마와 아내들이 나서서 아들과 남편들이 그 고질적인 슈퍼맨 콤플렉스로부터 해방될 수 있도록 도와주어야 할 것입니다. 희비애락에 순수하게 반응하고 솔직하게 표현할 줄 아는 소박한 참 인간으로 말입니다.

따뜻한 반란

겸손의 미학

이른바 곡학아세(曲學阿世) 논쟁으로 시작된 지식논쟁이 21세기 벽두의 한국 사회를 부끄럽게 물들인 적이 있었습니다.

당시엔 언론이나 정치권 할 것 없이 저마다 자기에게 우호적인 지식인들을 끌어들여 연일 자기방어에 여념이 없었습니다. 하지만 정작 이를 바라보는 수요자로서의 시민들은 그들이 벌이는 언어유희에 멀미를 느낄 따름이었습니다.

저는 이 논쟁을 지켜보면서 "이것이 과연 지식논쟁인가?" 하는 의구심이 들었습니다. 왜냐하면 이런 식의 논쟁이야말로 한국 사회의 권위주의적 단면을 여실히 보여주고 있었기 때문입니다. 그들이 인용하는 숱한 가치들은 죄다 일찍이 성현들이 이미 갈파한 진리들을 이리저리 교묘히 꿰어서 만든 것이거늘 정작 그들은 그러한 진리들이 탄생한 과정에는 관심도 없는 것 같아 보였습니다.

예수님과 부처님, 공자님의 가르침은 그들의 논쟁에 동원된 언어처럼 그렇게 복잡하고 난해한 말씀이 아니었습니다. 성현들은 인간사 일상에서 흔히 일어나는 지극히 단순한 사실들을 선하고 진실한 눈으로 관찰하여 결론을 얻어냈던 것이지 미처 자신도 잘 깨닫지 못한 진리들을 짜기워서 복잡하게 나열한 도식은 아니었습니다. 따라서 저는 오늘날 우리가 앓고 있는 이 진통들은 지식의 문제라기보다는 오히려 진실의 문제요, 지혜의 문제라고 생각합니다.

저마다 옳고 그른 것을 가리자고 주장하고는 있지만 정작 그들의 관심은 무엇이 옳은가보다는 무엇이 내게 더 이로운가에 집중되어 있는 것 같았기 때문입니다. 그들에게는 이(利)를 위해서라면 의(義)는 문제가 되지 않는 것 같아 보였습니다. 아울러 이러한 현상은 사안에 따라 가끔 빚어지는 특수한 현상이 아니라 이미 상당 부분 고착되어 현대 한국 정치사를 관류하고 있는 항상성(恒常性)인 것 같아 가슴이 더 답답했습니다.

그들은 저마다 자신들이 추구하는 최고의 가치로 국민, 즉 시민의 안녕과 복리를 내세웁니다. 하지만 구중궁궐에서 정치를 하던 옛날과는 달리 오늘날처럼 미디어가 발달하고 또 시시각각으로 여론조사 결과가 속속 발표되는데도 진정한 시민의 뜻은 애써 외면한 채 그저 세몰이에만 급급하고 있습니다.

오래전부터 저는 매 학기 첫 시간마다 습관적으로 학생들에게 던지는 질문이 하나 있습니다. "악마가 가장 두려워하는 것은 무엇일까요?" 이에 대해 학생들은 저마다 다양한 대답을 내놓았습니다. 불제자인 경우엔 부처님이라고도 하고, 크리스천들은 예수님 혹은 십자가라고도 했습니다. 저는 그들의 생각에서 희망을 보았습니다. 지식이라는 면에서는 배움의 길에 이제 갓 들어선 미완성의 존재들이지만 그들의 가슴속에 자리하고 있는 기본적인 정향(定向, orientation)은 가히 본질에서 크게 벗어나지 않은 지극히 온당한 모습이었기 때문입니다.

저는 흐뭇한 미소로 그들의 건전한 생각들을 격려해주고 악마가 가장 두려워하는 것은 바로 겸손이라고 말해줍니다. 그리고 부처님이나 예수님이나 그 본질은 모두 겸손이라고도 말해줍니다. 나아가 지도자들이 지녀야 할 가장 큰 덕목도 또한 겸손이라고 말해줍니다. 그러면 학생들은 한결같이 수긍한다는 표시로 고개를 끄덕입니다. 저는 고개를 끄덕이면서 잠시나마 뭔가 생각에 잠기는 학생들의 눈빛을 읽을 수 있습니다. 더없이 겸손한 모습이었습니다. 짧은 순간에도 학생들은 저마다 먼저 자신을 되돌아보고 우리 사회의 단면을 돌아보았을 것입니다.

주지의 사실입니다만 모순(矛盾)이라는 낱말에 얽힌 고사는 가장 예리한 창과 가장 튼튼한 방패를 파는 상인의 이야기입니다. 그리고 그것은 문자 그대로 모순이었습니다. 그렇다면 현실 사회 속에서 가장 예리한 창과 가장 튼튼한 방패는 없는 것일까요?

저는 가장 튼튼한 방패도 있고 가장 예리한 창도 있다고 생각합니다. 그것은 바로 겸손입니다. 그 어떤 예리한 창끝도 겸손을 뚫을 수는 없을 것입니다. 또한 그 어떠한 위선적인 방패도 겸손 앞에서는 무너질 수밖에 없을 것입니다. 아무리 극악무도한 악도 진실로 겸손한 사람 앞에서는 주저하기 마련입니다.

물론 겸손이 어떤 목적을 추구하기 위한 일시적인 수단이라는 말은 아닙니다. 그것은 어디까지나 위선에 불과할 것입니다. 현실 사회 속에서 더러는 아무리 겸손해 봤자 나만 손해를 보게 된다는 푸념도 있습니다. 하지만 저는 겸손이야말로 진정으로 자신을 높이는 결과를 가져다줄 것이라고 믿습니다. 이는 결코 겸손을 가장한 위선을 말하는 것이 아니라 진정으로 겸손한 사람에게는 반드시 그에 걸맞은 대우가 따르게 된다는 말입니다.

성경은 이에 대해 좀 더 명쾌하게 설명하고 있습니다.

예수님께서는 초대받은 이들이 윗자리를 고르는 모습을 바라보시며 그들에게 비유를 말씀하셨다. "누가 너를 혼인 잔치에 초대하거든 윗자리에 앉지 마라. 너보다 귀한 이가 초대를 받았을 경우, 너와 그 사람을 초대한 이가 너에게 와서, '이분에게 자리를 내 드리게.' 할지도 모른다. 그러면 너는 부끄러워하며 끝자리로 물러앉게 될 것이다. 초대

따뜻한 반란

를 받거든 끝자리에 가서 앉아라. 그러면 너를 초대한 이가 너에게 와서 '여보게, 더 앞자리로 올라앉게.' 할 것이다. 그때에 너는 함께 앉아 있는 모든 사람 앞에서 영광스럽게 될 것이다. 누구든지 자신을 높이는 이는 낮아지고 자신을 낮추는 이는 높아질 것이다(루카, 14: 7~11).

연일 쏟아져 나오는 각종 매체의 뉴스를 통해 우리는 얼마나 많은 거짓이 이 세상을 뒤덮고 있는가를 절감합니다. 둘 중의 하나는 분명히 거짓일 터인 데도 끝까지 내가 옳다고 우겨대는 사회에서 우리는 살고 있습니다. 누구도 시인하려 하지 않고 누구도 책임지려 하지 않습니다. 누구도 상대의 말을 진정으로 경청하려 하지 않고 저마다 자화자찬에만 익숙해 있음을 보며 씁쓸함을 느끼게 됩니다. 범죄는 많지만 죄인은 없는 게 오늘날 우리 사회의 가장 큰 특성인지도 모릅니다.

그래서 더러는 험악한 세상에서 겸손하기만 해서는 성공할 수 없다고 생각하기도 합니다. 자꾸만 혼탁해져만 가는 사회 속에서 적응해가노라면 때로는 위선이 편리하고 효율적인 것처럼 느껴질 때도 있을 것입니다. 그러나 그것은 본질을 벗어난 관찰결과입니다. 설령 겸손을 내팽개치고 위선을 취함으로써 일시적으로는 성공한 것처럼 보일 수 있을지 모르지만 그것은 본질적인 성공도 아닐뿐더러 그 생명 또한 지극히 짧을 것입니다. 그리고 언젠가는 바로 그 겸손하지 못함으로 인하여 성공하기 이전의 상태보다 더 못한 나락으로 굴러 떨어지게 될 것입니다. 역사는 이에 대한 수많은 증거를 보여주고 있습니다.

자신을 낮추고 상대방을 칭송하는 모습을 보고 싶습니다. 자신의 허물을 고백하며 용서를 청하는 모습을 보고 싶습니다. 언젠가 진정으로 그런 겸손의 미덕을 지닌 사람이 나타난다면 짜증과 허탈감에 빠져 딴전을 피우던 시민들이 일순간에 결집해 그를 일으켜 세울 것입니다. 이 기회에 우선 저 자신도 겸손하지 못함으로 해서 저지르게 되었던 아름답지 못한 모습들이 헤아릴 수 없이 많았음을 고백하고 용서를 빌고 싶습니다.

따뜻한 반란

가십문화

두셋이 모여 앉아 누군가를 욕하는 일은 참 재미있습니다. 이른바 '가십(gossip)'입니다. 이럴 때 우리는 종종 씹는다는 속어로 표현합니다. 삼삼오오 모여 앉아 자리에 없는 누군가를 도마에 올려놓고 마구 씹어대노라면 시간 가는 줄도 모릅니다. 마치 기차여행을 하며 무료함을 달래려고 마른오징어를 쫙쫙 찢어 입에 물고 특유의 쫄깃쫄깃한 맛을 음미할 때처럼 말입니다.

이렇게 누군가를 씹어대며 맞장구를 치다 보면 갑자기 죽이 맞아 별로 친하지 않던 사이도 이내 가까워지게 되는 경우도 있습니다. 그래서인지 다방에서도 포장마차에서도 모여 앉으면 으레 도마에 올릴 생선을 찾습니다. 드라마에서는 심지어 전화로까지 장시간 누군가를 씹어대며 스트레스를 푸는 모습을 보게 됩니다.

더러는 그런 씹어대기가 별로 마음에 내키지 않으면서도 분위기상 어쩔 수 없이 비위를 맞추는 경우도 있습니다. 만일 그 자리에서 그렇지 않다는 둥 자리에 없는 사람을 두고 이러지 말자는 둥 바른 소리를 하게 되면 적어도 그 무리에서는 소외될 공산이 크기 때문입니다. "그래, 너 잘났다", "혼자 고상한 체한다"라고 따돌림을 받음은 물론이거니와 다음부터는 자신 또한 그 도마에 오를 생선으로 전락하기 십상입니다.

대학원 시절이었습니다.

어느 선생님께서 수업을 아주 빡빡하게 진행하셨고 매주 엄청난 과제를 부과하시는 분이 계셨습니다. 사실 그때 우리는 한 주 한 주를 넘기는 것이 마치 군대에서 유격훈련을 받는 것처럼 부담스러웠습니다. 그러니 자연히 비교적 부담이 덜한 수업은 준비를 소홀히 하게 되고 오로지 그 과목의 과제에만 매달리게 되는 역기능도 있었습니다.

어느 날 그 무시무시한 유격훈련을 무사히 마친 후 원생들끼리 생맥줏집에서 스트레스를 풀고 있었습니다. 한 동료가 포문을 열었습니다. "어휴 S교수 때문에 진짜 못살겠어!" "이거 원 입시생도 아니고 말이야, 일주일 내내 그 양반 과제만 붙들고 있어도 시간이 모자라니, 원 참! ……." 저도 물론 장단을 맞추었습니다. 모여 앉은 원생 예닐곱 명이 하나같이 죽이 맞았고, 특히 먼저 포문을 열었던 친구는 어휘 선택에서도 점점 더 과격해졌습니다. 우리는 다음 시간에 정식으로 건의를 드리자고 입을 모았고 기분 좋게 건배까지 했습니다.

그런데 다음 수업 시간이 되자 이상한 현상이 일어났습니다. 생맥줏집 모반(?) 사건은 이미 누군가에 의해 몽땅 보고가 된 듯 선생님께서는 우리가 말문을 열기도 전에 "하기 싫은 사람은 하지 않아도 좋아!"라고 싸늘한 표정으로 말씀하셨습니다. 그래서 저는 실은 그런 게 아니고 물리적으로 힘겹다는 것과 다른 수업 준비를 너무 소홀히 하게 된다는 논지로 해명 말씀을 드렸습니다. 다른 동료들도 한마디씩 거들었습니다.

하지만 생맥줏집에서 먼저 포문을 열었고 가장 열을 올렸던 동료는 끝까지 침착(?)했습니다. 우리는 저마다 그 친구를 번갈아 쳐다보았지만 그는 끝내 한마디도 거들지 않았습니다. 마칠 때쯤엔 오히려 선생님 편에 서 있었습니다. "사실 대학원 수업은 그런데 맛이 있지요 …… 하기야 하버드 대학원 기숙사에서는 밤새 불이 꺼지지 않는다면서요? …… 지나고 나면 좋은 추억이 될 겁니다." 우리는 모두 입을 다물지 못했고 결국 그 친구만 A+학점을 받았습니다.

그 후 우리는 그 친구도 함께 도마에 올려 한동안 계속하여 오징어 맛을 즐겼습니다. 하지만 시간이 지나고 특히 신앙인이 되어서야 차츰 깨닫게 되었습니다. 물론 그 친구의 태도도 옳지는 않았지만 우리 역시 자랑스럽지는 못했다는 사실을 돌아보며 부끄러운 과거로 기억하게 되었습니다.

자리에 없는 누군가를 칭찬하는 일은 별 재미가 없다고 합니다. 비록 그것이 품위 있고 멋스럽기는 하나 쉬이 무미건조함을 느낀다고 합니다. 또한 잘 모르는 사람을 도마에 올려도 그다지 맛이 없다고 합니다. 생활 속에서 자주 접하고 가까이 있되 소원하며 특히 잘난(?) 사람일수록 깨소금 맛이라고들 합니다. 좌중에 더러 신원(?)이 불확실한 사람이 있으면 "없는 자리에서 이런 말 하기는 안됐지만……"이라고 사족을 달고는 결국 하고 싶은 말을 다 하고야 마는 경우도 종종 봅니다. 오죽하면 '칭찬합시다!'라는 캠페인이 있었겠습니까.

그러나 모든 사람이 다 남을 비난하면서 쾌감을 얻지는 않는 것 같습니다. 오히려 남을 욕하고 비난하는 자리에 함께하고 있다는 그 자체로 슬픈 마음을 갖게 되는 선량한 사람이 더 많습니다. 그 사람들이야말로 공자님이 말씀하신 '향기가 나는 사람'일 것입니다. 사실 오징어는 씹을수록 깊은 맛이 나지만 사람을 씹고 나면 이내 허탈하고 두려운 심정이 됩니다. 인간적 양심이나 되돌아올 화살에 대한 두려움, 또 더러는 신앙적 회개 때문일 것입니다.

그런데도 갈수록 우리 사회에는 가십문화가 드세어지는 것 같습니다. 여기에는 무엇보다도 대중매체의 영향이 큰 것 같습니다. 각종 매체에는 날이 갈수록 가십기사로 넘쳐나고 있고 독자들의 인기 또한 으뜸입니다. 물론 언론에서 가십기사는 필요합니다. 권위주의 사회에서 가십기사는 빛과 소금의 역할을 했습니다. 특히 검열이 극심했던 군사정권 시절에는 사실보도조차 어려웠기에 독자들은 저마다 가십기사의 행간을 통해서야 비로소 진실을 파악할 수 있었던 슬픈 시절도 있었습니다. 그리고 학문을 하는 데서도 끊임없는 의심과 회의(懷疑)가 기상천외한 가설을 정립게 하고 더 깊이 있는 탐구를 유발하기도 합니다.

하지만 우리의 가십문화는 이미 그 정도를 넘어선 것 같습니다. 어느덧 우리 사회는 가십으로 말미암아 병들고 있음을 느낍니다. 저마다 가십에만 익숙해져서 어느 것이 진실인지조차 가리기 어려운 지경이 되고 있습니다. 순수한 소시민들은 그간에 우리 지도층들이 너무도 빈번히 그리고 천연스레 거짓과 위선을 일삼아왔음을 역사에서 배웠습니다. 이젠 그들의 말을 액면 그대로 믿는 사람이 오히려 바보취급을 받고 있습니다.

여름철 지루한 장마가 시작되고 불쾌지수가 높아지면 도처에서 가십이 터져 나옵니다. 하지만 그럴 경우에 억지로라도 한 번쯤 마음을 다잡아 먼저 자신을 돌아보는 여유를 가질 수 있다면 유혹에서 자유로울 수 있을 것입니다. 남의 단점이 아닌 장점을 들추어 칭찬해준다면 머지않아 그 복이 자신에게 돌아올 것입니다. 만일 그가 나를 섭섭하게 했던 사람이라면 더 큰 위안이 되어 돌아올 것이고, 경쟁 상대라면 자신을 더욱 발전케 할 것이며 정적이라면 나를 더욱 아름

제2부 때밀이 아저씨가 준 교훈

답게 해줄 것입니다.

"너는 어찌하여 형제의 눈 속에 있는 티는 보면서, 네 눈 속에 있는 들보는 깨닫지 못하느냐?"(마태오, 7: 3)라고 하신 예수님의 말씀을 한 번쯤 되새겨서 우리도 성자(聖子)의 흉내를 한번 내보면 어떻겠습니까.

따뜻한 반란

어느 스님이 준 교훈

친구가 경영하는 편의점에 들렀을 때의 일입니다.

더위를 피해 잠시 쉬고 있노라니 중년의 어떤 비구 스님이 땀을 훔치며 들어섰습니다. 저는 아무나 보면 넙죽 인사를 해온 터라 "안녕하십니까, 스님!" 하고 인사를 드렸습니다. 날씨가 너무 더웠던 탓인지 스님께서는 인사를 받는 둥 마는 둥 하고 곧장 냉장식품 판매대로 갔습니다.

저는 스님이 뭘 골라 올지 괜스레 궁금해졌습니다. 아마 더위를 식히려고 시원한 음료수를 들고 오시겠거니 하고 바라보고 있는데 스님은 우유를 몇 개 들고 계산대로 다가왔습니다. 친구는 무심코 계산을 하고 있었지만 저는 궁금해서 도저히 견딜 수가 없었습니다. 참지 못하고 입을 열었습니다.

"스님, 불가에서 우유는 육식으로 분류하지 않나 보죠?"

“…….”

스님은 대답은 하지 않은 채 저를 째려보는 것 같았습니다. 좀 무서웠습니다.

“스님, 단지 궁금해서 여쭙는 것입니다. 오해하지 마시고 가르쳐 주십시오.”

“허 참, 처사나 오해하지 마시구려.”

“…….”

이번엔 제가 말문이 막혀버렸습니다.

“젊은 처사가 뭘 모르나 본데, 우유뿐 아니라 고기도 원래는 우리 같은 사람이 먹어야 탈이 없는 거요.”

“예!?”

“천지도 모르는 중생들이 고기를 먹어대니 세상이 이렇게 어지러 워진 거요. 아시겠소?”

“예!?”

“남의 생명을 존귀하게 여길 줄 아는 사람들이 고기를 먹으면 감사할 줄이나 알 것을, 아무것도 모르는 사람들이 남의 살에 맛을 들였으니 어찌 남의 생명의 귀중함을 알까?” 하고는 횡허케 가버렸습니다.

순간 저는 몹시 당황했지만 곧이어 이 스님이 저를 크게 깨우치고 있음을 깨달았습니다. 그렇습니다. 어차피 생명체의 양식은 또 다른 생명체일 수밖에 없습니다. 그것이 식물이든 동물이든 간에 생명체는 생명체만을 양식으로 하여 자신의 생명을 유지하게 되기 때문입니다. "살생을 하지 마라"라는 불가의 계율도 따지고 보면 남의 생명을 존귀하게 여겨야 한다는 뜻이겠지요.

그러니까 그 스님의 말씀은 식물을 먹든 동물을 먹든 간에 자신의 양식이 되어 준 그 생명체에게 진실로 감사할 줄 알아야 한다는 것입니다. "어쩌다 오늘 그대가 내 양식이 되었소. 감사히 먹겠소 언젠가는 나 역시 그대의 양식이 되어 줄 날이 있을 거요." 뭐 이렇게 감사한다는 뜻이겠지요. 그렇다고 해서 그 스님이 고기를 즐겨 먹는다는 이야기는 물론 아닐 것입니다.

살생을 금한다는 것이 단지 움직이는 동물에 대해서만 생명체의 존귀함을 인정하고 식물은 마구 해쳐도 된다는 것은 분명히 아닐 것입니다. 길거리에 서 있는 나무 한 그루도 생명체이고 풀 한 포기도 생명체입니다. 매일같이 먹는 밥도 생명체이고 여름철에 사람을 괴롭히는 모기도 생명체이며 소나 돼지, 개, 멸치나 꼴뚜기 따위도 다 같은 생명체입니다.

그러나 대개 우리는 그러한 생명체가 나의 양식이 되어 준 것에 대해 별로 고마워하지 않은 채 무심코 먹고 있는 것 같습니다. 그 스님이 툭 던지고 간 말씀을 가만히 풀어보면 오늘날 전 인류적 문제가 되고 있는 생명경시 풍조는 바로 인간이 고기, 즉 동물의 살과

피를 내 양식으로 먹으면서도 일말의 미안함도 고마움도 느끼지 않은 채 무심코 먹어대는 데에서 비롯된다는 말씀이었습니다.

그 뒤로 저는 고기를 대할 때이면 늘 그 스님의 얼굴이 떠오르곤 합니다. 물론 저는 기독교(가톨릭) 신자이므로 식사 전 감사기도를 하느님께 드리지만 그래도 제 입에 들어가는 고깃덩어리를 보노라면 그 동물의 살아 있을 적 모습이 눈에 어른거려 왠지 미안한 마음이 듭니다. 한참 입에 넣고 우물거리다가도 새삼스레 마음속으로, "미안하다. 오늘은 네가 내 양식이 되었지만 언젠가는 나도 네 양식이 되어 줄 날이 있겠지. 감사히 먹겠다." 이렇게 속으로 되뇌는 버릇이 생겼습니다.

혹자는 "참, 우습다"고 할지 모르겠습니다만 저는 그 스님의 말씀이 참으로 소중하다는 생각이 듭니다. 오늘날 우리는 어느 사회나 할 것 없이 생명경시 풍조가 퍼져 있는 것을 걱정합니다. 하루에도 수십 수백 건의 사건, 사고를 통해 귀중한 인명이 살상되고 있고, 단 하루도 예외 없이 지구촌 어디에선가는 전쟁과 살육이 자행되고 있습니다. 하지만 우리는 그들이 내 형제 내 피붙이가 아니라는 이유로 아무런 슬픔도 연민도 없이 뉴스를 흘려듣습니다. 우리 이웃에서는 연일 형제자매들이 아픔에 시달리거나 죽어가고 있습니다. 하지만 그들이 나와 무관한 사람들이라 하여 아무런 염려도 없이 하루하루를 즐겁게 살아가고 있습니다. 이것은 내 형제와 내 피붙이가 죽어갈 때도 마찬가지로 다른 이들은 아무런 슬픔도 연민도 없이 그냥 지나쳐 보게 된다는 것을 의미합니다. 이렇게 생각하면 참담하고 서글픈 마음이 됩니다.

생명에 대한 외경을 제대로 이해하는 사람들이 지도층이 된다면 그 사회는 훨씬 더 인간화된 사회로 가꾸어질 것입니다. 인명을 중시하는 마음가짐을 철저히 새긴 사람들이 핸들을 잡는다면 안전운전을 더 명심하게 될 것이고, 모든 사람을 내 이웃 내 가족처럼 여기는 사람들이 장사를 한다면 상거래 질서가 더욱 밝아지게 될 것입니다.

인간과 윤리를 제대로 깨달은 사람들이 후세를 가르친다면 그 교육은 더욱 감동적으로 다가오게 될 것이며, 공동체를 바르게 이해한 사람들이 재화를 갖게 된다면 그 돈을 더욱 의미 있게 사용하게 될 것입니다. 그리고 인간성을 더 깊이 이해하고 인도주의를 몸으로 실천하는 사람들이 권력을 갖게 된다면 더욱더 평화롭고 민주적인 사회를 만들어가게 될 것입니다.

우연히 만난 그 스님을 통해서 저는 더 넓은 의미에서의 삶의 지혜를 다시 한 번 깊이 생각하게 되었습니다.

내가 싫어하는 것과 나쁜 것

저의 청년 시절은 무척이나 행복했습니다.

제게는 평생을 두고 음미할 만한 깊은 가르침을 주신 스승님들이 많았기 때문입니다. 이른바 학생운동을 한답시고 쫓아다니던 학부 시절부터 학문의 길로 접어들었던 대학원 시절 내내 저는 꼬박 12년을 대학에 있었으므로 여러 스승님으로부터 다양한 가르침을 받을 수 있었습니다.

'인간이란 무엇인가?'부터 '진리란 무엇인가?', '사회, 철학, 국가, 민족, 역사, 사관(史觀), 정치, 권력, 진보란 무엇인가?', 그리고 '왜 인간은 정치행위를 하는가?' 등 지극히 본질적인 문제들을 스승님들께서는 늘 상기시켜주셨고, 이른바 인간주의(humanism) 정치에 대해 어떻게 사유해야 하는지, 사회를 조망하는 시각은 어떠해야 하는지 등등, 제 방면에서의 인식의 지평을 확장해주시기 위해 부단히 독려

따뜻한 반란

하셨습니다.

돌이켜보건대 스승님들께서는 한결같이 대학자이셨습니다.

오래전에 작고하신 스승님 중 두 분은 5개 국어를 구사하시던 국제정치학 분야의 대가이셨습니다. 그중 한 분은 운명하시던 날 제게는 또 한 분의 스승이 되시는 수제자를 불러놓고 유언을 하시면서 불어로 비문을 구술해주셨다고 합니다. 그야말로 진정한 코스모폴리탄이셨지요.

또 한 분께서는 1980년대 초, 당시로는 1급 비밀이었고 이른바 불온문서로 취급되어 학부생들은 절대 열람할 수 없었던 서고에 저를 데리고 들어가 소련 관영언론이었던 ≪프라우다≫지를 읽어주시며 북방에 눈을 뜨게 해주셨습니다. 제가 러시아에 관심을 두게 되고 소련정치를 공부하기 시작한 최초의 계기는 바로 그 순간이었던 것 같습니다.

대학원 시절, 그리고 오늘에 이르기까지 줄곧 저를 인도해주신 스승님 또한 잊을 수 없습니다. 스승님께서는 늘 "제자가 스승을 학문적으로 비판할 수 있어야 학계가 발전할 수 있다"라고 강조하시면서 이른바 학문적 근친상간을 경계하셨습니다.

하지만 누가 청출어람이라고 했던가요? 저는 이미 오십을 바라보는 나이이건만, 그리고 저의 스승님들 대부분은 이미 오래전에 은퇴하셨고 그중 몇 분은 이미 고인이 되셨지만, 아직도 저는 그분들이 이룬 학문적 업적의 발끝에도 미치지 못한다는 자괴감에 오늘도 마음이 괴롭습니다.

얼마 전에 저는 요 몇 주간 국내외에서 전개된 이슈들을 정리하다가 우연히 저의 스승님 중 또 한 분께서 주신 가르침을 새삼 가슴으로 느끼게 되었습니다. 학부에서부터 대학원 시절에 이르기까지 제게는 너무도 힘든 스승님이 한 분 계셨습니다. 그분은 리포트에 문장부호 하나 잘 못 찍어도 감점을 하시던 분이셨습니다. 세 시간짜리 전공필수과목 수업을 한 학기 내내 개념정의만 하시다 끝낸 적도 있었는데 어쩌다 학생들에게 발표를 시키실 때는 개념 하나를 가지고 무려 30분씩 토론을 하시기도 했습니다.

심지어 옷매무새에서부터 몸가짐에 이르기까지 일일이 교정해주시는 철저한 분이셨습니다. 그러니 자연히 제자들은 그분 앞에만 서면 괜히 긴장이 되고 평소 잘 알고 있던 것조차도 까맣게 잊어버리기 일쑤였습니다. 지금 생각해보면 참 한심스럽고 불경스러운 일이지만 부끄럽게도 저는 솔직히 그분을 대하기가 늘 부담스러웠고 될 수 있으면 마주치지 않으려 애썼던 것 같습니다.

그런 제가 그분에 대한 저의 태도를 반성하게 되는 계기를 맞았습니다. 제게 최초로 대학 강단에 설 수 있는 기회를 주신 분이 바로 그분이셨던 것입니다. 저는 놀라지 않을 수 없었습니다. 그때까지만 해도 저는 그분이 저를 당신의 제자로 인정하고 계시다는 사실을 전혀 깨닫지 못했기 때문입니다.

박사학위 과정 초년생이던 스물일곱 살 때의 어느 날, 저는 갑작스러운 호출을 받고 바짝 긴장한 채 선생님 연구실로 쫓아갔습니다. 문 앞에서 옷매무새를 고치고 조심조심 들어갔는데 그날따라 웬일인지 선생님께서는 빙그레 웃으며 맞아주셨고 단도직입적으로 지방의 모 대학에 출강을 하라는 것이었습니다.

저는 무조건 사양했습니다. "선배님들도 계시고, 무엇보다도 저는 아직 강단에 설 준비가 되어 있지 못합니다"라고 공손하게 말씀드렸습니다. 그런데 선생님께서는 이전에는 하시지 않던 말씀을 하셨습니다. "무슨 소리야? 가르치는 것이 최상의 공부야. 나도 너희를 가르치면서 공부하는 거야."

저는 어리둥절했습니다. 그래도 한 번 더 사양해야 할 것 같았습니다. 너무도 조심스러웠기 때문입니다. 하지만 선생님께서는 "이제 너는 강단에 설 자격을 갖추었어. 대신 내가 한 가지 당부를 할 테니 꼭 명심해라"라고 말씀하셨습니다. 저는 무슨 비법이라도 전수해주시는 줄 알고 바짝 긴장한 채 다음 말씀을 기다렸습니다. 하지만 선생님께서 주신 말씀은 딱 한 줄이었습니다.

"내가 싫어하는 것을 남에게 말할 때 마치 그것이 나쁜 것인 양 말하지 않아야 한다."

선생님 방에서 나온 저는 한참 동안이나 주신 말씀을 곰곰이 생각

제2부 때밀이 아저씨가 준 교훈

했습니다. 제가 무슨 말실수를 저질러서 경고하는 말씀인 줄로 착각했기 때문입니다. 얼마 후 저는 선생님께서 주신 그 가르침의 뜻을 깨닫고 눈앞이 밝아지는 느낌을 받았습니다.

우리는 종종 자신이 싫어하는 것을 남들에게 말할 때엔 마치 그것이 나쁜 것인 양 표현하는 우를 범합니다. 하지만 내가 듣기 싫고 보기 싫고 하기 싫은 일이라고 해서 무가치하다거나 나쁜 것은 아닐 수도 있습니다. 내가 재미없으면 남들도 재미가 없겠거니 지레짐작해버리는 경우가 많지만 내가 싫어하는 것을 남들은 오히려 좋아할 수도 있고 내가 좋아하는 것을 남들은 싫어할 수도 있습니다. 내게 맞지 않는 사람도 다른 사람들에게는 잘 맞는 경우가 있으며 내가 가까이하고 싶지 않은 사람도 다른 사람에겐 소중한 존재일 수 있듯이 말입니다. 아울러 내게 불리한 여건이라 해서 그것이 모두 불의는 아닐 것이며 내게 유리하다고 해서 반드시 정의로운 것은 아닐 수도 있습니다.

사회의 모든 현상이 반드시 단일한 준거에 의해 판단되고 평가될 수는 없는 것이 아니겠습니까. 개인 또는 집단의 호오(好惡)의 감정이 반드시 선악의 차원이나 진위의 차원에서만 발생하는 것은 아니지 않겠습니까. 아니 오히려 어쩌면 그것은 서로 상치되어 발생하는 경우가 더 많은지도 모릅니다. 모든 사람이 반드시 선(善)과 진(眞)을 좋아하고 악(惡)과 위(僞)를 싫어하는 것은 아닐 수도 있기 때문입니다. 오히려 현실 사회 속에서 우리는 자신이 처한 환경과 처지에 따라, 그리고 무엇보다도 이해관계에 따라 선과 진보다는 악과 위를 더 선호하는 예도 왕왕 보게 됩니다.

근본적으로는 진실하지 못하고 정의감이 부족한 데에서 발생하는 것이겠지만 부분적으로는 다원주의에 대한 인식 부족에서 빚어지는 일이기도 할 것입니다. 오늘날 대중민주정치에서 발생하는 숱한 이슈는 상당 부분이 바로 여기에서 비롯되는 것 같습니다. 신주류, 구주류, 개혁, 보수……, 1년을 하루같이 칼날을 세운 채 지속하는 정치권의 지리멸렬한 언쟁을 지켜보는 시민들의 생각이 궁금합니다.

"지금 밥하러 갑니다"

오래전에 들은 난센스 퀴즈입니다.

어떤 아주머니가 천신만고 끝에 운전면허증을 따서 설레는 마음으로 차를 몰고 시장으로 갔다고 합니다. 그야말로 '완전 초보'이니 그 솜씨야 오죽했겠습니까.

교통법규는 아랑곳없이 들쭉날쭉 마치 곡예를 하듯이 달리는 이른바 '고수' 운전자들에 온 신경이 곤두서서 초보아주머니는 백미러를 돌아볼 여유조차 찾지 못하고 초주검이 되어 간신히 차를 몰고 있었습니다. 그러다 보니 교차로에선 덜커덩 시동이 꺼지기도 하고, 곧이곧대로 저속으로 운전하니 뒤에서는 자꾸만 '빵빵!'거려 절로 오금이 저렸습니다. 시장통에 이르니 거리는 또 오죽 혼잡했겠습니까. 갑자기 뒤에서 쌩하니 추월한 어떤 성질 급한 남자 운전자가 지나가며 창문을 열고 냅다 소리를 질렀습니다.

"거, 아지매가 그래 가지고 무슨 운전이야 운전은. 집에 가서 밥이
나 하지, 나 원 참!"

지나는 차마다 한 번씩 다 돌아보는 것 같았고, 저마다 "집에 가서
밥이나 하라"고 한마디씩 내뱉는 바람에 아주머니는 너무도 당황하
여 운전은 더 엉망이 되었습니다. 면허증을 땄을 때 신나던 기분은
금세 망가지고 아주머니는 완전히 주눅이 들어버렸습니다. 너무도
당황하여 돌아갈 일이 걱정되어 미처 볼일도 다 보지 못한 채 낑낑거
리며 간신히 집 앞에 이른 아주머니는 자동차 문을 닫으며 고개를
절레절레 흔들고는 "다시는 운전하나 봐라!" 하고 맹세를 했다고 합
니다.

그런데 며칠 후 아주머니에게는 어쩔 수 없이 자동차를 가지고 나
가야만 할 사정이 생겼습니다. 하지만 처음 차를 몰고 나갔을 때 싸
늘하게 째려보던 남자 운전자들의 따가운 눈초리와 퉁명스럽게 한
마디씩 내뱉던 욕지거리가 생각나 벌써부터 가슴이 두 근 반 세 근
반 긴장되기 시작했습니다. 한참을 궁리 끝에 아주머니는 묘안을 냈
습니다. 넓은 종이를 꺼내놓고 굵은 글씨로 몇 자를 적어 뒤창에 붙
이고는 눈을 찍 감고 운전하기 시작했습니다. 과연 아주머니는 거기
에다 뭐라고 썼을까요? 여기까지가 퀴즈의 문제였습니다.

뭐라고 썼을까요? 오만가지 대답이 나왔습니다. "초보운전", "당
신도 처음엔 초보였죠?", "미안합니다", "제발 이쁘게 봐 주세요" 등

제2부 때밀이 아저씨가 준 교훈

등. 하지만 모두 틀렸습니다.

정답은 "지금 밥하러 갑니다"였답니다.

초보운전에 관한 이 난센스 퀴즈는 우리 사회의 한 단면을 보여주는 것에 불과합니다. 외국을 여행해 본 분들이나 서양영화를 자주 관람하는 분들은 아마 기억할 것입니다. 그들은 운전을 할 때도 무척 여유가 있어 보입니다. 한창 질주하다가도 차가 고장이 나서 도로변에 세워두고 어리둥절해하는 사람을 보게 되면, "무슨 문제가 있느냐?"는 둥, "내가 도와줄 게 없느냐?"는 둥 친절을 베푸는 모습을 어렵사리 보게 됩니다.

또 어떤 액션영화에는 한층 더 여유 있는 풍경이 등장하기도 합니다. 사랑하는 사람이 위기를 넘기고 교차로 건너편에서 서로 만나게 되었을 때 너무도 극적인 재회인지라 앞뒤 가리지 못하고 자동차들이 질주하는 차도로 달려들어 한복판에서 서로 만나 부둥켜안고 뜨거운 키스를 나누는 모습입니다. 그런데도 주행을 방해받은 운전자들은 신경질을 내고 삿대질을 해대며 고성으로 욕을 퍼붓기는커녕 저마다 "거 참, 부럽네!" 하는 표정으로 마치 자신의 연애 시절을 떠올리기라도 한 듯 흐뭇한 미소로 기다려줍니다.

물론 영화 속의 이야기이긴 하지만 그것이 그들 사회의 현실과 전혀 동떨어진 풍경이라면 아무리 영화라 할지라도 그렇게 연출하지는 않을 것입니다. 적어도 그들 사회에서는 "사랑하면 그럴 수도 있

따뜻한 반란

지 않겠느냐”라고 이해하고 있기 때문일 것이고 비록 운전 중이지만 그들은 자동차 주행보다는 인간성을 늘 먼저 생각하는 여유를 지니며 살고 있기 때문일 것입니다.

왜 우리 사회에서는 여전히 초보운전자들에 대해 좀 더 너그럽지 못한 것일까요? 그리고 여성 초보운전자들에 대해서는 왜 아직도 편견이 심한 것일까요? 모든 운전자가 다 초보 시절을 겪었고 지금은 아무리 능숙하다 할지라도 그땐 늘 긴장되고 미안하고 불안했을 텐데 말입니다. 저마다 자신의 부끄러운 과거는 쉬이 잊어버리는 것일까요?

하지만 앞에 가는 초보운전자가 내 아내이거나 혹은 친척 여동생, 혹은 이웃집 아주머니라면 대견스럽기도 할 것이고 또한 걱정스럽기도 하여 아마도 분명히 관심 있게 지켜보게 될 것이고 어떻게든 보호하고 돌봐주려 하지 않을까요? 그런데 단지 나와 직접적인 관계가 없는 남이라는 이유 하나 때문에 무관심하고 냉소적이며 그러다 내게 조금이라도 방해가 되고 불편을 주면 단번에 짜증을 내고 화를 내는 것이 과연 정상적인 마음가짐일까요?

우리 사회의 운전전문학원은 수준이 퍽 높습니다. 이론이나 실기 과목 선생님들 역시 지극히 정상적으로 운전을 지도합니다. 그러나 막상 면허증을 따서 차도에 들어서면 기형적인 운전을 요구하는 운전자들이 앞뒤에서 압력을 행사하므로 하루 이틀 운전하다 보면 금세 옳지 않은 버릇이 몸에 배게 되는 것 같습니다.

신호등이 없는 교차로나 횡단보도에서 양보운전을 하거나 미처 다 건너지 못한 사람들을 위해 잠깐 기다리노라면 이내 뒤에서 '빵빵!' 소리가 납니다. 심지어 신호등이 황색으로 바뀌기만 해도 빨리 가자고 '빵빵!'거립니다. 그새를 참지 못하고 추월해 가는 운전자들은 저마다 한 번씩 힐끗 쳐다보며 한심하다는 표정으로 뭔가 알지 못할 소리를 중얼댑니다. 비록 들리지는 않지만 눈초리나 특히 입 모양으로 볼 때 분명히 따뜻한 말은 아니라는 것을 압니다. 따뜻한 말은 입 모양도 예쁘게 되지 않습니까?

저는 뒤늦게 운전을 배웠습니다. 서른아홉이 넘어서 면허증을 땄으니 운전전문가들이 보면 아직 초보 수준일 것입니다. 처음엔 저도 학원에서 배운 대로 안전운전을 늘 염두에 두었습니다. 하지만 어느새 불량운전자가 되어 있는 것 같습니다. 부끄럽지만 사실입니다. 이따금씩 배달되어 오는 얄미운 고지서가 그것을 증명하고 있습니다.

이젠 우리도 좀 여유를 찾을 때가 되었습니다. 새로 배출되는 초보운전자들에게 냉소적인 힐난보다는 따뜻한 미소를 보내서, 그들이 학원에서 배운 대로 시종일관 좋은 운전습관을 지니고 살아갈 수 있도록 배려한다면 우리 사회도 그만큼 더 인간화될 것이라 믿습니다. 초보를 귀엽게 봐주고 느긋하게 기다려주는 여유와 남의 실수를 너그럽게 묻어주고 따뜻하게 격려해주는 넉넉한 마음이 그립습니다.

따뜻한 반란

비비언 리의 파괴된 영혼

비비언 리의 이야기를 하나 더 하려고 합니다.

생전에 그녀가 보여준 열정과 아름다움의 기억이 너무도 강렬했던 나머지 비비언의 비참한 말로를 기억하는 사람은 많지 않은 것 같습니다. 그도 그럴 것이 그녀는 평생 최고를 목표했고 사랑도 정도 부도 지성도 다 자기의 것으로 했던 절세의 미녀였습니다. 심지어 세상을 떠나기 2년 전 52세의 나이로 무대에 섰을 때조차도 세계의 이목은 여전히 그녀가 세계 제일의 미녀라고 입을 모았을 정도였습니다.

하지만 그런 비비언에게도 아픔이 있었다는 것을 기억하는 사람은 많지 않은 것 같습니다. 만년의 그녀는 폐결핵환자였고 인생의 3분의 1 이상을 거의 정신질환자로 살았습니다. 54세가 된 어느 날 홀로 침실바닥에서 죽어 있던 그녀의 육신과 마음은 티커레이지 밀

(Tickerage Mill)의 호수 위에 한 줌의 재가 되어 뿌려졌습니다.

말년의 20여 년을 정신질환을 앓으면서도 무대 생활을 계속할 수 있었던 것은 물론 그녀만의 초인적인 의지와 능력의 소산일 것입니다. 하지만 무대에 대한 비비언의 열정은 도무지 식을 줄 몰랐고 병이 깊어갈수록 오히려 그 열정은 더욱더 가열되어 그녀의 영혼은 더 급속히 망가져갔다고 합니다. 도대체 부러울 것이라고는 없어 보이던 그녀였는데 무엇이 그녀로 하여금 자신의 영혼을 파괴해가면서까지 그토록 무대에 집착하게 했을까요?

그것은 바로 사랑 때문이었다고 합니다. 두 번째 남편이었던 영국 제일의 배우 올리비에에 대한 너무도 깊은 사랑과 존경심 때문에 그녀는 망가져 갔다고 합니다. 배우로서의 남편의 연기에 대한 진실한 경외감으로 말미암은, 사랑하는 남편의 위상과 격에 손색이 없도록 자신의 키를 맞춰야겠다는 아내로서의 가련할 정도로 집착된 책임감, 즉 강박관념이 그녀의 영혼을 파괴했던 것입니다. 그런 점에서 비비언은 모든 것을 다 소유했으면서도 불행했던 것 같습니다.

<바람과 함께 사라지다>로 오스카상을 받았던 1939년 이듬해 남편이 연출하고 주연한 연극 <로미오와 줄리엣(Romeo and Juliet)>(1940)에 출연한 당시에 비비언은 26세로 줄리엣 역의 최연소자였지만 <바람과 함께 사라지다> 이상으로 대성공을 거두었습니다. 이들 부부는 연극이 끝나고 무대에서 내려온 뒤에도 서로 부둥켜안은 채 도

따뜻한 반란

무지 떨어질 줄 몰랐고 군중 앞에서조차 마치 침실에서처럼 정열적인 눈빛으로 서로를 들여다보고 있었을 정도로 열렬히 사랑했다고 합니다.

그녀에게 남편 올리비에는 단순히 최고의 배우만이 아니라 천재였고 신이었습니다. 그녀 자신도 이미 많은 사람에게 둘러싸인 여왕이었지만 올리비에 앞에만 서면 늘 자신은 시녀에 불과할 정도로 비비언에게는 남편이 너무도 커 보였다고 합니다. 그녀는 영화뿐 아니라 연극배우로서도 진정으로 남편과 어깨를 나란히 하고 싶었던 것입니다. 그 누구에게도 콤플렉스를 갖지 않았던 여인, 세상의 모든 것을 소유했던 비비언이었지만 자신을 그토록 사랑하는 남편 앞에서는 늘 왜소함을 느꼈다고 합니다. 결코 남편을 능가하고 싶어서가 아니라 너무도 사랑하고 존경하는 남편으로부터 진정으로 인정받고 싶었던 것입니다.

이런 마음은 비단 비비언처럼 특별한 여자만이 갖는 것이 아닐 것입니다. 우리의 아내나 남편들도 누구나 다들 마음 깊숙한 곳에 사랑하는 남편이나 아내로부터 인정받고 싶은 콤플렉스를 지니고 있습니다. 어려운 세상살이로 인해 다만 애써 표현하지 않을 뿐, 그리고 더 이상 제 자존심만 다치고 싶지 않아 적당히 위장하는 데 성공해가며 살아갈 따름입니다.

설령 비비언의 말로를 비참한 것으로 인식하더라도 무릇 사랑을 하는 사람이라면 비비언처럼 해야 하는 것이 아닐까 싶습니다. 그가 남편이든 아내이든 간에 사랑하는 사람을 위해서라면 상대에게 자신의 키를 맞추려 부단히 애쓰고 공부하는 가련할 정도로 집착된 책임감이 가끔은 발휘되어야 그 사랑이 더 깊어질 수 있으리라 생각됩니다. 더불어 비비언의 비극적인 말로가 남의 일로만 느껴지지 않는다면 무릇 사랑하는 배우자를 둔 사람은 그가 아내이든 남편이든 간에 진정한 사랑으로 평소에 상대의 장점을 따뜻한 찬사로 아낌없이 표현해야 할 것 같습니다.

글을 마무리하려다 문득 저 자신을 돌아보니 저 역시도 사랑이라는 미명하에 예술을 하는 아내에게 자꾸만 더 큰 목표를 덧칠해가며 때로는 무리하게 또 때로는 몰인정할 정도로 주문만 해댔던 자신이 부끄러워집니다. 저의 그런 무지한 요구로 인해 아내의 영혼도 하나 둘씩 파괴되어 왔을지도 모른다고 생각하니 섬뜩한 두려움과 죄스러움에 고개를 들 수가 없어집니다.

따뜻한 반란

인연을 소중히 여길 줄 알아야 합니다

밀과 테일러 부인, 그리고 파브르와의 만남

제게 가장 큰 깨우침을 준 위인을 한 사람만 들라고 한다면 저는 서슴지 않고 19세기 영국의 지성 존 스튜어트 밀(J. S. Mill, 1806~1873)을 떠올리게 됩니다.

백만장자였던 영주의 아들로 태어난 그는 대단히 머리가 좋은 수재였다고 합니다. 세 살 때 그리스어, 여덟 살 때 라틴어와 수학을 배우고, 열두 살 때에는 논리학, 열세 살 때에는 리카르도의 『경제학 원리』와 애덤 스미스의 『국부론』을 배웠다고 합니다. 도대체 세상에서 아쉬울 것이라곤 없는 부유한 수재로서 참 앞길이 창창하고 장래가 촉망되는 그런 소년이었습니다. 그는 일생 단돈 한 푼도 벌어보지 않고 쓰기만 하다가 간 사람이었습니다. 이렇게 남부러울 데 없어 보이는 밀이었지만, 단 한 가지 그에게도 이상한 구석은 있었습니다. 청년 시절 스물네 살이 될 때까지도 여자를 모른 채 그저 공부만 하고 살았다고 합니다.

그러던 1830년 어느 날, 친구 테일러(Tayler)의 집을 방문했을 때, 아뿔싸! 친구의 아내가 그렇게도 절세가인(絶世佳人)인 데다가 또한 너무도 지적인 여자이더라는 것입니다. 밀은 그만 첫눈에 반하고 말았습니다. 어엿이 남편이 있는 여자를, 그것도 친구의 아내를 연모하여 "아, 저런 여자 같았으면 나도 결혼했으련만……" 하고 탄식했습니다. 그날 이후 밀은 그녀를 너무도 사모한 나머지 "내 일생 결혼하지 말아야지……" 하고는 마흔이 넘도록 총각으로 살았습니다.

그렇게 오랜 세월을 남의 여자를 그리워하면서 지내던 어느 날, 마침 그 친구가 '일찍 죽어주는'(?) 바람에 그녀를 알게 된 지 21년이 지난 마흔다섯이 되던 1851년에 그녀와 결혼을 합니다.

하지만 안타깝게도 테일러 부인(Harriet Tayler)은 밀과 백년해로를 다하지 못했습니다. 1858년 어느 날 그들 부부는 프랑스의 아비뇽 땅을 여행하던 중이었는데 테일러 부인이 그만 폐충혈병에 걸려서 객사하게 됩니다. 20년을 숨어서 가슴앓이 하며 기다렸다 얻은 아내가 고작 8년을 함께 살다 졸지에 먼저 가버렸으니 밀의 슬픔이야 오죽했겠습니까.

존 스튜어트 밀이 쓴 일생일대의 대작으로서 세계 사상사에 가장 큰 영향을 미친 것은 불후의 명저 『자유론(On Liberty)』(1859)이라고 하는 책입니다. 그러나 이 책은 어느 정도 기초가 형성된 학도나 전문가가 아니라면 읽어야겠다는 강박관념에 사로잡힐 필요가 없을 것 같습니다. 왜냐하면 이 책은 대단히 난해하고 재미도 없는 책이기 때문입니다. 그래도 혹시 그 책을 접하게 된다면 첫 페이지만은 꼭 한번 읽어볼 것을 권하고 싶습니다.

『자유론』은 아내가 죽은 다음 해에 완성되어 출판되었는데 이 불후의 대작의 서문에는 아내에 대한 고마움과 사랑, 그리고 미처 출판을 보지 못하고 먼저 죽은 아내에 대한 연민이 짙게 깔려 있습니다. 또한 단순히 아내의 죽음에 대한 애련함만이 아니라 아내의 높은 지성을 칭송하고 그것이 사장(死藏)되는 데 대한 아쉬움을 절절히 토해내고 있습니다.

잠깐 몇 구절을 보겠습니다.

…… 진리와 정의에 대한 높은 식견과 고매한 인품으로 나를 한없이 감화시켰던 사람, 칭찬 한마디로 무척이나 나를 기쁘게 해주었던 사람, 내가 쓴 글 중에서 뛰어나다고 할 수 있는 것은 모두 그녀의 영감에서 나온 것이기에 함께 쓴 것이나 마찬가지이다. …… 지난 세월 내가 저술했던 다른 글들과 마찬가지로 이 책 역시 그녀와 내가 함께 쓴 것이나 다름없다. 하지만 불행하게도 이 책은 그녀의 감수를 받지 못했다. 특히 가장 중요한 몇몇 부분은 그녀의 세심한 재검토를 받고자 일부러 남겨두었는데 그녀의 뜻하지 않은 죽음으로 인해 모든 기대를 접을

수밖에 없었다. …… 그녀는 참으로 깊고 그윽한 지혜의 소유자였다.
이제 그러한 도움을 받지 못한 채 쓰는 글이란 얼마나 보잘것없을까.
…….

밀은 자서전에서도 테일러 부인을 극찬하고 있습니다.

　…… 칼라일보다 더 훌륭한 시인이요 나보다 더 뛰어난 사상가, 내
생애의 영광이며 으뜸가는 축복, 나에게는 하나의 종교이고 가치의 근
본이며 나의 생활을 이끌어가는 표준과도 같은 사람…….

존 스튜어트 밀은 아비뇽 땅에다 죽은 아내를 묻고 무덤이 내려다
보이는 곳에 별장을 마련하고는 그녀가 마지막으로 숨을 거둔 호텔
방의 가구들을 그곳으로 옮겨놓고 그녀와 전부(前夫) 사이에서 난 피
한 방울 섞이지 않은 딸 헬렌(Hellen)의 도움을 받으며 한동안 그렇게
지내다 영국으로 돌아갔습니다. 하지만 만년에는 다시 아비뇽으로
돌아와 집필과 아내의 무덤 주변을 산책하는 것으로 소일했습니다.
그러던 어느 날 아내의 무덤 주변에서 땅바닥을 후비고 있는 한
청년을 발견하게 됩니다. 멀쩡한 청년이 땅바닥을 후벼 파는 것을
이상히 여겨 밀은 청년에게 다가가 물었습니다.
"지금 무얼 하고 있는 거요?"

"벌레를 찾고 있습니다."

"벌레는 왜 찾소?"

"저는 벌레를 공부합니다."

일생을 바쳐 인간과 사회를 고민하고 연구해온 밀로서는 새파란 청년이 벌레 따위를 연구한다는 것이 영 의아스러울 수밖에 없었을 것입니다.

"벌레라는 것이 과연 공부할 가치가 있는 겁니까?"

"무슨 말씀을요. 벌레의 세계는 인간의 세계보다도 더 도덕적이고 아주 심오한 철학이 있습니다."

청년의 대답이 너무도 확신에 찬지라 밀은 되물었습니다.

"당신 뭐 하는 사람이오?"

"아비뇽 중학교 물리선생입니다."

"아니, 교사봉급으로 그 공부가 되겠소?"

"사실 넉넉지 못해 걱정입니다."

그제야 밀은 "그러면 지금부터 내가 당신 뒤를 봐줄 테니 돈 걱정일랑 말고 어디 그 벌레공부나 한번 열심히 해보시오." 하고 스스로 후원자가 될 것을 약속했습니다. 그로부터 밀은 실제로 죽을 때까지 그 청년의 뒷바라지를 했습니다. 그 청년이 누구이겠습니까? 그가 바로 훗날 그 유명한 대작 『곤충기(Souvenirs Entomologiques)』 열 권을 완성한 앙리 파브르(J. H. Fabre, 1823~1915)인 것입니다.

이 일화를 떠올릴 때마다 저는 마음이 평온해지고 아름다워지는 것을 느끼게 됩니다. 밀과 테일러 부인, 그리고 파브르와의 만남은 우리의 인생살이에서 만남이라는 것이 얼마나 소중한 것인지를 절실히 깨닫게 합니다. 사실 우리는 언제 어디에서 어떤 사람을 만남으로써 우리의 운명이 어떻게 변할는지 모릅니다. 저는 밀의 일생을 공부한 후로부터 세상을 살면서 인연을 소중하게 생각해야 한다는 교훈을 철저히 되새기게 되었습니다.

혹자는 우리나라 사람들이 가진 가장 큰 결함 중의 하나가 바로 헤어질 때 막보는 것이라고 합니다. 다시 만날 일이 없다고 생각될 때 그냥 막 대해버린다는 것이지요. 그것은 분명 대단히 미련한 짓일 것입니다. 굳이 "원수는 외나무다리에서 만난다"라는 속담을 들 것도 없이 오늘을 사는 우리는 어느 연극의 제목처럼 "우리 언제 무엇이 되어 다시 만날지" 모르는 까닭에 세상을 살아가면서 인연을 소중히 여기며 살아야 할 것이라고 생각합니다.

따뜻한 반란

저는 장애인 가족입니다

아내에게 청혼하던 때였습니다.

저는 아내에게 결혼해달라고 부탁하기에 앞서 우선 먼저 고백해야 할 것이 있었습니다. 당시로부터 3년 전 저는 허리디스크 수술을 받았었고 그때까지도 완전히 회복되지 않았던 상태였습니다.

젊은 날 대학원에서 공부하던 시절 저는 너무 나태하여 건강관리를 소홀히 했습니다. 운동이라고는 그저 숨쉬기 운동이나 했을까, 좋지 않은 자세로 하루 온종일을 거의 열다섯 시간씩이나 의자에만 앉아 있었으니 병이 안 나면 그게 도리어 이상한 일이 아니었겠습니까?

그러던 어느 날 저는 갑작스럽게 양쪽 종아리가 터질 듯이 아파져와서 채 5분을 서 있을 수 없는 이상한 통증을 느끼게 되었습니다. 그렇지만 저는 그때까지도 별로 심각하게 걱정하지는 않았습니다.

단지 '종아리가 왜 이러지?' 하며 잠시 앉아서 주무른 후에 다시 걷곤 했을 뿐이었습니다. 그때까지만 해도 저는 디스크란 특별한 사람들만이 앓는 이른바 '고급 병'인 줄로만 알고 있었으므로 제가 그런 병에 걸렸다는 것은 상상조차 해보지 않았었습니다.

그저 종아리가 터질 듯이 아파져 오면 잠시 앉아서 쉬었을 뿐 '좀 지나면 괜찮아지겠지……' 하며 차일피일하다가 미련스럽게 몇 달을 방치했던 것입니다. 그러던 어느 날 아침 저는 잠자리에서 일어설 수도 없는 지경에 이르렀습니다. 극심한 마비가 두 다리를 무용지물로 만들었고 결국 누운 채로 병원으로 실려 가서 수술을 해야 한다는 판정을 받았습니다.

앞이 캄캄했습니다. 당시만 해도 허리에 칼을 댄다는 것은 상상조차 할 수 없었습니다. 하지만 이미 벌어진 일이었습니다. 빨리 체념하고 신속하게 처리하고 싶었습니다. 한시라도 결정을 빨리 내리는 것이 심적 고통이나마 줄이는 길이라 생각했습니다. 지금은 창원에서 제조업을 하고 있지만 당시에는 서울에서 직장 생활을 하던 대학 시절 가장 가까웠던 친구가 수술비를 마련해왔습니다.

병원이 대학구내에 있었기 때문에 선후배들이 수시로 필요한 자료들을 가져다주었고 시도 때도 없이 먹을 것을 퍼 날랐기 때문에 병실은 아주 풍족했습니다. 약 50일간이나 병원 신세를 졌지만 주변의 도움이 너무도 극진해서 제 평생 그렇게 호강을 해 본 것은 처음이었던 것 같습니다.

감사하게도 의사선생님께서는 수술이 아주 잘 되었다고 말씀하셨으므로 무척 고맙고 다행스러웠습니다만 어쨌든 그로부터 몇 년 동안은 남모르게 허리장애를 겪으며 살아야만 했습니다. 이젠 거의 회복되어 어린 딸아이들이 시도 때도 없이 안아달라고 성화를 부려도 별걱정 없이 번쩍번쩍 안아줄 수가 있습니다만 당시엔 무거운 물건을 드는 일도 불가능했고 심지어 논산훈련소에서조차 퇴짜를 당해 되돌아왔습니다.

당시만 해도 사실 저는 지체장애에 관한 이야기를 듣거나 장애우를 만나게 되어도 그다지 특별한 감정의 동요가 없었습니다. 그러나 막상 자신이 장애인이 되었다는 생각이 들자 처절한 기분을 느끼게 되었던 것입니다. 그것도 신체의 가장 중심부라 할 수 있는 허리디스크라니, 미혼 남성으로서는 몹시 자존심이 상하는 일이기도 했었습니다.

그러던 중에 결혼하고 싶은 상대를 만났던 것입니다. 하지만 저는 늘 불안했습니다. 과연 어느 여자가 허리가 신통치 않은 남자를 좋다고 할 것인가? 저는 몹시 초조하고 불안했습니다만 오히려 자존심 때문에라도 서둘러 고백하지 않을 수 없었습니다.

그런데 이게 웬일인지요? 제 이야기를 듣고 있던 아내가 갑자기 심각한 얼굴이 되더니, 그렇다면 자기도 한 가지 고백할 것이 있다는 것입니다. 저는 한편으로는 비기게 되면 퇴짜는 안 당할 것 같아 안도의 기분도 들었습니다만, 다른 한편으로는 '대체 무슨 고백일까?', '혹시 나보다 더 큰 엄청난 병이 있다는 걸까?' 등의 생각에 몹시 궁금하고 불안한 마음이 되었습니다.

드디어 아내가 입을 열었습니다.

"저의 집에는 아주 커다란 십자가가 있습니다. 저는 맏이인데 당신이 저와 결혼한다면 그 십자가를 함께 져 줄 수 있겠어요?"

저는 멍했습니다. 십자가라니? 그때까지만 해도 저는 가톨릭 신자가 아니었기 때문에 아내의 말을 제대로 알아들을 수 없었습니다.

"제게는 남동생이 한 명 있는데 불행하게도 장애인이에요. 뇌성마비랍니다."

저는 깜짝 놀랐습니다. 그때까지 저의 주변 그 어디에도 장애인이라고는 없었습니다. 오직 제가 뒤늦게 장애인이 되었을 뿐인데 이제 제게 유일한 처남이 될 사람이 뇌성마비 환자라는 것이었습니다. 갑자기 저는 아내가 될 그 여인이 너무 불쌍해 보였습니다.

"하지만 그 동생으로 인해 우리 집안 식구들은 지극한 신앙을 가질 수 있게 되었습니다. 그 동생이 우리 집에 평화를 지켜 주는 셈이지요. 그 점에서는 오히려 식구들 모두가 그 아이에게 감사하고 있답니다."

저는 일이 이상하게 된다고 생각했습니다. 저는 저의 장애를 받아

따뜻한 반란

줄 수 있겠느냐고 두려운 마음으로 고백했는데 오히려 아내는 동생의 장애를 제가 받아줄 수 있겠느냐고 고백해왔던 것입니다. 그렇다면 아내는 저의 장애 따위는 안중에도 없다는 말이 아니겠습니까. 우선 고맙기는 했지만 도대체 동생의 장애가 어느 정도이기에 이런 고백을 하는 것일까……. 무척 안된 마음이 들었습니다.

어쨌든 저의 장애를 흔쾌히 받아주는 아내가 너무도 고마웠고 장애인 동생에 대한 애틋한 사랑을 가진 아내의 모습이 아름답고 대견해 보이면서도 또 한편으로는 애처롭게 보여 저는 잠시도 시간을 지체할 수가 없었습니다. 저는 저의 장애만 받아준다면 모든 것을 기쁘게 받아들이고 한가족으로서 당신과 함께 그 십자가라는 것을 기꺼이 지겠노라고 말했습니다. 우리는 한동안 부둥켜안고 뜨거운 마음을 나누었습니다. 물론 아직 저의 정성이 부족하여 그때의 맹세와 그 사랑을 다 표현하며 살지는 못하고 있습니다만 그때 아내에게서 느꼈던 넓고 깊은 사랑에 지금도 감사하며 살고 있습니다.

제가 아내에게 감사해야 하는 또 한 가지 특별한 이유가 있습니다. 참으로 부끄러운 고백입니다만 사실 저는 아내와 결혼하기 전까지만 해도 우리 사회에 장애인이 함께 어우러져 살고 있다는 사실을 크게 실감하지 못하고 살았습니다. 그런데 장애인 처남을 만난 후부터는 우리 사회의 도처에서 장애우들의 모습을 너무도 자주 너무도 크게 보고 느끼며 살게 되었습니다. 말하자면 그 이전까지는 남의 모습을 제대로 유심히 보지 못했던 것입니다. 남의 아픔에 둔감한 채로 자기 앞만 보며 메마르고 덤덤하게 살아왔던 셈이지요.

저의 뇌성마비 처남은 처가 식구들만이 아니라 제게도 잠자는 인간애와 이웃에 대한 사랑을 일깨워주었던 것입니다. 그를 지켜보는 우리 가족 모두는 늘 많은 것을 배우고 느끼고 있습니다. 우리는 그를 통해서 늘 삶의 의미를 다시 깨닫고, 잊고 지내던 행복의 본질과 인간의 도리를 문득문득 깨닫곤 합니다. 저의 장애인 처남은 어쩌면 하느님께서 우리 가족에게 보내주신 아름다운 천사인지도 모릅니다.

어느덧 저의 처남은 40대 초반이 되었습니다. 손발이 좀 불편하고 안면이 약간 마비되어 발음이 다소 불분명합니다만 그는 하루도 쉬지 않고 자기계발을 위해 부지런히 노력하고 있습니다. 자신처럼 불편한 사람들을 돕는 일을 하고 싶다며 뒤늦게 대학에서 사회복지학을 공부했습니다. 특히 탁구를 잘하는데 10여 년 전에는 전국장애인체전에서 은상을 받기도 했습니다.

이제 저는 이 천사 같은 장애인 처남에게 뭔가 보답을 하고 싶습니다. 제게 인생의 의미를 가르쳐 준 착한 처남에게 여생을 함께할 짝을 찾아주고 싶습니다.

따뜻한 반란

악마와 성자

자식 앞에 떳떳한 얼굴

어떤 화가가 있었습니다.

어느 날 문득 그는 악마의 상을 그리고 싶었습니다. 상상 속에서나 묘사될 법한 뿔 달린 짐승이 아니라 악마의 흉포함을 물씬 풍기는 인간의 모습을 그리고 싶었습니다.

"어떻게 생겨야 가장 악마 같을까?" 세상에서 가장 흉악한 모습의 모델을 찾아 화가는 여행을 떠났습니다.

몇 년을 헤맨 끝에 화가는 드디어 가장 악마 같은 무시무시한 사람을 만날 수 있었습니다. 뛸 듯이 기뻤지만 너무 무섭게 생겨서 감히 자기 그림의 모델이 되어달라고 부탁할 엄두가 나지 않았습니다. 하지만 기왕에 모델을 찾아 나섰고 다시는 이런 기막힌 모델을 찾을 수 없을 것 같아 도저히 그냥 지나쳐 보낼 수는 없었습니다. 위험(?)을 무릅쓰고 화가는 이 무시무시한 사람에게 극존칭을 써가며 공손하게 부탁했습니다.

"선생님(?), 부디 저의 무례를 용서하여 주십시오. 저는 화가인데 악마의 모습을 그리고 싶어 모델을 찾아 수년을 헤맸습니다. 정말 대단히 송구스럽습니다만 선생님께서 제 그림의 모델이 되어주실 수 없을는지요?"

'악마 같은' 그 사람은 몹시 불쾌하고 괘씸했지만 화가라는 작자가 하도 공손하게 존경을 표하며 부탁하는지라 귀여운(?) 생각이 들어 승낙했습니다. 몇 달이 걸려 화가는 그림을 완성했습니다.

그로부터 20년이 흘렀습니다. 황혼에 접어든 화가는 자기의 예술 세계를 마무리할 새로운 그림을 그리고 싶었습니다. "인간으로서 가장 성스러운 모습은 과연 어떤 것일까?" 그 화가는 성자의 상을 그리고 싶었던 것입니다.

다시 모델을 찾아 긴 여행을 떠났습니다. 몇 년을 헤매고 다니다 드디어 그는 지금까지 본 사람들 중에 가장 성스러운 인상을 지닌 한 사람을 만날 수 있었습니다. 너무나 기뻤습니다. 이번엔 그렇게 조심할 필요도 없었습니다.

"선생님을 뵙게 되어 너무도 기쁩니다. 저는 화가인데 성자의 모습을 그리고 싶어서 모델이 될 만한 분을 찾아 세상을 떠돌아다녔습니다. 선생님께서는 제가 일찍이 상상해본 적이 없는 성스러운 모습을 지니고 계십니다. 부디 저의 그림의 모델이 되어주십시오."

따뜻한 반란

성자의 모습을 한 그 사람은 몇 번이고 사양했지만 화가의 성화가 어찌나 드센지 더 이상 뿌리칠 수가 없었습니다. 몇 달이 걸려 화가는 그림을 완성했습니다. 깊은 고마움을 표하고 작별할 때가 되었을 때 그 모델이 입을 열었습니다.

"20년 전에 당신은 날 앉혀놓고 악마의 상을 그려가더니 어떻게 이번엔 나를 성자의 모델로 그리는 것이오?"

이 이야기는 관상학에 대해 논란을 일으킬 수 있습니다. 얼굴 모습이 삶으로 나타났다기보다는 삶이 그 사람의 얼굴을 결정지었다고 봐야 하겠기 때문입니다. 따라서 얼굴 모습을 보고 그 사람의 미래를 알아보는 점성술로서의 관상학은 무의미한지도 모릅니다. 예로부터 동양에서는 얼굴 모습뿐 아니라 신체의 모습을 보고서도 사람을 평가하곤 했습니다. 허리가 긴 사람이 귀인이라는 둥, 목이 길면 게으르다는 둥, 귀가 크면 귀하게 될 사람이고, 손이 못생긴 사람이 재주가 많다는 둥…….

그러나 신체의 모습으로 그 사람의 품격이나 장래를 점치는 것은 그다지 온당치 못한 궤변일 것입니다. 그것이 통계학의 산물이든 아니면 역사적 경험이든 간에 신체의 특정부위를 가지고 사람을 평가한다는 것 자체가 이미 잘못된 편견의 출발일 수 있기 때문입니다. 특히 오늘날 신체적 장애를 안고 살아가는 많은 사람에게는 너무도 야속하고 가혹한 말일 수 있을 것이기 때문입니다.

제2부 때밀이 아저씨가 준 교훈

하지만 사람의 한평생은 그대로 얼굴에 나타난다고 했던가요. 눈은 마음의 창이라는 말도 있듯이 얼굴 표정이나 모습에서 그 사람의 품성을 알아맞히는 것이 전혀 터무니없는 일만은 아닌 것 같습니다. 관상학에 전혀 조예가 없는 사람들도 어떤 사람의 얼굴 또는 눈빛만 보고서도 그의 마음이 고울지 아닐지를 어느 정도는 짐작하게 되는 것 같습니다.

그 사람이 행복한 삶을 살아왔는지, 만족한 생활을 하고 있는지, 열린 마음으로 너그럽게 이웃을 포용하면서 살고 있는지, 고뇌와 집착에 빠져 허덕이고 있는지를 한눈에 짐작할 수 있다는 점에서 관상학을 한낱 미신으로 치부하기에는 거부할 수 없는 무언가가 있는 것도 사실입니다. 그것이 사람을 함부로 평가하고 분류해버리는 비정한 수단으로 사용되지만 않는다면 말입니다.

나이 사십이 넘으면 자기 얼굴에 책임을 져야 한다고 했던가요. 애당초 하느님의 아들로 태어난 예수그리스도를 제외한다면 인간은 누구나 모든 가능성을 지니고 세상에 나기 마련일 것입니다. 마치 우리가 성인으로 받드는 부처님이나 공자님조차도 처음부터 완전한 인간으로 태어났던 것은 결코 아니었던 것처럼 대웅전에 은은한 미소로 앉아계시는 부처님의 모습은 애당초 태어날 때부터 가지고 났던 모습이 아니라 무수한 고행을 통해 자기수양에 성공하고 마침내 득도한 이른바 깨달은 자의 성스러운 얼굴인 것입니다.

갈수록 힘든 시대를 살아가는 우리는 비단 내 얼굴만 아니라 가족의 얼굴 사랑하는 자녀들의 얼굴을 위해서라도 너무 박정하게 살아서는 안 될 것 같습니다.

때밀이 아저씨가 준 교훈

저는 지금도 목욕탕에서 땀 흘려 일하는 분들을 왠지 가까이하고 싶지 않습니다. 속칭 때밀이라고 하는 직업 그 자체를 평가하여 귀천을 따지는 것이 아니라 "언제부터 우리가 때 미는 것까지 남 시키며 살았나?" 하는 생각에 차라리 샤워만 하고 말지언정 때밀이 아저씨의 도움을 받고 싶지는 않았습니다.

청년 시절 언젠가 팔을 다쳐 장기간 고생했던 스승님과 함께 목욕을 간 일이 있었습니다. 한 달 이상 깁스를 하고 있었기에 스승의 몸은 좀 깨끗지 못했습니다. 당시 저는 스승의 몸을 닦아드리려고 동행했는데 스승께서는 한사코 저의 수고를 사양한 채 이른바 때밀이 아저씨를 불렀습니다.

사지 멀쩡한 젊은 놈이 스승의 때를 밀어드리는 일조차 사양당하고 나니 저는 스승이 치른 제 목욕비가 부담스러워졌습니다. 때 민

따뜻한 반란

값이야 으레 스승께서 계산할 것이기에 공짜 목욕에 대한 최소한의 갚음이라도 하고자 때밀이 아저씨에게 특별히 당부했습니다. "아저씨, 우리 선생님께서 왼팔이 부러져 몇 달간 깁스를 했다가 풀었으니 잘 좀 닦아주십시오."

스승도 한마디 거드셨습니다.

"아저씨, 왼팔이 많이 지저분할 겁니다. 잘 좀 부탁합시다."

그런데 이게 웬일입니까? 대뜸 때밀이 아저씨가 이렇게 말하는 것이었습니다.

"선생님, 그게 그렇지 않습니다. 왼팔이 아프면 바른팔에 때가 더 많은 법입니다."

때밀이 아저씨의 말을 듣는 순간 저는 잠시 어리둥절했습니다.

'아하, 이 때밀이가 내 선생님이구나! 참으로 사소한 일로 날 가르치고 있구나!' 그 후 저는 아직까지도 그 때밀이 아저씨를 잊을 수가 없습니다.

왼팔 부러지면 바른팔에 때가 많고 바른팔이 부러지면 왼팔에 때가 많은 것이 단지 팔다리 부러진 일에만 그렇겠습니까. 세상살이가 다 그런 것 같습니다. 친구도 부부도 정치도 마찬가지일 거라는 생각이 들었습니다. 못된 친구 만나면 그의 친구도 결국 난처한 지경에 빠지게 될 것이고, 못된 여자 만나면 남편 흉이 되는 것이며, 못된 남편 만나면 그 여자의 운명이 잘못되는 것이 아니겠습니까. 옳지 않은 유권자 만나면 정치하는 사람도 잘못될 것이고, 못된 정치꾼을 뽑게 되면 유권자들의 삶이 불행해지는 것은 당연한 이치가 아니겠습니까.

신의와 의리를 중히 여기는 친구는 그의 친구의 사업도 번창하게 할 것이며, 성실한 남편은 아내의 삶을 윤기 나게 할 것이고, 부지런한 아내는 남편을 돋보이게 할 것입니다. 합리성보다는 속물적 온정주의에 젖은 유권자 집단이 있다면 그들은 사회적 이익을 통한 자기 발전이 아니라 이기적인 사욕 충족에만 골몰할 것이고, 그런 그들의 선택은 사회 발전을 가져오기는커녕 자신들보다 몇 배 더한 속물근성에 찌든 냄새 나는 정치인을 배출해내게 될 것입니다.

시민들의 삶의 질이나 사회 발전은 안중에도 없고 오로지 권력욕이나 사적 이익 추구에만 혈안이 된 정치인집단이 사회를 가득 채운다면 그곳 시민들은 적지 않은 세월을 비참한 상황에서 벗어나기 어렵게 될 것입니다. "세상의 모든 것이 다 상대적"이라는 이 흔한 이치를 저는 그 때밀이 아저씨의 이야기를 듣고서야 비로소 진실로 절감했습니다.

하지만 훌륭한 친구가 된다는 것, 훌륭한 남편 훌륭한 아내가 된다는 것, 훌륭한 유권자 훌륭한 정치인이 된다는 것은 그리 어려운 일만은 아닐 것입니다. 때밀이 아저씨가 일러준 상관관계, 즉 상대성이라는 말을 일관되게 명심하고 살기만 해도 이미 절반은 성공할 수

따뜻한 반란

있지 않겠습니까.

상대성을 견지한다는 것은 어떤 고차원적인 이론이나 그 무슨 어려운 철학 같은 것을 터득해야만 가능한 것이 아닙니다. 오히려 지극히 상식적으로 살 때 가능할 것입니다. 서로가 상대방의 존재를 인정하고, 내 명예를 소중히 여기듯 상대방의 인격을 존중하고, 상대방이 가진 가치를 내 것처럼 귀하게 여기며 서로에게 최소한의 예의를 갖출 수만 있어도 이미 3분의 2는 성공일 것입니다.

그날의 저의 큰 스승이었던 때밀이 아저씨는 제게 두터운 정치철학 교과서를 한마디로 압축하는 값진 교훈을 주었습니다.

푸시킨 공원에서

북부의 베네치아라고 일컫는 러시아 상트페테르부르크를 여행할 때였습니다.

저희 부부는 시내의 볼거리를 섭렵하고 한적한 교외로 향했습니다. 모스크바에서 살던 시절이었기에 짧은 일정으로 온 관광객들과는 달리 여유롭게 느릿느릿 이곳저곳을 즐길 수 있었습니다. 당시 아내는 임신 8개월째의 힘든 시기였기에 다른 여행객들과 보조를 맞출 생각은 아예 없었습니다.

예카테리나(Ekaterina) 궁전에 당도했을 때 매표소엔 이미 많은 여행객이 줄지어 기다리고 있었습니다. 우리 부부가 그 대열 끝에 다가섰다면 그들은 의당 임산부 부부를 맨 앞으로 보내주었겠지만 그리 바쁘지도 않은데 착한 사람들에게 폐를 끼치고 싶지 않았습니다. 러시아에는 추운 겨울철에 생필품을 사려고 수십 미터를 줄지어 서서 기

제3부 가만있으면 중간도 못 갑니다

다리다가도 임산부나 어린아이를 안은 사람이 뒤에 서면 무조건 맨 앞으로 보내주는 에티켓이 생활화되어 있습니다.

우리 부부는 일행에서 벗어나 잠시 쉬기로 하고 쉼터를 찾아 예카테리나 궁전 건너편에 있는 낡은 건물로 향했습니다. 자그마한 건물엔 '푸시킨이 다녔던 소학교'라는 간판이 붙어 있었고 예의 십수 명의 여행객이 부산히 기념촬영을 하고 있었습니다.

우리는 건물 뒤편의 아름드리나무가 제멋대로 서 있는 작은 공원으로 들어섰습니다. 공원 여기저기엔 불규칙한 형태로 벤치들이 흩어져 있었는데 유감스럽게도 빈자리는 없었습니다. 입구 쪽에 놓인 벤치에 앉아 있던 한 청년은 낡은 책을 펴든 채 사색에 잠겨 공원 한복판에 서 있는 아담한 동상을 바라보고 있었습니다.

우리 부부는 그 동상이 누구인지 궁금하기도 했고 무엇보다도 사색에 빠져 있는 러시아 청년을 방해하지 않으려고 발걸음을 동상 쪽으로 옮겼습니다. 역시 푸시킨(Aleksandr Sergeevich Pushkin, 1799~1837)이었습니다. 그 유명한 러시아의 세계적인 대문호 푸시킨이 나뭇가지 사이로 간간이 비껴드는 한여름의 햇살에 등을 돌린 채 물끄러미 어딘가를 응시하고 있었습니다.

그곳엔 10대 소녀로 보이는 아리따운 아가씨가 연인과 서로 등을 기대고 각자 뭔가를 읽고 있었고, 또 한쪽에서는 평상복에 펑퍼짐한 몸매를 지닌 한 아주머니가 무릎 위에 두꺼운 책을 펴든 채 뭔가를 열심히 기록하고 있는 턱수염을 근사하게 기른 남루한 신사와 함께 은근한 사랑을 표현하는 자세로 앉아 있었습니다. 보아하니 한여름 오후를 즐기러 공원을 찾은 동네 주민들인 것 같았습니다.

너무도 평화롭고 아름다운 풍경이었습니다. 하지만 우리는 왠지 서먹서먹해졌습니다. 그 분위기는 수도원의 한가한 오후를 연상케 했고 그들의 모습은 깊은 묵상에 잠긴 수사(修士)들과 같이 경건했습니다. 모스크바에서도 흔히 보던 모습이었습니다. 지하철은 물론이고 심지어 덜컹거리는 버스 안에서도 두툼한 책을 펴들고 빨려들듯 집중한 모습이 마치 무슨 중요한 시험을 앞둔 수험생들 같았습니다. 주택가 한적한 공터에서는 아기를 재우느라 한 손으로 유모차를 흔들면서도 다른 손으로는 책을 펴들고 고개를 숙인 주부들의 모습이 도처에서 포착됩니다.

러시아인들과 함께 생활한 5년 동안 우리 부부에게 가장 인상 깊었던 것은 역시 그들의 독서문화였습니다. 모스크바의 지하철은 아예 움직이는 독서실입니다. 러시아인 주부들의 장바구니 속 필수품은 두툼한 책이었습니다. 그들의 독서는 때와 장소를 가리지 않았습니다. 74년간이나 공산당 통치를 경험했으면서도 의외로 자유분방한 토론문화를 지니고 있는 비결은 어쩌면 그 독서문화에 있는지도 모릅니다.

올 한 해 동안 우리는 몇 권의 책을 읽었을까요?

우리나라 성인들은 책 읽기를 그다지 좋아하지 않는 것 같습니다. 문화체육관광부가 발표한 '2008년 국민 독서실태 조사결과'에 따르면, 성인 4명 중 1명은 1년 동안 책을 한 권도 읽지 않은 것으로 나타났습니다. 2007년 미국의 한 여론조사 기관이 OECD 회원국을 포함한 세계 30개국 시민의 독서량을 조사했을 때는 우리나라가 꼴찌를 기록했다고 합니다. 이 조사로 보면 성인 1명당 연간 독서량은 일본의 절반에도 미치지 못했고, 책 읽기에 투자하는 시간은 1위였던 인도의 3분의 1 수준에 불과했습니다. 우리 시민들이 읽기를 대단히 귀찮아한다는 사실을 단적으로 보여주는 것 같아 적잖이 걱정스럽습니다.

사회생활을 하는 분들은 삶에 쫓겨 마음의 여유를 찾지 못해 그럴 것입니다. 바늘구멍 같다는 취업난에 허덕이는 대학생들은 전공수업 시간에조차도 마음은 콩밭에 가 있기 일쑤라고 합니다. 대학입시라는 절체절명의 중압감에 억눌린 고교생들이 이른바 중요과목을 덮어두고 양서를 읽는다는 것은 더 기대하기 어렵습니다. 고교선발제가 있는 지역에서는 말할 것도 없고, 국제고니 외고니 과학고니 하는 특목고 선발제도가 엄존하는 현실에서는 중학생들조차도 독서 삼매경에 빠져 있기가 쉽지 않습니다.

문화 수준은 독서 수준과 비례한다고 합니다. 남의 이야기를 얼마나 겸손하게 수용하고 이웃의 삶과 사회문제에 얼마나 진지하게 관

따뜻한 반란

심을 두느냐 하는 것은 독서에 대한 관심도로도 측정될 수 있을 것입
니다. 1년 동안 고작 서너 권의 책을 읽기에도 급급한 시민들이 과반
수를 차지하는 사회가 문화선진국이 된 예를 찾아보기는 쉽지 않습
니다. '가을은 독서의 계절'이라는 캠페인성 표현은 너무 식상하게
들리겠지만 그래도 가을이 되면 한 번쯤 자신을 되돌아볼 일이라 생
각합니다.

문화선진국의 요건

적게 읽고 많이 말하는 세태

모스크바 유학 생활에서 돌아온 직후였습니다.

서울에 계시는 스승님께 귀국 인사를 갔을 때였습니다. 어린 딸아이와 함께 우리 부부는 선생님 내외분께 큰절을 올리고 아내와 저는 각자의 학위논문을 선생님 내외분께 정중히 올렸습니다.

"선생님, 가르침 덕분에 이걸 썼습니다."

선생님께서는 러시아어로 된 우리 부부의 두터운 학위논문을 기쁘게 받아 잠시 뒤적이시더니 대뜸 이렇게 하문(下問)하셨습니다.

"그래, 러시아에서의 5년 동안 무엇을 보았지?"

"실로 많은 것을 보고 느꼈습니다."

"그중 무엇이 가장 인상 깊던가?"

"……."

저는 잠시 머뭇거렸습니다. 이윽고 음악을 공부하는 아내가 먼저

따뜻한 반란

입을 열었습니다.

"그들은 늘 뭔가를 읽고 있었습니다. 지하철에서도 앉으나 서나 책을 읽고 있었고 도시의 도처에 널린 크고 작은 공원에서도 벤치에 앉아 뭔가를 읽거나 쓰고 있었습니다. 더러 깊은 사색에 잠긴 듯이 그냥 앉아 있는 사람들도 무릎 위에는 으레 두꺼운 책이 놓여 있었습니다. 심지어 파출부 일을 하러 온 중년 아주머니도 틈만 나면 식탁 위에 책을 펴놓는 바람에 한동안 아주 못마땅하게 생각했던 적도 있었습니다."

음악가이신 사모님께서 말씀을 받으셨습니다.

"아하! 높은 문화 수준은 역시 그냥 형성되는 것이 아니었군요."

사모님의 말씀을 들으시고는 선생님께서 상기된 표정이 되어 이렇게 받으셨습니다.

"그럼요, 적게 읽고 어떻게 많이 쓸 수 있겠어요? 푸시킨이나 톨스토이(L. N. Tolstoi, 1828~1910), 도스토옙스키(F. M. Dostoevsky, 1821~ 1881), 투르게네프(I. S. Turgenev, 1818~1883), 고골(N. V. Gogol, 1809~ 1852)⋯⋯. 그 세계적인 문호들이 그냥 나왔겠어요?"

다시 사모님께서 말씀을 받으셨습니다.

"그렇지요. 그 유명한 글린카(M. I. Glinka, 1804~1857)와 보로딘(A. P. Borodin, 1833~1887), 차이콥스키(P. I. Tchaikovsky, 1840~1893), 무소륵스키(M. P. Musorgsky, 1839~1881), 림스키코르사코프(N. A. Rimsky-

Korsakov, 1844~1908), 라흐마니노프(S. V. Rachmaninov, 1873~1943), 스크랴빈(A. N. Skryabin, 1872~1915), 프로코피예프(S. S. Prokofiev, 1891~1953), 스트라빈스키(I. F. Stravinsky, 1882~1971), 하차투리안(A. I. Khachaturian, 1903~1978)……. 그들은 또 그냥 나왔겠어요?"

아내가 두 분의 말씀을 받았습니다.

"그 대가들은 저마다 러시아와 유럽의 대문호들의 작품에서 영감을 얻고 악상을 떠올렸답니다. 그들의 유명한 가곡이나 오페라는 한결같이 대문호들의 작품을 소재로 했고, 심지어 관현악곡들까지도 당시의 수준 높은 지성사에서 큰 영향을 받았답니다. 단적인 예입니다만 차이콥스키는 단지 곡을 쓰기 위해서만 밤을 새웠던 것이 아니라 독서 삼매경에 빠져서도 숱한 밤을 지새웠다고 합니다."

선생님께서 반갑게 말씀을 받으셨습니다.

"문화 수준의 높낮이는 얼마만큼 타인의 견해를 진지하게 수용하고 자신의 사고영역을 꾸준히 확장하느냐에 따라 결정되지요. 그리스·로마제국이나 고대 중국의 문화가 찬연하게 꽃피었던 것도 이런 것과 무관하지 않지요. 현대에도 마찬가지예요. 혼자의 생각보다는 둘의 생각이 더 합리적일 확률이 높은 것 아니겠어요? 남의 생각을 얼마나 진지하게 받아들일 자세가 되어 있는지 여부에 따라 문화시민이냐 아니냐가 결정된다고도 할 수 있지요."

그 말씀을 받아 아내가 말했습니다.

●
따뜻한 반란

"참으로 지당하신 말씀이라고 생각합니다. 남의 말을 경청하지 않는 사회, 적게 듣고 많이 말하는 사회, 적게 읽고 많이 쓰려고 하는 사회의 문화는 분명 깊이가 옅을 수밖에 없을 것 같습니다."

다시 선생님께서 말씀을 이으셨습니다.

"그렇지요. 자나 깨나 돈벌이만 생각해야만 살아갈 수 있는 사회도 역시 문화선진국이 되기는 어렵지요. 그들의 자녀들이 어떻게 정상적인 인성을 형성할 수 있을 것이며 문화시민이 될 수 있겠습니까? 나아가 그러한 시민들이 어떻게 민주주의 정신에 투철하고 훌륭한 시민사회를 이루어내겠어요. 문화선진국으로 가는 길에도 적절한 요건이 따르는 법이지요."

까치발을 한 채 서가에 매달려 빼곡하게 꽂힌 책들을 만지작거리며 저지레하고 있던 어린 딸아이를 보시며 사모님께서 넌지시 말씀하셨습니다.

"어린 자녀들에 대한 가장 확실한 최상의 교육은 그들 앞에서 엄마아빠가 모범을 보이는 것입니다. 부부가 늘 함께 책을 읽고 음악을 감상하며 다정하게 대화하고 열심히 사랑하는 모습을 자주 보여주는 거예요. 그것을 보고 자라는 아이들은 절대로 잘못되거나 결코 부모보다 못한 아이가 되지 않는답니다."

그날 저는 선생님 내외분과의 대화를 통해 좋은 공부를 했습니다. 멋진 사회학 수업이었습니다.

박수에도 차원이 있습니다

1994년 봄이었습니다.

모스크바 차이콥스키 음악원과 시내 주요 음악 홀에서는 유명한 '차이콥스키 국제 콩쿠르'가 진행되고 있었습니다. 성악을 공부하는 아내였지만 아쉽게도 나이 제한에 걸려 출전은 해보지도 못한 채 저와 함께 차이콥스키 음악 홀을 드나들며 콩쿠르의 성악 부문을 빠트리지 않고 관람했습니다.

출전 성악가들은 저마다 발군의 실력을 과시했고 제게는 하나같이 멋지게 들렸습니다. 저는 매 연주자의 곡이 끝날 때마다 열심히 박수를 쳤습니다. 그런데 어느 연주자의 노래가 끝났을 때 저는 차마 낯을 들 수 없는 상황에 처했습니다. 갑자기 주변 사람들이 이상하다는 눈빛으로 제 얼굴을 빤히 쳐다보고 있었습니다. 약 1,000명의 청중 중에 박수를 친 사람은 저를 포함해서 불과 100여 명뿐이었습니

따뜻한 반란

다. 영문을 모르고 있던 저는 오히려 그들을 이상하다는 듯이 쳐다보았습니다.

아내가 제 옆구리를 쿡쿡 찔렀습니다. 그 연주자의 노래가 청중들에게 감동을 주지 않았기 때문에 그 연주자의 동료들만 '바보 같은' 박수를 쳤다는 것입니다. 무작정 노래만 끝나면 의례적으로 박수를 쳐야 하는 것으로 생각하는 우리 문화 수준으로는 이해하기 어려웠습니다. 어쨌든 그다음부터는 조심했습니다. 남들이 박수를 치는 모습과 강도에 맞추느라 애를 먹었습니다. 연주의 끝이 어디인 줄 몰라 박수를 칠 타임을 엿보느라 안절부절못했던 적도 한두 번이 아니었습니다.

그런데 본선이 시작되는 다음날 저는 다시 한 번 어안이 벙벙해졌습니다. 사람들이 모두 일어서서 거의 몇 분 동안이나 열광적으로 박수를 쳤습니다. 혼자 앉아 있으려니 제 꼴이 우습게 보일 것 같아 하는 수 없이 저도 일어서서 마구 쳤습니다. 모처럼 속이 후련했습니다. 그 청중들의 귀와 눈은 죄다 세계의 유명한 성악곡을 잘 이해하는 전문가 수준의 경지에 이른 것 같았습니다. 휴식 시간에 다과를 먹으면서도 각 연주자를 전문적인 부분에서 비평하느라 부산했습니다. 그들 모두가 성악과 교수인 줄 착각할 정도였습니다.

집에 돌아와 아내와 저는 박수문화로 한참을 이야기했습니다. 우리가 내린 결론은 이러했습니다. '박수에도 차원이 있다.'

첫째로는 우스꽝스럽고 바보 같은 하급박수입니다.

텔레비전 오락프로그램을 시청하다 보면 청중들의 무조건적 박수가 거슬리는 때가 있습니다. 녹화 현장을 지켜본 사람은 경험했겠지만, 장면이 바뀔 때마다 담당 PD가 카메라를 피해가면서 청중들에게 박수를 종용합니다. 청중들이 자지러지는 소리를 내면서 박수를 쳐댑니다. 그러니 안방에서 화면만 지켜보는 사람들로서는 그들의 모습이 우스꽝스럽기 짝이 없습니다. 정치연설에서 보이는 동원된 박수도 그렇습니다. 정치 후진국에선 유력 정치인이 연설할 때엔 으레 연설 도중에 수십 번 넘게 박수가 터져 나오기도 합니다. 선거유세에서는 동원된 청중들이 자기편 후보가 언성만 높이면 박수를 쳐댑니다. 역시 바보 같은 모습입니다.

둘째로는 자발적이지만 무조건 쳐대는 중급박수입니다.

한때 우리 사회는 박수에 너무 인색했습니다. 가슴이 찡해도 점잖게 서너 번만 손바닥을 쳐야지 감정대로 쳤다가는 채신머리없는 사람으로 평가되기 일쑤입니다. 공연장에서도 명망 있는 어른들은 으레 어금니를 악물고 팔짱을 끼고 있다가 손바닥을 세 번쯤 두드리고는 다시 팔짱을 껴버립니다. 딱하고 애처로운 모습입니다. 오죽하면 "박수 좀 쳐주자"는 캠페인을 벌였을까요. 그래서 박수와 문화 수준을 함수관계로 짜 맞추는 비문화적인 단순논리도 생겼습니다. 박수를 열심히 쳐대면 문화 수준이 높고 그렇지 않으면 낮은 사람으로 비난했던 것입니다.

셋째로는 감동과 감사, 칭송과 격려의 상급박수입니다.

청중의 마음에서 우러나 자발적으로 터져 나오는 진짜 박수입니다. 청중을 감동시켜준 데 대한 사례입니다. 진한 감동을 준 수준 높은 연주능력에 대한 경의의 표현입니다. 끝나는 것이 아쉬워 더 듣고 싶다는 부탁입니다. 크게 오래도록 쳐도 결코 경망스럽지 않은 아름다운 모습입니다. 유치원 학예회에서 어린이들의 천진한 모습에 터져 나오는 박수도 역시 같은 등급일 것입니다. 사랑과 격려의 박수입니다.

그러나 이런 진짜 박수는 아무나 칠 수 있는 것이 아닙니다. 우선 예술과 인간에 대한 깊은 이해가 있어야 합니다. 따뜻한 인간애로 마음의 문을 활짝 열고, 감동을 주면 기꺼이 감동하겠다는 열린 자세가 되어 있어야 합니다. 그러기 위해서는 무엇보다도 체면이나 형식, 위선을 벗어던지고 자신을 낮춰 겸손할 수 있어야 합니다. 그리고 모든 가치를 돈으로만 연결 짓는 물질만능주의에 허덕이는 자신의 애처로운 영혼을 구출해낼 수 있어야 합니다. 높은 문화 수준은 대가 없이 거저 얻어지지 않습니다.

자작나무숲 속에서

2001년 4월에 모스크바를 다시 찾았습니다.

오전 11시에 인천공항에서 이륙한 비행기는 무려 열 시간을 날았지만 대부분 시간을 러시아 상공에 떠 있었습니다. 때마침 날씨가 맑아 아래를 훤히 내려다볼 수 있었습니다. 서해를 지나 중국 땅을 지나나 했더니 이내 몽골 상공에 접어들었고, 얼마 안 있어 바로 막막한 시베리아가 나타났습니다.

끝없이 펼쳐진 원시림과 흰 눈 위를 지나는 몇 시간 동안 숨 막히게 좁은 땅덩어리 안에서 악다구니 치며 사는 우리의 모습을 돌아보지 않을 수 없었습니다. 한 시간이면 남쪽 바다를 지나 제주 상공에 들어서는 좁은 반도 땅을 생각하니 몇 시간을 날아도 끝이 없는 시베리아의 광활한 땅이 부럽기도 했지만 한편으로는 광막한 자연이 주는 적막감과 무력감에 두렵기도 했습니다.

따뜻한 반란

　구소련의 약 75%에 해당하는 이 광활한 땅 러시아의 면적은 1,707만 5,000제곱킬로미터로서 남미대륙의 전체 면적과 비슷하고 미국과 중국의 영토를 합한 것만큼이며 한반도의 77배이고 남한의 170여 배에 달합니다. 국내에서만 시차가 열 시간이나 날 정도이니 한 번도 그 땅을 밟아보지 않은 사람이라도 능히 그 규모를 짐작할 수 있을 것입니다.

　세레메티예보 II(Sheremetievo-II) 공항은 4년 전이나 별로 달라진 것이 없었습니다. 겨우내 밀어내서 쌓인 눈이 여기저기 작은 언덕을 이루고 있는 활주로 가장자리나 여전히 어두침침한 입국장, 한참 동안 여권과 비자를 노려보고는 도장을 쾅쾅 찍어대는 연방 보안부(구 KGB) 국경수비대 요원들의 찔러도 피 한 방울 나지 않을 것 같은 무표정, 짐 보따리가 통과하는 엑스레이 박스 모니터를 노려보는 요원들의 차가운 눈빛…….

　택시영업을 하려고 공항청사 입구를 가득 메운 건장한 모스크비치들의 투박한 얼굴들과 깊은 눈망울, 십수 년을 넘긴 낡은 자동차들이 질주하는 회색 시가지와 질척이는 도로, 여기저기서 갑작스럽게 나타나는 자작나무숲……. 처음 방문하는 외국인이라면 누구나 한 번쯤 몸서리치게 될 진풍경들이 그대로 펼쳐지고 있었습니다. 첫 방문이었던 우리 일행들은 아마 몸이 시리도록 음침함을 느꼈을 것입니다.

숙소에 들러 짐 보따리를 던져둔 채 저녁식사도 할 새 없이 우리는 곧바로 크렘린 궁 안에 위치한 대극장으로 달려갔습니다. 모처럼 발레를 감상하기 위해서였습니다. 때마침 <잠자는 숲 속의 미녀(The Sleeping Beauty)>(Op. 66)가 공연되고 있었습니다. 차이콥스키의 까무러칠 듯이 현란한 음악 위에 곧추선 발레리나들의 경쾌한 발끝, 석고로 빚어도 쉽지 않을 만큼 완벽하게 아름다운 얼굴들, 한 치의 흐트러짐도 없이 수행해내는 고난도의 연기는 관객들에게 현기증을 불러일으켰습니다.

객석만큼이나 드넓어 보이는 훌륭한 무대 위에 말없이 펼쳐졌다가 사라지는 무대장치와 조명은 또 하나의 예술이었습니다. 3,000석이 넘는 객석을 가득 메운 관객들이 한결같이 감동에 취해 무려 세 시간이나 숨죽인 채 빠져들어 있다가 밤 열한 시가 다 된 시간에도 십여 분 동안 계속하여 기립박수를 보냄으로써 출연자들을 수차례의 커튼콜로 예우하고 찬사를 전하는 모습도 그 자체로 한 편의 예술이었습니다.

숙소로 돌아오는 길에 맞닥뜨린 풍경은 또 하나의 익숙한 장면이었습니다. 열에 아홉은 모두가 심각한 표정으로 책 속에 빠져 있었습니다. 밤 열한 시가 넘은 어두운 지하철 안에서였습니다. 이튿날 도심 한복판에서 본 풍경도 마찬가지였습니다. 거리마다 널린 자작나무숲에서 마주친 이들 러시아인의 표정은 하나같이 진지하고 심각했습니다. 일행 중 J의 표현처럼 교통경찰이나 그에게 불려 세워진 기사들의 모습마저도 너무 진지하고 심각했습니다.

정말이지 튜체프(F. I. Tyutchev, 1803~1873)의 표현대로 머리로는 도저히 이해하기 어려운 사람들이고 사회였습니다. 얼핏 보기엔 완전히 비동시적인 현상들이었지만 그 모든 것들이 거의 동시적으로 존재하는 이상한 나라였습니다. 마치 그들이 부여받은 자연조건과도 같았습니다. 사막지대와 툰드라지대의 양극단 사이에 다양하게 존재하는 광활한 자연환경 속에는 첨단문명과 원시림이 동시에 펼쳐져 있고 그들이 일군 문명에는 투박함과 섬세함이 공존하고 있으며 질서와 무질서가 함께하고 있습니다.

모스크바 남쪽 35킬로미터 지점에 레닌(V. I. Lenin, 1870~1924)이 마지막 눈을 감을 때까지 아내 크룹스카야(N. Krupskaya, 1869~1939)와 함께 지냈다는 고르키 레닌스키예(Gorki Leninskie) 별장을 둘러보다 자작나무숲 속에서 작업복에 장화를 신은 채 벤치에 앉아 신문을 펼쳐 들고 깨알 같은 작은 글씨에 빨려들고 있던 노년의 농부 부부를 보며 저는 생각했습니다.

세계 최초의 유인우주선을 쏘아 올렸고 최초로 우주정거장을 건설한 나라이지만 아직 세련된 패션 손목시계 하나도 제대로 만들지 못합니다. 세계 최대의 산유국이지만 모스크바 시내 어디에서도 성한 아스팔트길을 볼 수 없습니다. 우리를 태웠던 아예로플로트

(Aeroflot, 러시아 여객기)는 투박하기로 유명했지만, 또한 빠르고 견고하기로도 유명했고, 육중한 몸매에도 기장의 이착륙 솜씨는 그 어떤 기장보다도 부드럽고 산뜻했습니다.

혁명 이후 74년 동안이나 무신론을 주창했지만 그들의 이름은 모두 세례명으로 되어 있고, 무려 2,000만 명을 숙청한 절대 권력자 스탈린(I. V. Stalin, 1879~1953)이 장악했던 크렘린이었지만 그 수많은 숙청사(史)와 권력의 부끄러운 과거사를 문서보관소에 고스란히 보존하고 있습니다. 도대체 이들의 여유는 어디에서 오는 것일까요?

소진자고 蘇秦刺股

어려울 적마다 어금니를 물게 했던 마음의 스승이 있었습니다.

춘추전국 시대의 소진(蘇秦)이라는 사람이었습니다. 중국 천하가 7국으로 나뉘어 어지럽던 시대에 동주(東周)의 낙양 땅에서 태어난 머리가 비상하게 좋은 사람이었습니다. 세상을 알고자 스승을 찾아 나서 제(齊)나라의 귀곡(鬼谷) 선생에게서 배우다 미처 완숙되지도 못한 채 아무도 알아주지 않는 천하를 수년간 떠돌며 유세(遊說)하느라 결국 처지가 곤궁해져서야 귀향했습니다.

집에 돌아온 후에도 젊은 날을 벌이도 없이 빈둥거리며 그저 한량처럼 청춘을 허비했습니다. 그러니 집안은 쇠락하고 동네에서 사람 대접을 못 받고 친구들에게는 멸시당하고 심지어 식구들에게도 괄시받는 처지가 되었습니다. 밥때가 되어 집에 들어와도 그의 아내는 남편을 위해 밥상을 차릴 준비도 하지 않았고 형수는 베틀에 앉은 채 내다보지도 않았다고 합니다.

그러던 어느 날 문득 그는 "내 인생을 이렇게 마칠 수야 없겠구나!" 하는 생각에 곧바로 제 방에 들어가 당차게 책을 읽기 시작했습니다. 1년을 두고 책을 읽는데 졸음이 쏟아지는 날도 있었고 더위가 찜통 같은 날도 있었습니다. 그럴 때면 그는 더위를 잊고 졸음을 이기기 위해 송곳으로 자기의 허벅지를 찔러가며 책을 읽었습니다. 이때 허벅지에서 흐른 피가 종지뼈에까지 흘러내렸다고 하여, '소진자고(蘇秦刺股)' 고사가 생겼습니다. 허벅지를 찔러가며 1년 공부를 마친 소진은 "아, 이제는 나도 사람 노릇을 할 수 있겠구나!" 하고 다시 바깥세상으로 나갔습니다.

천하를 주유(周遊)하며 꿈을 키우고 유세한 결과 소진은 7국 중 진(秦)나라를 제외한 여섯 나라의 승상(丞相)이 되었습니다. 부귀영화를 누리며 고향마을에 금의환향할 적에 지난날 소진을 괄시했던 마을 사람들은 물론이거니와 그의 아내며 형수까지도 땅바닥에 머리를 처박고 엎드려 감히 쳐다보지도 못했습니다.

소진이 그들에게 물었습니다.

"그대들은 어이하여 고개를 들지 않는가?"

여전히 땅바닥에 머리를 처박고 있던 그의 아내와 형수가 대답했습니다.

"지난날은 가난했지만 지금은 훌륭하게 되었기 때문입니다."

따뜻한 반란

그 대답을 들은 소진이 탄식하며 이렇게 말했습니다.

"동기간도 저러했거늘 남인들 오죽했겠는가! 나에게 낙양성 중에 이틀갈이 전답만 있었던들 내 어찌 오늘 여섯 나라의 승상이 되어 고향에 돌아올 수 있었겠는가! 나는 내 젊은 날의 고난이 이렇게 고마울 수가 없다."

세계적인 금융위기의 여파로 나라 안이 IMF 관리 체제 못지않은 불경기를 맞고 있다고 걱정이 많습니다. 도농복합도시인 제 고향 안동 인근의 작은 고을 시민들은 그야말로 살아갈 일이 암담하다고들 합니다. 극소수 부유층들과 그럭저럭 지낼 만한 사람들은 "무슨 호들갑이냐?"라고 할지 모르겠지만, 서민과 영세상인, 특히 소외계층들은 걱정이 태산입니다.

농경사회나 산업사회에서는 젊은 사람이 빈둥거리면 "사지 멀쩡한 놈이 할 일 없이 빈둥거린다"라며 핀잔을 주었지만, 이젠 사지가 암만 멀쩡해도 직장이 없으면 빈둥거릴 수밖에 없는 세상입니다. 몸으로 때우면 되는 시대가 아니라 극도로 냉혹한, 이른바 지식정보사회입니다.

모든 사람이 다 소진처럼 책을 읽어서 처지를 바꿀 수야 없겠지만 어쨌든 자기 허벅지를 찔렀던 소진의 비장한 각오가 요구되는 때임은 분명한 것 같습니다. 부단히 자신을 단련시켜 상품가치를 더 높이지 않으면 내년에도 그 후년에도 계속 잔인한 시절이 될 것 같아 마음이 아픕니다.

미국의 사회학자 에스더 펜체프(Esther Penchef)가 쓴 『가난(Poverty)』이라는 책에는 이런 글귀가 있습니다.

"가난한 사람들이 적극적으로 반항하기 시작할 때, 이를테면 가난한 사람들이 수동적인 보조금 수령자로 계속 남아 있기를 거부할 때, 그들은 비로소 자신이 속한 바로 그 신분을 타파하게 된다. 그러한 노력과 활동이 그들의 사회적 관계를 재건한다."

고난의 미학

저는 천주교 신자입니다. 하지만 신앙인이 되기 이전부터 저는 '인생에서 고난이라고 하는 것은 어떤 면에서는 원죄가 아니었을까?' 이런 생각을 하며 살아왔습니다. 20~30대 젊은 시절의 대부분이 제게는 고난의 연속이었지만, 제가 특히 그런 생각을 하게 된 데에는 어떤 계기가 있었습니다. 그리고 그것은 학창 시절 제가 무척 따르고 존경했던 한 스승님의 영향이기도 했습니다.

저는 모스크바에서 첫딸을 얻었습니다. 지금도 물론 마찬가지이지만 당시 러시아 사회는 소비에트 사회주의식 의료체계였으므로 모든 임산부의 검진 일체와 분만, 그리고 신생아의 검진과 각종 예방접종 일체를 완벽하게 무상으로 잘 처리해주고 있었습니다. 제 아이가 태어났을 때도 임산부 한 사람을 위해 그동안 검진을 맡았던 산부인과 주치의와 분만과장, 마취과장, 산파 할머니, 간호사 세 명 등 모두 일곱 명이 제 아이를 받아냈습니다.

당시 우리는 이방인인 데다 또 아내는 서른둘에 첫 아이를 낳게 되었으니 왠지 불안하고 마음이 놓이지 않아 남편이 분만실에 입회하는 유럽식을 택했습니다. 진통이 시작된 지 무려 열두 시간 동안 아내는 실로 엄청난 고통을 겪었습니다. 저는 비록 아내 옆에서 분만 과정을 거들긴 했습니다만 아내가 느낀 고통에 비하면 반의반도 채 나누지 못했던 것 같아 무척 미안했습니다.

병원에 도착하자마자 저는 산파 할머니의 지시에 따라 분만대기실에 머물렀던 열두 시간 동안 꼼짝없이 아내의 골반마사지를 수행해야만 했습니다. 아침에 병원으로 가서 밤 열 시가 넘어서야 아기가 태어났으니 세끼를 굶은 것은 고사하고, "병원 복도를 초조하게 서성이며 줄담배를 피워댔다"라던 친구들의 말이 떠올라 담배를 큰 위안거리로 삼던 그 무렵의 저는 대기실에서 아내의 골반마사지를 하느라 담배 한 개비도 피울 수 없었으므로 심신은 더 초조하고 고통스러웠습니다.

드디어 아내는 열두 시간이라는 긴 진통 시간을 무사히 극복하고 분만대에 올랐습니다. 하지만 분만대에 있었던 30여 분 동안 아내가 겪은 고통은 이전의 열두 시간의 고통을 모두 합친 것보다 더 큰 것 같았습니다. 아내는 온몸에 핏줄을 세워 분만실이 떠나가라고 비명을 질러댔고 저 역시 너무도 지쳐 심신이 고달파 "생명체가 탄생하는 것이 이렇게 처참하구나!” 하는 혼란스러운 생각조차 잠시 들었었습니다. 그런데 여자아이가 하나 나오더니 그놈도 함께 자지러지게 울어대는 것이었습니다.

산모도 아이도 둘 다 무사하다는 것이 확인되자 더없이 감사하고 또 감사했지만, 순간적으로 저의 뇌리엔 고난의 연속으로 살아온 지난날이 주마등처럼 스쳤습니다. ‘젠장, 어차피 태어날 거 이왕이면 웃으면서 태어나지 왜 하필 울면서 태어날까?’ 그래서 저는 주치의에게 “선생님, 왜 인생은 이렇게 울면서 태어나는 건가요?” 하고 제 딴엔 자못 심각한 어조로 물었습니다. 그런데 이 의사양반이 저를 한심하다는 눈빛으로 쳐다보며 하는 말이, “웃으면 죽어요” 하는 것이었습니다. “아니 왜 죽습니까?” 그랬더니, “아, 이것 보세요, 어머니 양수가 가득 차 있는데, 으앙 하고 울어야 숨이 터지지 깔깔거리고 웃다가는 기도가 막혀 질식해서 죽어요”라는 겁니다.

그 말을 들으면서도 저는 왠지 의학적 소견으로는 그 말이 옳을지 몰라도 하느님께서 정작 우리에게 주시려는 참뜻은 그런 게 아니었을 것 같다는 생각이 들었습니다. 왜 인생은 울면서 태어나서 울면서 가야 하는가. 이런 생각을 하다 보니 인생은 참 고달프고 괴롭고, 좌절과 절망, 슬픔……, 이런 것들이 원죄처럼 따라다니는 것 같다는 생각이 들었습니다.

저는 아직 성경을 그리 많이 읽지는 못했습니다만, 마음속엔 늘

제3부 가만있으면 중간도 못 갑니다

‘언젠가는 나도 마음의 평정을 찾아 성경에 깊숙이 맛 들이는 행복한 삶을 살았으면……’ 하고 생각하며 삽니다. 다만 저는 스스로가 고난을 겪고 있다고 생각될 때마다 남몰래 마음속에 되새기는 성경 구절이 있습니다. 히브리서 12장 6절의 “주님께서는 사랑하시는 이를 훈육하시고 아들로 인정하시는 모든 이를 채찍질하신다”라는 말씀입니다.

요즘 너 나 할 것 없이 살아가기가 참 어려운 세상이라고들 합니다. 혹시 지금 당장 개인적으로 아픔을 겪고 절망하고 좌절할 일이 있다면 그것은 다름 아닌 하느님께서 나를 더욱더 강건하게 키우기 위해 단련하고 있는 것이라고 생각하면 좋을 것 같습니다.

왜 인생살이에서 고난이 필요할까요? 흔한 말로 “젊은 날의 고생은 사서도 한다”라고 하지만 솔직히 저는 그런 표현은 더 이상 하고 싶지 않습니다. 저는 제가 겪어왔고 지금도 끝나지 않은 고난이 너무도 몸서리쳐져서 그것을 차마 자식에게까지 고스란히 물려주고 싶은 생각은 별로 없습니다. 하지만 이런 생각을 해보면 참 오묘하다는 생각이 드는 것은 어찌할 수 없습니다. 왜 동트기 전의 새벽이 하루 중 가장 춥고 어둡겠는가? 왜 저 찬란한 태양이 떠오르기 전의 여명(黎明)이 가장 춥고 어둡단 말인가? 왜 태풍이 지나고 폭풍우가 지난 후의 바다가 더 푸르고 아름답겠는가? 이것이 단지 자연의 이야기로 끝나는 것일까?

따뜻한 반란

그렇지 않을 것입니다. 인생도 마찬가지일 것입니다. 지금 내가 고난을 받고 있다면, 내게 슬픔이 있다면, 그것은 아마 내일의 기쁨에 대한 약속일 것입니다. 언젠가 기쁨의 날이 오고 나면 고통스러웠던 지난날의 아픈 기억들은 성취감으로 인해 다 묻히게 될 것입니다. 그러므로 오늘을 살아가는 우리는, 물론 부유하고 유복한 분들도 많겠지만, 만에 하나라도 지금 이 순간 어떤 아픔으로 고통받고 괴로워하는 분이 있다면 장차 더 밝은 더 찬란한 태양을 보기 위해서 새벽이 더 춥고 어두운 것이라고 그렇게 생각하자고 감히 말씀드리고 싶습니다.

문명의 전환

새로운 세기는 우리에게 무엇을 요구할까요?

문화의 세기, 여성의 시대, 무(無)국경, 무국적, 무한경쟁의 시대, 신자유주의, 지식정보사회 등……, 21세기가 시작되면서 실로 다양한 수식어가 회자(膾炙)되어 더러는 혼란스럽기까지 합니다. 이 중에서도 특히 지식정보사회라는 말이 공동체 사회의 유지에 기본적으로 요구되는 재화의 창출과 관련하여 더 빈번히 회자되고 있습니다. 하지만 사회 일반에서는 지식정보사회라는 용어만 되풀이해서 접했을 뿐 도대체 지식정보사회가 되면 뭐가 어떻게 된단 말인지 도무지 혼란스럽기만 했습니다. 문명의 전환이 초래할 삶의 변화에 대해 제대로 인식할 수 있는 마땅한 기회가 부족했습니다.

어느 경제학자에게서 배운 이야기입니다.

지난 20세기까지는 '3M', 즉 돈(Money)과 사람(Men)과 물자(Materials)

가 사회를 지배했다고 합니다. 기실 현대의 지구 상의 대부분 사회에서는 돈과 사람과 물자가 그 사회의 모든 것을 좌우했다고 해도 과언이 아니었습니다. 자본이 인력을 고용하고 물자를 구입해서 만든 상품을 팔아 재화를 창출했던 사회였기 때문입니다. 정치권력도 역시 따지고 보면 이 3M을 토대로 하여 구축되었고 권력의 행사방법 또한 같은 원리에서 이루어졌습니다.

바로 그래서 산업사회에서의 인간은 대체로 자본에 예속된 존재였습니다. 노동착취와 소외 등 숱한 역작용이 있었습니다. 가진 사람에게는 무한한 자유와 방종까지 허락했고 못 가진 사람에게는 예속과 좌절, 그리고 그것의 대물림을 강요했습니다. 누구든 자본을 갖지 못하고서는 진정한 자유인으로 살아가기가 참으로 어려운 시대였습니다.

자연히 그에 대한 비판이 제기되었고 다양한 실험(구사회주의체제의 실험과 이른바 복지자본주의 추구)도 있었습니다. 하지만 여전히 문제의 본질은 해결되지 않은 채 새로운 문명의 전환이 시작되었습니다. 자본이 재화를 창출하는 본질적이고 결정적인 요건이 되었던 20세기적 특징은 이제 더 이상 유효하지 않다는 것을 경고하고 있습니다. 새로운 시대에는 자본 못지않게 더욱 중요한 새로운 가치들이 있음을 강조하는 것입니다.

21세기는 'ITI', 즉 정보(Information)와 시간(Time)과 이미지(Image)가

재화의 창출에 더 중요한 관건이 되는 시대라고 합니다. 어떻게 시간을 다투어 시시각각 유용한 정보를 적실하게 입수하고 재창조하며 독창적이고 획기적인 이미지를 구축해나가느냐가 모든 사업의 성패를 결정하는 완전히 새로운 시대로 변화하고 있다는 것입니다.

이것은 개인이든 기업이든 지방의 자치단체이든 국가이든 마찬가지입니다. 여기에 실패하면 누구도 더 이상 살아남을 수 없는 시대라는 것이 하나둘 입증되고 있습니다. 설사 당장 아무리 큰 자본을 가진 존재라 하더라도 이것에 지속적으로 실패하고서는 그 자본들은 마치 '밑 빠진 독에 물 붓기' 식으로 새버리고 말 것이라는 경고입니다. 최근 몇 년간 세계 경제에서 발생했던 일련의 경향이 이러한 변화를 잘 설명하고 있습니다.

그러면 이제 더 이상 자본은 중요하지 않다는 말일까요?

왜 중요하지 않겠습니까? 자본과 사람, 그리고 물자는 지금은 물론 앞으로도 영원히 중요한 요소임이 틀림없습니다. 다만 산업사회까지는 3M만 가지면 모든 것이 다 원만하게 이루어졌던 것에 반해 21세기 지식정보사회에서는 그것만 가지고는 안 되며 오히려 그것보다는 ITI, 즉 정보와 시간과 이미지가 더 중요한 요소가 된다는 말입니다.

3M과 ITI에는 뚜렷하게 구별되는 매우 중요한 특징이 있습니다.

3M, 즉 돈과 사람 그리고 물자는 모두 가시적으로 분명하게 존재

하는 유형자산입니다. 따라서 그 양은 제한적일 수밖에 없습니다. 그러나 ITI, 즉 정보와 시간, 그리고 이미지란 형체가 없는 무형자산입니다. 따라서 그 양은 무제한적입니다. 유형자산인 돈과 사람과 물자는 쓰면 쓸수록 소모되어 없어지지만, 무형자산인 정보와 시간과 이미지는 쓰면 쓸수록 자꾸 재창출됩니다. 그래서 돈과 사람과 물자는 아껴서 쓰는 것이 지혜로운 일이었지만 정보와 시간과 이미지는 사용하지 않으면 마치 거품처럼 사라져버리는 것이므로 열심히 쓰는 것이 오히려 지혜로운 일이 됩니다.

21세기는 완전히 새로운 시대입니다. 지금까지는 장롱 깊숙이 돈만 챙겨놓으면 천년만년 영화를 누릴 수 있다고 생각했지만 이젠 생각을 바꾸어야 합니다. 굳이 권불십년이니 부자 3대 안 간다는 말이 아니더라도 21세기 지식정보사회 그 자체가 더 이상 구태의연한 방식으로는 누구든 살아남기 어려운 불확실성의 시대임을 예고하고 있기 때문입니다.

그러나 여기에서 불확실하다는 말은 부정적인 측면 못지않게 긍정적인 측면도 많다는 사실을 또한 상기할 필요가 있습니다. 20세기까지는 자본을 가지지 못하면 아무것도 할 수 없는 그야말로 불공평하고 처절한 시대였지만 21세기엔 정보와 시간과 이미지를 잘 다루면 누구든 자본이 없이도 큰 가치를 창출할 기회가 무한대로 열려 있는 가능성의 시대인 셈이기 때문입니다.

제3부 가만있으면 중간도 못 갑니다

　그러므로 이 땅의 모든 청년은 새로운 세기의 문명의 전환이 우리에게 주는 의미를 더 적실하게 인식하고 적극적인 관심과 역량을 발휘하여 공동체 사회의 미래가 더욱 풍요롭고 인간화된 삶이 되도록 이바지할 수 있어야 할 것입니다.

정보 불평등 시대

원시 공산사회가 붕괴한 이래 인류 사회에는 늘 불평등이 있었습니다. 어쩌면 문명화가 진행된 것과 비례해서 불평등의 골은 오히려 더 깊어져 왔는지도 모릅니다.

고대 노예제 사회는 인간을 노예로 부렸으니 의당 불평등했습니다. 하지만 노예 주인이건 노예이건 간에 그들의 삶은 그리 큰 차이는 없었을 것입니다. 당시는 물질문명의 발달이 지극히 제한적이었고 또 지배 기제도 그다지 발달하지 못했던 시대였기 때문입니다. 그러나 중세에 오면 사정은 달라집니다. 장원의 영주나 가신들의 삶은 장원 내의 농노들의 삶과는 현격히 차별적이었습니다. 세상의 온갖 좋은 것은 모두 상류층의 전유물이었기 때문입니다.

산업혁명과 더불어 근대 자본주의 사회가 도래하면서 불평등의 골은 더욱 깊어졌습니다. 물론 계몽사상과 시민혁명을 통해 인간평등의 이념과 정신은 꾸준히 확대되었습니다. 하지만 실질적으로 불평등도 비례해서 해소되었다고 말하기는 어렵습니다. 인류문명은 형식적 의미에서는 민주화와 같은 방향으로 전개되었지만, 실질적 의미에서 볼 때 개개인들이 누린 삶의 수준은 중세나 고대사회의 불평등보다 오히려 더 심각했습니다.

초기 자본주의 사회에 자본가와 노동자들의 삶은 극단적이었습니다. 인간 지혜의 발달로 이룩한 산업화였지만 그 과실은 오로지 극소수 자본가들의 전유물이었을 뿐 절대다수의 노동자들은 최저임금도 보장받지 못한 채 하루 열다섯 시간 이상을 착취당해야만 했습니다.

현대사회로 이행하면서 시민들의 자의식이 더욱 증대하여 이른바 인간해방을 내건 사회주의체제의 실험도 있었고, 복지자본주의의 실현을 위한 숱한 학설과 정책도 제시되었습니다. 하지만 여전히 인간은 소외된 노동에서 해방되지 못한 채 또다시 새로운 시대를 맞고 있습니다.

그런데 만일 정말로 이처럼 문명의 발달과 비례하여 인간불평등의 정도가 더 심화한다면 미래에 대한 조망은 걱정스럽지 않을 수 없습니다. 미래학자들은 장차 전혀 예견치 못했던 새로운 차원의 불평등이 드러날 것이라고 경고하고 있기 때문입니다.

부도덕한 권력이 저지른 숱한 횡포와 만행은 그 자체가 나쁘다는 데 모두가 공감했기 때문에 시민의식의 발달과 더불어 근절되어왔습니다. 또한 신분의 차별에서 저질러졌던 숱한 부정적 찌꺼기들도 형식적으로는 사라졌습니다. 한때 지체 높은 사람들에게 괄시받고 하대당하던 설움은 비록 일부일지언정 현대에 와서는 돈을 벌어 앙 갚음(?)할 수 있었습니다. 빈부의 차이가 가져온 경제적 불평등은 유 감스럽게도 여전히 엄존하는 현실이지만 적어도 그것이 해소되어야 한다는 사회적 공감대는 확고하게 형성되어 있고 각종 복지프로그 램이나 나눔이라는 인간주의적 관심으로 근절 노력이 계속되고 있 습니다.

그러나 지식정보사회로 좀 더 깊숙이 이행하면 전혀 새로운 유형 의 불평등 현상이 사회문제로 대두할 것입니다. 이른바 정보 불평등 입니다. 이것은 지금까지 인류 역사에 존재했던 그 어떤 불평등보다 도 더 심각한 해악을 초래할 수 있습니다. 왜냐하면 이것은 오로지 자기 자신 이외에는 누구도 대신 해결해줄 수가 없기 때문입니다. 마치 "책은 살 수 있어도 지식은 살 수 없다"라는 말처럼 말입니다.

어느 경제학자에게서 배운 이야기입니다.

정보에는 중간점수가 없다고 합니다. 다른 모든 분야에는 0점에서 100점에 이르기까지 다양한 점수대가 있지만 정보는 그렇지 않다는 것입니다. 제대로 된 정보를 가지고 있으면 100점, 그렇지 않으면 0 점이라는 것입니다. 50점이니 70점이니 하는 중간점수가 없다는 것 입니다. 제대로 된 정보를 활용해서 새로운 정보로 재창출하면 100

점은 200점, 200점은 400점, 800점, 1,600점, 3,200점……, 이렇게 ‘따따블’로 재창출해나갈 수 있지만, 제대로 된 정보를 가지지 못해 0점인 사람은 항상 0점이라는 것입니다. 그러니 이러한 불평등은 그 골이 너무도 깊어 더 고질적인 빈부격차와 어쩌면 신종 신분차별까지 새로 유발할는지도 모릅니다.

신분의 불평등은 인간주의라는 슬로건 아래에 인간 이성을 발휘하여 형식적으로나마 해소했습니다. 경제적 불평등 역시 복지정책을 강구하여 적어도 해소하려는 노력이라도 하고 있습니다. 하지만 정보 불평등이란 것은 당사자의 노력과 열의가 없으면 이웃이나 정부가 결코 대신 해결해줄 수 없습니다.

신분의 불평등을 말할 때는 신분차별 그 자체가 이미 부도덕한 논리이므로 낮은 신분에 있는 사람이 삶은 비록 고달프더라도 더 도덕적인 존재라고 스스로 위안할 수 있었습니다. 그리고 경제적 불평등 역시 적게 가진 자가 더 도덕적 삶을 살았던 것처럼 자위하고 합리화할 수 있었습니다. 설령 가진 자가 부도덕한 방법으로 축재하지 않았다고 하더라도 못 가진 자들은 그들을 곧잘 원망하며 카타르시스를 하곤 했습니다. 또한 자신들이 빈한한 원인을 지도자들의 정책적 실패나 사회의 구조적 모순에서 기인한 것이라고 비판하며 자위할 수 있었습니다. 그뿐 아니라 공동체 사회에서는 늘 검소와 청빈이 미덕으로 강조되어 가난을 부끄럽게 생각하기보다는 오히려 당당하게 여기는 경향도 없지 않았습니다.

　그러나 정보 불평등으로 소외된 사람들은 그렇지 않은 사람들을 원망하거나 비판할 어떠한 근거도 갖지 못할뿐더러 스스로를 위안하고 합리화할 마땅한 방법도 없습니다. 물론 정보 불평등의 발생에는 일정 정도 기존의 경제적 불평등이 작용할 수도 있습니다. 누가 더 양질의 교육을 받고 더 유용한 정보들을 획득하느냐 하는 것은 기존의 경제상황이 변수로 작용할 것이기 때문입니다. 하지만 정보를 획득하는 일은 신분의 벽을 넘거나 대자본을 축적하는 것처럼 힘든 일이 아닙니다. 따라서 부단히 노력하지 않아 스스로 소외를 자초한 사람들은 보호받을 마땅한 명분을 찾을 수 없게 됩니다.

　더 늦기 전에 시민사회에 정보화 교육의 기회를 크게 확대해야 할 것 같습니다.

문화이미지와 뉴밀레니엄

프랑스의 석학 기 소르망(Guy Sorman) 박사가 다시 생각납니다.

1998년 2월 서울을 방문했던 그는 KBS 텔레비전 방송에 출연하여 우리 사회에 깊은 충고를 던져주었습니다. 그의 화두는 문화이미지(culture image)였습니다.

기 소르망 박사는 한국이 외환위기를 겪게 된 근본원인을 국가의 문화이미지를 구축하는 일에 소홀히 대처했기 때문이라고 진단했습니다. 기왕에 OECD에 가입한 한국으로서는 여타의 선진국들처럼 개별국가로서의 확고한 문화이미지를 구축하여 이른바 세계화한 국제사회에 더 적극적으로 접근했어야 했다는 것입니다. 예컨대, 초강대국 미국이나 경제대국 일본, 유럽의 맹주 독일, 해가 지지 않는 나라 영국, 문화대국 프랑스 등지의 사회처럼 뭔가 뚜렷한 간판이 있어야 한다는 말이었습니다. 그래야 외풍에 흔들리지 않는 진정한 선진국이 될 수 있다는 논리였습니다.

이 말을 들으면서 저는 생각했습니다. 우리에겐 과연 어떤 수식어가 있을까? 동방예의지국? 이건 우리끼리 하는 말입니다. 높은 교육열? 이건 자주 우리 사회의 발목을 죄는 족쇄로 작용하기도 합니다. 불고기와 김치의 나라? 이건 왠지 좀 우스꽝스럽습니다. 물론 확 트인 수식어도 있습니다. 세계 최고의 교통사고율, 영아 수출 1위 국, 휴전 중인 분단국가, 정치적 후진성, 저급한 문화 수준, 위장된 손님 맞이용 질서의식 등등.

기 소르망 박사는 "한국이 세계인들에게 뭔가를 보여줄 수 있는 절호의 기회가 있었다"라고 아쉬워했습니다. 바로 1988년 서울올림픽입니다. 올림픽은 15일 동안 펼쳐지는 지구인들의 축제입니다. 전 지구인의 이목이 텔레비전에 집중됩니다. 좋든 싫든 하루 두세 시간 이상은 누구나 올림픽 중계방송을 보고 들을 수밖에 없습니다. 올림픽 중계방송이란 단지 경기 장면만 보여주는 것이 아니라, 그 나라의 역사와 문화, 전통과 풍습을 비롯하여 경제 규모와 생활수준, 주요 산업과 상품, 개발의 정도와 환경, 그리고 시민들의 의식구조, 에티켓과 질서, 젊은이들의 사고방식과 창의력 등 문화 수준까지도 한눈에 보여주게 됩니다.

"그런데 한국은 과연 무엇을 보여주었는가?" 기 소르망 박사의 질문이었습니다.

물론 우리도 15일 동안 단지 경기 장면만 송출했던 것은 아니었습니다. 경복궁과 비원을 보여주면서 한국 최고의 정원이라고 소개했고, 팔만대장경을 보여주면서 세계 최고의 금속활자를 만든 나라라고 소개했습니다. 경주의 첨성대를 보여주면서 7~8세기에 이미 천체를 관측했노라고 자랑했습니다.

물론 필요한 자랑입니다. 하지만 외국인들은 이 방송을 보면서 의아하게 생각했습니다.

"그래서 어쨌단 말인가?" "과연 한국이 지금도 환경을 멋지게 가꾸고 있고, 세계 최고의 인쇄술을 과시하고 있는가? 천문학과 우주 과학기술이 세계 최고란 말인가?"

그들의 관심은 "현재 한국이 어떤 나라인가?" 하는 것이었습니다. '옛날에 어쩌고저쩌고……' 하는 것은 그들에게 큰 흥미를 주지 못했습니다. 설령 굳이 옛날로 따진다 해도 세계에는 더 엄청난 예들이 수두룩합니다. 중남미의 잉카문명이나 피라미드의 나라 이집트, 황하, 인더스·갠지스, 유프라테스 문명……. 불가사의한 고대문명 유적지이지만 그 나라들이 지금 선진국입니까? 그들의 삶의 행태나 유행을 본받고 싶어 하는 세계인이 얼마나 있을까요? 그들 사회의 상품을 갖고 싶어 안달하는 세계인은 또 얼마나 있을까요? 그 나라들은 비록 세계 문화사의 한 페이지를 장식할지언정 현대의 세계 문명을 주도하는 나라는 적어도 아직은 아닙니다. 화보나 필름으로만 구경하다 어쩌다 정말 이색적인 기회가 되면 일생에 한 번 여행하게 되는 정도가 전부일 것입니다.

우리가 문화를 운운하면서 만날 옛 선현들이 일궈놓은 유 무형 유산 몇 가지만을 되풀이하여 우려먹는다면 곤란합니다. 역사적 전통과 유산은 물론 가장 손쉽게 생각할 수 있는 문화상품일 것입니다. 하지만 이것만을 전부로 삼아서는 큰 비전이 없습니다. "우리 아버지 살아계셨을 적엔 우리 집이 동네에서 제일 부자였다"라느니, "우리 집에 금송아지가 열 마리나 있다"라는 식의 퇴행적 자화자찬은 무의미합니다.

지금 우리에게 필요한 것은 참자유인으로서의 시민의식을 형성하는 일과, 새로운 문명과 사회적 틀에 걸맞은 문화이미지를 구축하는 일입니다. 세계의 수준 높은 문화인들은 올림픽 중계방송에서 몇 날 며칠씩 내보냈던 그림 전부보다도 세계적인 지휘자 정명훈 한 사람을 더 잘 기억하고 평가합니다.

시간의 미학

　한국인이라면 충무공 이순신(忠武公 李舜臣, 1545~1598) 장군의 위대성을 의심하는 이는 없습니다. 난세에 태어나서 국난으로부터 나라와 민족을 구해냈던 그는 탁월한 영웅 우리의 우상임이 틀림없습니다. 왜적을 섬멸하고 7년 전쟁을 승리로 이끈 그의 위대함은 아무리 칭송해도 지나치지 않을 것입니다.

　하지만 저는 이순신의 위대성을 다른 측면에서 조명해보려 합니다. 숱한 공적이 있지만, 그의 위대성을 한가지로 함축한다면 그것은 바로 시간을 다루는 지혜와 창의를 실현하는 열정을 지녔다는 점을 꼽고 싶습니다.

　선견지명이 단지 앞을 내다볼 줄 아는 것에만 머문다면 그 가치는 미미할 수 있습니다. 그러나 이순신은 선견지명에 이어 거북선 건조라는 치밀한 연구와 과감한 실행을 병행했다는 점에서 그 위대성이

따뜻한 반란

더욱 빛납니다. 거북선이 우리에게 주는 교훈은 어느 해전에서 적함 몇 척을 침몰시켰느냐는 것이 아니라 왜, 그리고 언제 그 거북선을 만들었는가 하는 데에 있습니다.

조정의 국론은 분열되어 있었고 나라 살림은 넉넉지 않았습니다. 율곡 이이(栗谷 李珥, 1536~1584) 선생님이 국란에 대비하여 '10만 양병론'을 주창했지만 그 말에 귀를 기울인 관리들은 많지 않았고, 또 당시의 국가 경제는 새로이 10만 군대를 꾸리고 유지하는 것이 용이한 일도 아니었습니다. 그런 가운데 유독 남쪽바다의 이순신만이 이를 깊이 고민하고 중과부적을 극복할 독창적인 철갑선 무적함대, 즉 거북선을 창안하기에 이른 것입니다.

거북선은 1592년 3월에 완성되었습니다. 며칠 동안 바다에 띄워 시운전도 하고 27일에는 발포실험에도 성공합니다. 임진왜란은 바로 다음 달 4월 13일에 발발합니다. 이 얼마나 드라마틱한 일입니까? 이것이 만약 픽션이라면 너무도 지나친 우연의 일치에 독자들은 식상해할 것입니다. 그러나 이는 엄연한 사실(史實)입니다. 이것을 우연의 일치라거나 운수소관이라고 폄하하는 것은 민족의 영웅을 욕되게 하는 일일 수 있습니다.

이상하게 생긴 전대미문의 배를 만드는 이순신을 두고 말도 많았습니다. "무거운 철갑선이 과연 바다에 뜨겠느냐?"라고 비아냥대기도 했고, 측근들조차 그런 이순신을 안쓰럽게 여겼습니다. 하지만 그는 이미 국난이 닥쳐오는 것을 알고 있었고, 남이야 알아주건 말건, 조정에서 그를 어떻게 평가하건 말건, 눅눅한 선창에서 묵묵히 거북선을 만들었던 것입니다. 운명은 그 한 달 한 달이 어쩌면 임진왜란의 결과를 결정했는지도 모르는 일입니다.

주지의 사실입니다만 전화기를 발명한 사람은 벨(A. G. Bell, 1847~1922)입니다.

1876년 어느 날 알렉산더 그레이엄 벨이 전화기를 발명한 다음 "이제 나는 백만장자가 되었다"라고 기뻐하면서 호기롭게 미국 발명특허청에 달려가 특허를 출원했습니다. 다 끝내고 건물을 나서는데 그레이(E. Gray, 1835~1901)라는 친구가 씩씩하게 오기에 어쩐 일이냐고 물었습니다. 그레이는 아주 당당하게 내가 멀리 있는 사람하고 이야기할 수 있는 기계를 발명해서 특허를 신청하러 가는 길이라고 했습니다.

그레이가 담당직원에게 달려가 설명을 해대자 그 직원은 "이런 거 조금 전에 어떤 사람이 이미 특허 다 끝내고 갔는데……" 하면서 시큰둥한 반응이었습니다. 두 사람은 같은 날에 특허를 신청한 까닭에 그 후 12년 동안이나 두 사람의 특허권을 둘러싼 소송이 계속되었지만 결국 그레이의 패소로 결론이 났습니다.

그 시차로 알렉산더 그레이엄 벨은 백만장자에다 위대한 발명가로 역사에 기록되었던 반면 그레이는 전화기 발명한답시고 가산만

따뜻한 반란

탕진한 꼴이 되어버렸습니다. 나중에 알려진 일이지만 그 당시 두 사람의 전화기는 성능 면에서 그레이의 것이 더 앞섰다고 합니다. 하지만 그 시차의 벽 앞에서는 성능도 소용이 없었습니다. 결국 그 시차는 두 사람의 운명을 완전히 갈라놓고 말았습니다.

21세기는 지식정보사회라고 합니다. 역사상 그 어느 때보다도 시간이 천금 같은 시대에 우리는 살고 있습니다. 앞차를 탄 사람은 성공하고 뒤차를 탄 사람들은 떼 서리로 망할 수 있는 세상입니다. 누가 배추를 심어 큰돈을 벌면 이듬해 너도나도 배추를 따라 심어 '똥값'이 된 배추를 뽑지도 않은 채 밭째로 갈아엎는 일이 비일비재합니다. 1차 산업인 농사에서도 이럴진대 다른 분야는 오죽하겠습니까. 지난해에 유행하던 물건이 1년도 채 지나지 않아서 고물딱지 취급받는 것이 바로 오늘날 디지털 시대입니다. 미래 사회의 성패는 누가 더 독창적으로 더 먼저 발표하는가에 달려 있습니다. 시간을 지배하고 순간순간의 창의를 끊임없이 행동으로 실현해가는 자만이 미래 사회를 웃으며 살아가게 될 것입니다.

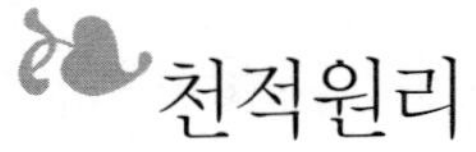# 천적원리

어느 추어탕집 주인의 이야기입니다.

주지하듯이 추어탕은 싱싱한 미꾸라지를 갈아서 만든 것으로 영양가가 대단히 높아 오래전부터 우리가 즐겨 먹었던 보양음식입니다. 최근엔 이 추어탕이 여성들의 미용에도 탁월한 효과가 있다고 하여 아주머니들이 추어탕집을 즐겨 찾는다고 합니다.

오래전 양식업이나 냉장시설이 발달하지 않았던 때의 일입니다.

대도시 중심가에서 추어탕집을 경영하던 주인은 고민이 많았습니다. 미꾸라지 양식장이 없었던 시절인지라 추어탕집 주인은 정기적으로 농촌 일대를 순회하며 농민들이 잡아놓은 자연산 미꾸라지를 사 모으는 일이 큰일이었습니다. 단지 수고로움만이 아니라 애써 사온 미꾸라지들이 자꾸만 죽어나갔기 때문이었습니다.

요즈음처럼 아예 양식장에서 자란 미꾸라지들은 이미 좁은 공간

따뜻한 반란

에 익숙해져 있는지, 아니면 어떤 특수한 약물처리를 하는지 용기에 옮겨 담아 추어탕집으로 배달하는 동안이나 식당에서 보관하는 동안에도 줄곧 싱싱하게 잘 살아 있습니다. 하지만 논바닥이나 개울에서 서식하던 자연산 미꾸라지들은 갑작스러운 환경 변화에 적응력이 떨어지기 마련이었습니다.

아무리 힘 있고 싱싱한 미꾸라지들도 무더운 여름철에 좁은 용기에 담긴 채 도시로 돌아오는 몇 시간 동안 물이 뜨뜻해지면 기력이 떨어지기 마련이었습니다. 식당에 도착해서 보면 아깝게도 이미 여러 마리의 미꾸라지들이 허연 배를 드러내고 죽은 채로 누워 있기 일쑤였습니다. 그뿐 아니라 식당에 와서도 미꾸라지들은 계속해서 하나둘씩 죽어나갔습니다.

하지만 야속하게도 추어탕을 먹으러 오는 고객들은 으레 식당 홀 안에 놓인 미꾸라지가 담긴 용기를 들여다보고, "허 참, 그놈들 먹음직스럽네!" 하고서야 자리에 앉는 습성이 있습니다. 그러니 추어탕집 주인은 이미 죽었거나 싱싱하지 않은 미꾸라지들은 아깝지만 고객들 눈에 띄기 전에 버려야 합니다.

비싼 값을 치른 미꾸라지들이 자꾸만 죽어나가자 추어탕집 주인은 야속하기가 이를 데 없었습니다. 물론 악덕업주라면 죽은 미꾸라지들과 죽어가느라 비영거리는 미꾸라지들을 먼저 골라 추어탕으로 만들어 팔면 그만이었겠지만 양심적인 업주들에게는 손해가 이만저만이 아니었습니다.

추어탕집 주인은 별별 수를 다 써보았습니다. 물을 자주 갈아줘 보기도 하고 떡밥을 던져주기도 하며 제발 좀 살아 있어 달라고 호소했지만 얄밉게도 미꾸라지들은 이런 주인의 마음을 헤아려주지 않았습니다. 미꾸라지들이 싱싱하게 살아 있을 수 있는 조건을 만들어주려는 주인의 온갖 정성도 별 효과를 내지 못하자 끝내 주인은 극약 처방을 내렸습니다.

미꾸라지들에게 정신교육을 하기로 했습니다. 미꾸라지를 가장 잘 잡아먹는 이른바 천적을 미꾸라지들 사이에 풀어놓음으로써 그들이 정신을 바짝 차리게 해야겠다고 생각했습니다. 잘 아시는 바처럼 미꾸라지를 덥석덥석 잘 잡아먹는 천적은 메기입니다.

지혜로운 추어탕집 주인은 시골에서 미꾸라지들을 용기에 수거하여 자동차에 싣고는 작은 메기 두어 마리를 사서 그 속에 풀어놓았습니다. 너무 큰 메기를 여러 마리 풀어놓으면 다 잡아먹을 것이므로 살짝 겁만 주기로 했습니다.

개울에서 메기를 경계하며 목숨을 연명해왔던 미꾸라지들은 갑자기 메기가 들어오자 비상이 걸렸습니다. 미꾸라지들은 저마다 잡아먹히지 않으려 눈을 동그랗게 뜨고 이리 피하고 저리 파고들며 와글거리느라, 돌아오는 두어 시간 동안에도 물이 뜨뜻해졌는지 어떤지 신경 쓸 겨를조차 없었습니다. 식당에 돌아와서 보니 단 한 마리의 미꾸라지도 죽은 놈이 없었습니다.

설마 물 반 미꾸라지 반인데 메기가 한 마리도 잡아먹지 못했겠습니까. 물론 몇 마리가 메기의 밥이 되었을 것입니다. 정신을 바짝 차리지 않고 꾸벅꾸벅 졸거나 남에게 의존하여 꾀를 부리며 적당히 왔다갔다하던 미꾸라지들이 몇 마리 잡아먹혔을 것입니다. 하지만 추어탕집 주인은 단 한 푼의 손해도 없었습니다. 미꾸라지들은 모두 싱싱한 채로 살아 있으니 추어탕을 끓여서 팔았고, 잡아먹힌 몇 마리의 미꾸라지들은 메기의 살을 찌워 더 큰 메기가 되었으니 값비싼 메기탕을 만들어서 팔았다는 것입니다.

21세기 새로운 세계 질서 속에서 살아가는 우리는 더 이상 보호를 기대할 수 없습니다. 좋든 싫든 이미 우리는 안전한 동굴 속에서 벗어나 정글에 내던져진 상태입니다. 무국경, 무국적, 무한경쟁의 시대를 살아가야만 할 운명입니다. 전 세계의 시장이 하나로 통합되고 있고 지구 곳곳의 상품에 내 것 네 것을 가려 특별점수를 매기는 보호무역 시대가 이미 아닙니다. 경쟁에서 선택되지 못한 사람은 실업자가 되고 소비자들에게 선택받지 못한 상품들은 소멸할 수밖에 없는 냉엄한 시대입니다.

이제 우리에겐 그리 많은 시간이 남아 있지 않습니다. 하루가 다르게 어려움이 가중되고 있습니다. 그동안에 우리는 세계화한 무한경쟁 사회에서 살아남을 수 있는 새로운 전략과 전술을 가다듬어야 합니다. 정부나 사회를 상대해서 살려내라고 호소하거나 아우성치는 일도 더 이상 소용없는 시대가 이미 멀지 않았습니다. 천적원리를 미리 깨달아 어려움을 극복해냈던 추어탕집 주인의 지혜가 새삼 돋 보이는 때입니다.

우상과 이성

많은 엄마들이 사랑하는 어린 자녀들에게 꿈을 심어주고 삶의 지혜를 일깨워주고자 위인전을 즐겨 읽힙니다. 그런데 우리의 위인전 읽히기는 잘못되어 있는 것이 많습니다.

충무공 이순신 장군 이야기를 하나 더 하려고 합니다. 충무공의 모습은 과연 어떠했을까요? 광화문 네거리에 서 있는 동상처럼 6척 장신에다 우람한 체구, 단 주먹에 호랑이라도 때려잡을 것 같은 그런 인상이었을까요?

충무공의 모습을 자세히 기록하고 있는 유일한 책은 서애 류성룡(西厓 柳成龍, 1542~1607) 선생님의 『징비록(懲毖錄)』(1647, 국보 132호)입니다. 그 책에 묘사된 이순신은 그런 무서운 모습이 아니라 아주 가녀린 마치 여인과도 같이 키도 그리 크지 않고 곱게 생긴 선비풍이었다고 합니다.

혹자는 "현충사에 있는 충무공의 칼을 보면 그런 것 같지 않던데……"라고 반문할 것입니다. 그러나 현충사의 칼은 참수용으로서 군율집행용이지 지휘관이 사용하는 칼이 아니라고 합니다. 현대전의 지휘관들이 대포나 기관총이 아닌 권총을 들고 지휘하는 것처럼 말입니다. 현충사 칼은 비록 충무공 명의로 되어 있다 하더라도 그가 직접 사용했던 것은 아닙니다. 단지 그 칼만 보고, "와! 저거 휘두르려면 키는 한 2미터에 100킬로그램은 훨씬 넘었겠는걸" 하고 생각하는 것은 착각입니다.

충무공의 일상을 자세히 살펴보면 놀라운 사실을 발견하게 됩니다. 그는 매우 병약한 사람이었다는 사실입니다. 『난중일기』에는 아프다는 이야기가 자주 나옵니다. 증상도 늘 비슷합니다. "우시시(오한)하다", "식은땀을 흘렸다", "잠을 이루지 못했다", "자꾸만 기침이 나온다"…….

어쩌다 전투에서 다쳐서 아프다는 것이 아니라 상시로 오한과 식은땀, 불면증, 기침증세를 호소하고 있는 것입니다. 이순신을 연구한 어떤 예민한 학자가 이 증세들을 일일이 적어 장안의 내로라하는 내과 의사를 찾아 물어보았더니 일언지하에 폐결핵이라는 진단을 내놓더라는 것입니다.

실제로 조선왕조실록에도 당시 남해안 일대에 폐결핵이 유행했다는 기록이 남아 있습니다. 이순신은 그 약한 몸으로 눅눅한 선창에서

7년을 잠 한번 제대로 못 잤으니 병이 안 났다면 도리어 이상한 일이 아니겠습니까. 그렇게 이순신은 안팎의 적과 치열한 싸움을 되풀이하다가, 우리가 역사책에서 배운 바로는 1598년 동짓달 열여드렛날에 "갑옷도 입지 않고 도망치는 적선을 쫓다 유탄에 맞아 장렬하게 전사했다"라고 합니다.

그 죽음에는 적지 않은 의혹이 있습니다.

동짓달 열여드렛날, 노량 앞바다 바닷바람이 좀 차가웠겠습니까? 도요토미 히데요시는 이미 죽었고 전쟁은 끝났습니다. 가만있어도 승전장군이 되는데, 그 추운 겨울날 왜 갑옷도 입지 않고, 그것도 도망가는 적을 쫓다 유탄에 맞아 죽습니까? 충무공의 죽음은 여기에 미스터리가 있습니다. 저는 그가 단순히 전사했다고 생각하고 싶지 않습니다.

그는 이미 병이 깊었고 자신이 천수를 누리지 못한다는 것을 알고 있었으며, 또 그토록 애지중지했던 김덕령(金德齡, 1567~1596) 장군이 모함을 받아 억울하게 죽는 것도 보았고, 전쟁이 끝난 다음에 자신의 운명이 어떻게 되리라는 것도 그는 이미 짐작하고 있었던 것입니다.

그래서 그는 최후의 전쟁에서 장렬하게 죽을 자리를 찾아가서 죽은 것이지 싸우다 피치 못해 죽은 것은 아니었을 것입니다. 한산도해전이나 옥포해전도 아니고 도망가는 적을 쫓다가 죽은 것입니다. 그리고 아무리 바빠도 그렇지 장수가 그것도 삼도수군통제사가 전시에 갑옷도 입지 않고 출전했다는 것은 납득하기 어려운 부분입니다. 이것은 싸우다 피치 못해 전사한 것이라기보다는 스스로 죽을 자리를 찾아간 것이라고 봐야 할 것입니다.

오래전에 조지 스콧(George C. Scott)이 주연했던 유명한 영화 <패튼 대전차군단(Patton: Lust for Glory)>(1970)이 있습니다. 이 영화의 라스트 신에는 이런 장면이 나옵니다. 전쟁이 끝난 후 참모장 자리를 박탈당한 패튼(George S. Patton, 1885~1945)이 애견을 데리고 산책을 나서는데 갑자기 짐수레가 와락 달려들어 하마터면 치여 죽을 뻔합니다. 이때 그 욕쟁이 패튼이 이렇게 중얼댑니다. "젠장, 전쟁에서도 죽지 않은 몸이 기껏 짐수레에 치여 죽을까 보냐. 역전의 용사는 마지막 전쟁, 마지막 적탄에 죽어야지!"

그 대작 그 중요한 라스트 신에 왜 하필 그런 대사가 들어갔을까? 실제로 제2차 세계대전을 승리로 이끈 영웅이었던 패튼은 교통사고로 죽었습니다. 몹시 다혈질이었던 그는 입이 특히 거칠었습니다. 그 거친 입담으로 소련을 자극하는 발언을 일삼은 것이 화근이 되어 직위해제를 당했고, 실의에 빠져 지내던 어느 날 승용차를 타고 달리다 군용트럭과 충돌하여 목이 부러지는 중상을 입고 치료를 받다 허무하게 죽고 맙니다. 하지만 영화에서는 아마 패튼이 저승에서 그 거친 입으로 그렇게 중얼거리고 있지 않겠느냐 해서 상징적으로 라스트 신을 처리한 것 같습니다.

"가장 멋있는 죽음은 드라마틱하게 죽는 것"이라고 했던가요? 패튼이 만약 토브룩(Tobruk) 전투에서 롬멜(E. Rommel)의 전차군단을 무찌르고 승전나팔 소리를 들으며 장렬하게 전사했더라면 그는 아마 더욱 유명해졌을 것입니다.

만약 충무공이 마지막 전장에서 장렬하게 죽지 않고 살아남아 이따금 조정에 불려 나가 모함도 받으며 병치레로 소일하다가 쓸쓸히 죽어갔다면, 충무공 개인이 불행한 것은 말할 것도 없고 우리에게는 한 우상이 사라지는 아픔이 있었을 것입니다.

이런 얘기를 하면 혹자는 "민족사에 길이 빛나는 위대한 영웅을 그렇게 이야기하면 되느냐?"라고 언짢아할지도 모릅니다. 하지만 결코 그렇지 않습니다. 역사는 사실을 사실대로 기록하고, 그에 걸맞은 의미부여를 다시 해야 하는 것입니다. "충무공은 하늘이 낸 사람이라 태어날 때부터 보통 사람과는 달랐으며, 몇 살에 무엇을 했고 또 몇 살에는 무엇을 했으며……" 이래서는 우리의 2세 교육이 제대로 되지 않습니다. 그런 식의 위인전 읽히기는 오히려 아이들에게 열등의식과 좌절감만 심어줄 뿐입니다.

우리는 그동안 권위주의 시대를 살아오느라 영웅주의 사관(史觀)에 너무 깊게 길들어왔습니다. 영웅은 으레 필부(匹夫)와는 확연히 다른 출생과 모습과 삶을 지녀야 한다고 생각하는 강박관념에 사로잡혀 있는지도 모릅니다. 그런 식으로 단순히 미화만 하는 것은 위인을 제대로 존중하는 것도 아니고 오늘을 사는 우리에게 도움이 되는 것도 아닙니다.

우리가 제대로 가르치려면 아이들에게 이렇게 얘기해야 하지 않을까요. "애야, 충무공도 너처럼 엄마가 보고 싶어서 순천에서 아산 쪽 하늘을 바라보며 눈물을 흘린 날이 있었고, 조개를 먹다가 엄마 생각이 나서 인편에 싸 보낸 적도 있었던 평범한 사람이었단다. 또 충무공은 너처럼 그렇게 체력이 좋지도 않았고 심지어 나쁜 병까지 있었단다. 그런데도 정신력으로 그 역경을 무릅쓰고 열심히 노력하여 우리 민족사에 길이 빛나는 영웅이 된 거란다. 그러니 너도 이제부터 한번 열심히 해보아라. 내 생각에는 너는 충무공보다 더 좋은 조건을 타고났으니 너 마음먹기에 따라서는 훨씬 더 훌륭한 인물이 될 수 있을 게다."

그래야 우리 아이들도 힘을 내서 열심히 살게 되지, "예이, 바보 같은 놈, 너 하는 짓 보니 죽었다 깨어나도 충무공 발뒤꿈치도 못 따라가겠다." 이렇게 가르칠 바에야 충무공을 이야기할 필요가 어디에 있겠습니까. 위인을 감히 쳐다볼 수도 없을 만치 특별한 사람이라는 식으로 가르친다면, 그 이야기를 듣는 어린이들이 얻는 것은 고작 "아, 나는 참 한심한 아이로구나!" 하는 좌절감밖에 없을 것입니다.

"그도 우리와 같은 인간이었고 우리와 같은 고민을 함께 나누며 살았던 사람이었는데 마음 한번 굳게 먹기에 따라 그렇게 훌륭하게

따뜻한 반란

되었다.” 이것이 올바른 교육일 것입니다. 우리는 우상을 기억할 때 이성이 아닌 자기비하 감정으로 접근하는 실수를 저지르고 있는지도 모릅니다.

가만있으면 중간도 못 갑니다

어느 해 신학기 '정치학 입문' 첫 시간이었습니다.

교양과목이었기 때문에 강의실엔 일찌감치 수백 명의 학생이 운집해 있었습니다. 저마다 한마디씩 소곤대는 바람에 강의실은 소란스러웠지만 모두들 신세대답게 발랄한 모습이었고 무엇보다도 눈빛이 살아 있어서 마음에 들었습니다.

잠깐 상견례를 가진 다음 출석을 불렀지만 여전히 웅성거림은 그치지 않았고, 강의실이 너무 커서 맨 뒤에 앉은 학생은 이목구비조차 또렷이 보이지 않았습니다. 우선 학생들의 소란을 멈추게 하고 시선을 집중시킬 필요가 있었습니다. 교양과목 수강생은 학년 구분 없이 다양해서 사전에 그들의 평균 수준을 가늠해볼 필요도 있었습니다. 첫 마디에 질문부터 던졌습니다.

"여러분, 도대체 정치란 뭐죠?"

따뜻한 반란

수백 명의 학생이 갑자기 조용해지면서 눈을 더 크게 떴습니다.

"누가 자신의 생각을 한번 말씀해 주시겠습니까?" 저는 정중하게 부탁했습니다.

학생들의 태도가 돌변했습니다. 눈빛이 게슴츠레해지더니 시선을 아래로 떨어뜨리기 시작했습니다. 10여 초가 지났습니다. 여전히 아무도 입을 열지 않았습니다.

하는 수 없이 맨 앞줄에 앉은 학생더러 대답해줄 수 있겠느냐고 요청했습니다. 고개를 흔들었습니다. 옆에 앉은 학생들에게 부탁했지만 그들도 거절했습니다. 뒷줄에서도 역시 거절당했습니다. "잘 모르겠습니다", "생각해보지 않았습니다" 하고는 고개를 숙여버렸습니다.

강의실을 둘러보았지만 이젠 아예 저와는 시선조차 맞추려 하지 않았습니다. 그렇게 당당하던 위풍과 발랄함은 다 어디로 가고 비굴한 모습의 애늙은이들만 한 방 꽉 찬 모습이었습니다. 다음 시간엔 학생 숫자가 확 줄어 있었습니다. 상당수 학생이 다른 과목으로 수강신청을 변경했던 것입니다. 그나마 남은 학생들조차도 맨 앞의 두세 줄엔 아무도 앉지 않았고 저마다 양옆으로, 뒤로 흩어져 앉아 있었습니다. 버림받은 기분이었지만 그나마 남아 있기라도 한 학생들이 대견하다는 생각이 들어 웬만하면 그들을 곤란하게 하지 않으려 애썼습니다.

이른바 수요자 중심 교육이라는 말이 유행하면서 학생들의 선택

범위가 커졌다는 것 자체는 긍정적인 일입니다. 그러나 정작 그들의 선택은 다양한 지적욕구의 표현이라기보다는 적당히 한 학기를 때우고 학점을 챙길 수 있는, 이른바 '부담 없는 과목'으로 집중되는 현상을 초래한 것도 사실입니다. 걱정스러운 일입니다. 자기주장과 표현이 강하고 개성이 뚜렷한 신세대들이 왜 유독 교수의 질문에는 대답을 회피하는 것일까요? 학사주점에서는 늘 정치, 사회 전반을 안줏거리로 삼으면서도 말입니다.

대답은 간단합니다. 그동안 살아오면서 속된 말로 본전을 뽑아 본 적이 별로 없었던 것입니다. 나서지 않고 그저 "가만히만 있으면 중간은 간다"라는 생각에 지배되고 있는 것입니다. 가정이든 학교에서든 어른들 앞에서 자존감을 만끽해본 적이 많지 않았던 탓이기도 합니다. 그뿐 아니라 가르침이라는 낱말 자체가 갖는 권위적인 느낌이 학생들을 주눅 들게 했는지도 모릅니다. 우리 교육은 마치 떡을 나누어주듯이 일방적으로만 진행되었고 학생들은 으레 받아 적기만 하면 된다는 관성에 젖어버린 것입니다.

기성세대는 "가만있으면 중간은 간다"라는 생각이 그 무슨 대단한 삶의 지혜이기라도 한 것처럼 여겨왔고 심지어는 자녀들에게 가르치기까지 했습니다. "애야, 어디서건 함부로 나서지 마라. 가만있으면 중간은 간다." 하지만 이것이 격동기 사회를 헤쳐오면서 기성인들이 터득한 일종의 생존방법이었을지라도 삶의 지혜라고 일컬어져서는 곤란합니다. 이는 중용지도(中庸之道)와는 다른 차원의 것입니다. 이것은 비겁함이요, 무사안일의 기회주의적인 발상일 뿐입니다.

저지르지 않으려는 것은 특별히 노력도 기울이지 않겠다는 것과 마찬가지일 수 있습니다. 옳고 그름에 입각한 평가와 판단이 아니라, 어정쩡하게 양다리를 걸치고 있다가 "이기는 게 우리 소", 혹은 "내 그럴 줄 알았어"라는 식으로 자기합리화에만 익숙한 기회주의적인 태도는 우리 사회를 병들게 하는 요인이 될 수 있습니다.

미래 사회에서는 가만있으면 중간도 못 갈 수 있습니다. 발전은 새로운 사고와 건강한 의식이 기초가 되어 꾸준히 행동으로 표현될 때에만 비로소 현실화될 수 있기 때문입니다. 정치도 그렇습니다. 시민이 주인 되는 세상은 정치하는 사람들로부터 베풀어 받는 것이 아니라, 시민 스스로 건강한 시민의식으로 무장하고 적극적으로 참여하여 요구함으로써 쟁취해내는 것입니다. 그저 묵묵히 기다리는 것이 마냥 지혜일 수는 없습니다.

하루빨리 학생들의 생각과 관심사를 존중해주고 평등한 입장에서 토론하는 대화의 형식을 복원시키지 못한다면 우리 교육은 창의적인 학생을 양성하는 데 실패하고 말 것입니다. 이제야말로 미래 세대를 양육하고 교육하는 데 가르침 그 자체에 너무 집착함으로써 자칫 훨씬 더 중요한 창의력을 억압하거나 그들의 기를 꺾어놓는 우를 범하지 않도록 가정과 학교에서의 자성이 요구되는 때인 것 같습니다.

달팽이와 소라

『설원(說苑)』에 나오는 '절영지회(絶纓之會)' 고사입니다.

춘추전국 시대 초(楚)나라의 장왕(莊王)은 전쟁을 자주 했다고 합니다. 어느 큰 전쟁에서 대승을 거둔 장왕은 성대한 연회를 베풀고 장수들에게 마음껏 즐기게 했습니다. 술자리가 무르익자 사기충천한 장수들이 큰 소리로 환성을 지르며 왁자지껄했습니다.

밤이 이슥토록 주연을 벌이는데 갑자기 강풍이 불어 등촉이 꺼지더니 이어서 여인의 비명 소리가 났습니다. 만취한 어느 장수가 호기가 발동해 장왕 옆에서 시중들던 아리따운 애희(愛姬)의 몸 어딘가를 만져버렸던 것입니다. 이른바 성추행이었습니다. 웬만한 궁녀 같았으면 아마 그 시대에 무안해서라도 가만히 있었으련만 그 애첩은 왕의 총애가 유별났던지라 와락 달려들어 장수의 갓끈을 잡아 뜯고는 고래고래 고함을 질러댔습니다.

221

"폐하, 어느 무례한 놈이 폐하의 몸인 이 몸을 희롱했습니다. 어서 등촉을 켜시어 갓끈이 없는 자를 잡아 주십시오!"

등촉만 켜면 무엄한 짓을 한 자가 바로 드러날 판이었습니다. 만취한 상태였지만 장왕은 잠깐 동안 생각을 했습니다. 그리고는 이렇게 말했습니다.

"모든 장수는 갓끈을 잘라내라!"

그리고 불을 켜니 어느 놈이 그 짓을 했는지 아무도 알 수가 없었습니다.

그로부터 3년 후 진(秦)나라와 큰 전쟁이 벌어졌는데, 이번엔 장왕이 패전을 거듭하다 마침내 포위되어 잡혀 죽을 절박한 위기상황에 처했습니다. 그 누구도 포위된 왕을 구하고자 선뜻 나서지 못하고 있을 때, 어떤 장수 하나가 홀연히 나서서 적군의 화살 비를 무릅쓰고 목숨을 내던져 분전하여 왕을 구출해냈습니다. 장웅(蔣雄)이라는 장수였습니다.

장왕이 이상히 여겨 그에게 묻습니다.

"나는 평소에 그대를 특별히 우대한 것도 아닌데 어째서 그토록 죽기를 무릅쓰고 싸웠는가?"

장웅이 왕 앞에 엎드리며 대답했습니다.

"폐하, 저는 이미 죽은 목숨이었습니다. 3년 전에 무엄한 짓을 저질러 갓끈을 뜯긴 놈이 바로 저였습니다. 폐하의 큰 덕으로 살아난

이후 저에게 소원이 있었다면 오직 목숨을 바쳐 폐하의 은혜에 보답하는 것뿐이었습니다."

장왕의 그릇이 그 자신을 살린 것입니다. 만일 아리따운 애첩에만 마음이 기울어 "당장 등촉을 켜고 갓끈 없는 놈을 잡아 목을 쳐라!"라고 했더라면 과연 누가 왕을 위해 죽으려 했겠습니까? 이 사건으로 사기충천해진 초나라는 진나라와의 전쟁에서 승리하고 점차 강성해져서, 마침내 장왕은 춘추오패(春秋五覇)의 한 사람이 될 수 있었습니다.

오늘날 입버릇처럼 21세기, 무한경쟁, 지식정보사회를 외치면서 저마다 어리둥절해하는 과도기적 상황을 겪고 있습니다. 이로써 너나 할 것 없이 치열한 경쟁에서 살아남는 방법에만 혈안이 되다 보니 사회는 갈수록 피폐해지고 있습니다. 게다가 밀어닥치는 정보화 물결은 점점 더 인간 간의 거리를 멀게 하여 원자화되고 고립화한 상황으로 내몰고 있습니다. 하루 중 가장 오랜 시간을 인간이 아닌 컴퓨터와 함께함으로써 인간성은 급격히 파괴되고 있는 현실입니다. 이러한 현실적 환경 변화는 이미 걷잡을 수 없는 상황으로 전개되어 오늘을 사는 사람들 특히 어린이나 청소년들은 자칫 생존경쟁에서 우위를 지키기에만 급급한 나머지 반쯤 기계화한 재주꾼으로 전락할 위험에 처하고 있습니다.

격정스러운 것은 역시 인간성 차원입니다. 인간이 기계문명을 첨단 수준으로 개발하는 것은 인간성을 더 신장하기 위함입니다. 하지만 오늘날의 상황전개는 그 인간성을 급격히 망각하거나 별로 도움이 되지 않는 거추장스러운 것쯤으로 인식하고 있다는 데 문제가 있습니다.

선현들은 덕이 재주에 앞서는 사람을 군자라 하고, 재주가 덕에 앞서는 사람을 소인이라 했습니다〔德勝才者 謂之君子, 才勝德者 謂之小人〕. 아무리 디지털 시대라 하더라도 이 말을 케케묵은 교리라고 폄훼해서는 안 될 것입니다. 비근한 예로, 근래 우리 사회를 시끄럽게 하고 하루아침에 패가망신했던 사람들 중 누가 과연 재주가 모자랐습니까? 그들은 한결같이 남다른 재주가 있었고 지식도 정보도 충분했으며 모든 사회적 가치를 부족함 없이 지녔던 사람들입니다. 하지만 어느 날 갑자기 추락했습니다. 자신의 재주를 운영하고 조절할 만한 덕을 겸비하지 못했기 때문입니다.

달팽이와 소라는 서로 닮은꼴입니다. 둘 다 벨벨 틀어진 모습이 비슷한 모양으로 생겼습니다. 달팽이는 조그맣게 틀어진 모습이고 소라는 크게 떡 벌어진 모습입니다. 그동안 우리 사회는 덕을 강조하면서도 동시에 내실을 요구했습니다. 속이 꽉 찰 것을 주문하다 보니 빈 깡통 이야기도 있었습니다. 하지만 달팽이가 내실이 있어본들 얼마나 되겠습니까? 암만 그래 봐도 달팽이는 역시 달팽이가 아니겠습니까. 그러나 소라는 설혹 아직은 속이 좀 비었을지라도 그 떡 벌어진 모습이 얼마나 호쾌합니까. 이렇게 큰 그릇에 차근차근 속을 채워 나간다면 아마도 그 미래는 더 장대하지 않겠습니까.

그릇을 키워야 합니다. 큰 덕을 겸비할 수 있는 그릇을 먼저 키우지 않고 임시방편으로 재주만 급조해서 갖추게 된다면 우선은 화사하게 돋보일지 모르나 언젠가는 재주와는 상관없이 부지불식간에 패가망신하게 될지도 모르는 일입니다. 이것은 아무리 21세기이니 무한경쟁의 시대이니 지식정보사회이니 하는 때에도, 우리가 인간으로서 살아가는 한 변하지 않는 진리일 것입니다. 재주는 결코 부덕(不德)을 구출할 수 없습니다.

지도자의 자화자찬

당 태종(唐 太宗, 599~649) 이야기입니다.

서기 645년 고구려 보장왕(寶藏王) 4년에 당 태종이 쳐들어온 안시성(安市城) 전투에서부터 우리 민족의 고난이 시작됩니다. 당 태종 이세민(李世民)은 아버지인 당 고조 이연(唐 高祖 李淵, 566~635)이 나라를 세우고 왕위를 장자 이건성(李建成, 589~626)에게 물리려 하자 형을 죽이고 왕위에 오른 장본인입니다.

중원천하를 복속시켰는데도 오직 고구려만이 항복하지 않는 것을 괘씸히 여긴 태종은 친히 30만 대군을 이끌고 고구려에 쳐들어왔습니다. 하지만 무려 70여 일을 공격했지만 안시성은 끄떡도 하지 않았습니다. 우리 선조들, 정말 대단했습니다. 결국 당 태종은 난공불락인 고구려정벌을 포기하고 회군하게 되는데, 성루에 올라 송별의 예를 보여준 안시성 성주 양만춘(楊萬春) 장군에게 이렇게 고백합니다.

"내 일찍이 동방에 이렇게 위대한 민족이 있음을 미처 몰랐기에 이런 실수를 했소. 당신과 내가 비록 적의 사이이지만 그대의 충성심과 지략과 용맹을 존경하지 않을 수 없구려. 고구려를 정벌한 후 장수들에게 상으로 내리려 했던 비단 100필을 내 그대에게 선사하고자 하니 받아주시오."

그러고는 안시성을 떠나면서 당 태종은 이런 탄식을 했습니다.

"위징아, 위징아, 너만 살았어도 이런 어리석은 전쟁을 하지는 않았을 것을……."

일찍이 당 태종에게는 매우 탁월한 신하가 있었습니다. 왕위에 오른 어느 날 당 태종은 신하들을 불러 모아놓고는 이렇게 물었습니다.

"이 나라를 세운 아버지가 더 어려웠을까, 아니면 물려받은 나라를 이끌어가는 내가 더 어려울까?"

많은 신하들이 이렇게 대답했습니다.

"아, 그야 당연히 나라를 세우신 분이 더 힘들었지 않겠습니까?"

그런데 유독 위징(魏徵, 580~643)이라는 사람만은 그렇게 말하지 않았습니다.

"세상 이치는 그렇지 않습니다. 이 난세에 야망이 있고 능력이 있으면 나라 하나쯤 세우는 일은 어렵지 않습니다. 그러나 창업(創業)한 나라를 대물림했을 적에 선대의 위업을 이어가는 것은 더 어려운 일입니다. 수성(守成)은 창업보다 더 어렵습니다."

그 말을 들은 당 태종은 "아, 이 자가 나한테 아부하는구나!" 이렇게 생각하지 않았습니다. "아, 이 사람이 내게 진실로 충고하는구나!" 이렇게 생각하고 훌륭한 신하로 애지중지했습니다.

사실 위징은 태종이 등극하기 전까지는 황태자 이건성의 유력한 측근으로서 이세민에게는 대단히 적대적이었습니다. 황실의 후환을 걱정한 위징은 당고조와 황태자에게 수차례나 이세민을 탄핵했습니다. 그런데도 태종은 즉위하자마자 위징의 곧은 인격을 높이 사서 간의대부(諫議大夫)로 중용했고, 상시로 황제를 일깨우는 직언을 해줄 것을 청했습니다. 이에 위징은 태종을 모신 17년 동안 무려 200여 차례나 황제에게 직간을 했습니다. 그 직간의 대부분이 마치 어린아이를 가르치듯 조목조목 깨우치고 가르치는 간언이었다고 합니다. 때로는 태종의 귀에 몹시 거슬리는 충고도 있었고 크게 화를 내게 한 적도 있었지만, 태종은 위징을 멀리하기는커녕 그의 간언을 끝까지 경청하고 정사에 반영했으며 오히려 그를 재상으로 등용하기까지 했습니다.

위징은 태종의 고구려정벌계획을 한사코 반대했는데, 안타깝게도 태종의 고구려 정벌 두 해 전에 죽습니다. 그래서 태종은 안시성을 떠나면서 "위징이 있었다면 내가 이런 일을 하도록 내버려두지는 않았을 텐데! …… 내가 이렇게 어리석은 실수를 해도 충고해줄 신하가 없구나!" 하고 탄식했다는 것입니다.

따뜻한 반란

오늘날 당 태종은 중국사를 통틀어 가장 위대한 제왕으로 기록되고 있습니다. 실로 그의 위대성은 여러 측면에서 인정됩니다. 특히 저는 쓴소리를 기꺼이 듣고자 했던 당 태종의 큰 귀(耳)와 원수마저도 마음에 품을 수 있는 도량을 평가하고 싶습니다. 솔직담백하게 자신의 과오를 인정할 줄 알고 남의 말을 충심으로 받아들일 줄 아는, 심지어 적마저도 존경할 수 있었던 그의 그릇이 그로 하여금 역사에 남는 제왕으로 기록되게 했으리라 생각합니다.

오늘날 우리는 상시로 널린 선거에서 일그러진 지도자들의 말의 성찬을 지켜보느라 뒷골이 아플 지경입니다. 나라의 최고책임자에서부터 지방의 말단지도자에 이르기까지 겸손한 반성의 모습은 온데간데없고 온통 자화자찬만이 넘쳐흐르니 공동체의 미래가 심히 걱정스럽지 않을 수 없습니다. 시민 모두가 불평불만 없이 풍요롭고 행복하게 사는 태평성대에도 지도자의 자화자찬은 듣기 민망한 법이거늘, 하물며 최악의 경제위기에다 미증유의 불확실성이 가슴을 짓누르는 암울한 시대에야 더 말할 것이 있겠습니까. 우리 지도자들의 말의 성찬은 어느덧 시민들에게 고도의 인내력을 요구하고 있습니다.

우리는 언제쯤 지도자의 겸허한 고백을 접할 수 있을까요?

"저는 이러이러한 일들이 꼭 필요하다고 생각했습니다. 그래서 최선을 다해 노력했습니다만 저의 무능과 부덕으로 아직까지 제대로 이루어내지 못하고 있습니다. 시민 여러분께서 더 큰 지혜와 힘을 주시어 하루빨리 달성할 수 있게 도와주시기를 간곡히 부탁합니다."

지도자가 이렇게 고백한다면 과연 우리 시민들은 "어쩌다 이리도 무능하고 부덕한 지도자를 가지게 되었을까……"라고 낙심하고 후회하며 그를 탓하게 될까요?

따뜻한 반란

문화적 빈곤

모스크바에서 공부하던 때의 일입니다.

경제적 빈곤에 허덕였던 유학 생활이었지만, 이미 학위를 소지하고 가르치던 처지였던지라 일반 유학생들의 관광안내 아르바이트는 차마 넘볼 수가 없었습니다. 체면 때문이 아니라 그럴 만한 시간도 없었고, 제자뻘 되는 후배들의 유일한 일자리를 가로챌 수는 없었기 때문이었습니다.

한·소 수교(1990년 9월 30일) 직후였고 당시엔 교민 사회도 아직 형성되지 않았었기 때문에 유학생들의 아르바이트자리는 관광가이드 일이 전부였습니다. 당시 국내에서는 이른바 소련·동유럽 사회주의 체제 연수단들이 쉴 새 없이 밀려들었습니다. 대체로 대학교수나 초·중등학교 교사, 대학생, 그리고 기업체 임원들이 주를 이루었는데, 러시아어를 하거나 현지의 실정을 조금이라도 알고 오는 사람은 대단히 드물었습니다.

유학 생활을 경험해본 사람은 공감하겠지만 이국땅에서 겪는 가장 큰 어려움은 언어장벽도 가난도 아닌 외로움이었습니다. '고향 까마귀'라는 말이 있듯이, 며칠 밤을 지새워야 한 가지 과제를 해결할 수 있었던 그 바쁜 시간 중에서도 한국에서 온 방문객 안내를 부탁하는 대사관의 전화를 받으면 만사를 제치고 즐거운 마음으로 달려나가곤 했습니다.

그런데 제게 이 시간은 5년간의 유학 생활 중 가장 즐겁고도 짜증스러운 시간이었습니다. 방문객을 찾아 호텔 로비에 들어서면 우리말을 제법 하는 고려인 학자가 미리 와 있는 일이 많았습니다. 한번은 그가 제게 어떤 동질감을 느꼈는지 대뜸 이렇게 말했습니다.

"저는 이 사람들을 박물관이나 화랑에 안내할 때가 가장 신경질이 납니다."

"왜 그렇습니까?"

"이 사람들은 예술품 앞에서 작품 감상은 않고 '한국에 가져가면 값이 얼마쯤 될까?' 하는 데에만 그저 정신이 팔려 있지요. 한마디로 최악의 손님들입니다."

"……."

할 말이 없었지만, 처음엔 '설마?' 했습니다. 하지만 그날 저 역시도 이른바 그 최악의 손님들을 만났습니다. 서울지역 대학교수 연수

따뜻한 반란

단이었는데 그들은 오후 일정을 바꿔 화랑에 데려가 주기를 부탁했습니다. 아닌 게 아니라 역시나였습니다. 큰 화폭 위에 손 뼘을 재어가며 이른바 몇 호짜리인지를 확인하기도 하고, 작가가 어느 정도로 잘나가는 화가인지를 제게 묻곤 했습니다. 종업원들은 손님들이 도대체 무엇을 궁금해하는지 통역해줄 것을 바랐지만 차마 그대로는 통역할 염치가 없었습니다.

누가 "의식(衣食)이 족해야 예절을 안다"라고 했던가요. 우리는 이미 오직 돈만이 최고 가치로 인식되는 사회가 되었습니다. 식민지를 거쳐 전쟁과 가난을 겪으면서 우리는 변했습니다. 특히나 1970~1980년대에 땅값이 천정부지로 치솟아 부동산 투기로 일확천금을 벌어 거들먹거리는 이웃을 보면서 흔들렸습니다. 졸부들이 사회의 상류층에 급격히 유입되어 희희낙락하는 모습을 보면서 건강한 시민조차도 그들의 천박한 의식에 전염된 것인지도 모르겠습니다.

그 후부터는 한국에서 오는 분들을 만나면 잠시 외로움을 달래기는 했지만 돈 냄새를 풍기며 거들먹거리던 그들이 막상 공항을 빠져나간 뒤에는 허탈감과 쓸쓸함이 밀려들었습니다. 돈만 벌기 위한 관광안내가 아니었기에 그나마 다행이었습니다. 하지만 예술품을 오로지 돈으로만 환산하고 투기수단으로 인식하는 한국관광객을 날카롭게 꼬집던 고려인 가이드의 냉소적인 표정은 지금도 잊을 수가 없습니다.

　　모든 문화적 가치들을 돈으로 환산하는 사람들, 그들이 이 사회의 상류층에 머물러 있는 한 우리 사회의 문화 수준은 성장할 수 없습니다. 인류 역사를 통틀어 보더라도 경제적 빈곤을 문화유산만으로 극복한 선례는 없습니다. 문화유산으로 경제성장을 도출해내는 데 성공했던 사회가 있다면 그 사회는 한결같이 그들 시민들이 높은 수준의 문화의식, 즉 문화 수준을 먼저 갖추고 있었다는 사실을 깨달아야 할 것입니다. 문화적 빈곤은 빈곤의 문화를 지속시키게 될 것이기 때문입니다.

따뜻한 반란

지도자의 문화적 소양

당 태종 이야기를 하나 더 하려고 합니다.

당 태종은 친형을 죽이고 권력을 찬탈한 부도덕한 사람이었습니다. 하지만 그에게는 한 가지 확신하는 것이 있었다고 합니다. "제왕은 위업으로써 역사에 기록되는 것"이라고 했습니다. 하긴 일생을 그런 신념으로 살았기 때문에 오늘날 중국문화가 저만큼 이루어진 바로 그 기틀을 닦을 수 있었는지도 모르겠습니다.

어쨌든 당 태종은 매우 독특한 품성의 소유자였습니다.

주지하는 바입니다만, 붓글씨 중에서 최고의 명필로 꼽히는 것은 왕희지(王羲之, 307~365)가 쓴 「난정집서(蘭亭集序)」라는 글입니다. 진나라(東晉, 265~420)의 왕희지는 늦은 봄날 난정이라는 정자에서 당대의 명사들이던 지인 40여 명과 술잔치를 벌였습니다. 취중에 저마다 시를 한 수씩 지었고, 이윽고 만취한 왕희지가 붓을 들어 그 시집의 서문을 썼습니다. 그러나 너무도 취했던 나머지 다 쓰자마자 그대로 잠에 곯아떨어졌다고 합니다.

이튿날 왕희지는 자기가 썼다는 글을 보고서 깜짝 놀랍니다. 도저히 자기가 썼다고 믿어지지 않을 정도로 그렇게 명필일 수가 없더라는 것입니다. 맑은 정신에 몇 번이고 다시 써보았지만 도무지 그 필적이 나오지 않더라는 것입니다. 그래서 왕희지는 "이건 정말 내가 봐도 명필이다. 이건 절대 남에게 주지 말고 대대로 물려라"라고 자식들에게 당부했다고 합니다. 그래서 이 「난정집서」가 왕희지 집안에 가보로 물려졌습니다.

그런데 왕희지의 7대손 지영(智永)은 그만 「난정집서」를 가지고 불가에 출가하게 됩니다. 그러니 자연 물려줄 자식이 없어 상좌승에게 「난정집서」를 물려줬는데 그 상좌는 변재(辯才)라고 하는 사람이었습니다. 변재가 「난정집서」를 애지중지하며 살고 있을 때가 바로 당태종 시절이었습니다.

남조의 선비문화를 숭배하고 특히 왕희지 서체를 좋아했던 태종은 왕희지의 모든 작품을 수집하라는 조서를 내리기도 했는데, 태종은 왕희지가 「난정집서」라는 유명한 글을 썼으며 그것이 어찌어찌하여 지금 변재의 손에 있다는 사실을 알게 됩니다. 태종은 변재에게 「난정집서」를 바치라고 명하지만 변재는 가지고 있지 않다고 딱 잡아뗍니다. "그걸 가져야 할 텐데……" 하고 몇 날을 궁리하던 태종은

따뜻한 반란

당나라에서 제일 지략이 출중하다는 사람을 어사(御使)로 뽑아 "가서 훔쳐오너라!"라고 명합니다.

문예애호가로 가장한 도적이 변재의 절에 나타나 힐끔거리며 너스레를 떱니다. "요즘 세상 어찌나 가짜가 많은지요. 아 글쎄, 내가 「난정집서」를 갖고 있는데 자기 것이 진본이라고 우기는 자들이 있습디다요" 하고 능청을 떨었습니다. 변재가 가만히 이 말을 들으니 참 한심한 노릇이었습니다. '「난정집서」는 나한테 있는데 도대체 이놈이 무슨 뚱딴지같은 수작인가?' 하며 쓴웃음을 지었습니다. 순간 변재의 얼굴을 스친 이 쓴웃음을 간파한 도적은 "아하, 이놈이 정말 가지고 있구나!" 하고 확신하게 됩니다.

그날 밤 변재는 잠자리에 들려다 말고 낮에 왔던 낯선 이의 너스레가 마음에 걸려, 자기가 「난정집서」를 가지고 있음을 믿어 의심치 않으면서도 그래도 왠지 뭔가 찜찜해서 서까래에 은밀히 구멍을 뚫고 감춰둔 「난정집서」를 꺼내 흐뭇한 표정으로 살피고는 다시 집어넣고 잠이 듭니다. 그 밤에 도적은 「난정집서」를 훔쳐 태종에게 바칩니다.

태종은 변재에게 편지를 씁니다. "내가 진실로 이것을 갖고 싶었다. 내가 이것을 갖기 위해 너를 죽이고 뺏어올 수도 있었다. 하지만 혹시라도 네가 이걸 안 빼앗기려 버둥댄다면 진본이 훼손될지도 모를 일이라, 내 사람을 시켜 슬쩍 훔쳐오게 했으니 너는 나를 너무

탓하지 마라." 그러면서 후한 보상을 실어 보냅니다. 그러나 변재는 이 편지를 읽고는 시름시름 앓다가 1년이 채 안 되어 죽습니다.

이 대목을 가리켜 시시하다고 웃을 수도 있을 것입니다. "도대체 일국의 황제가 도적질을 시키고……, 또는 그까짓 서책 하나 잃었다고 죽을 일은 또 뭐인가? ……" 하지만 이것이 바로 중국입니다.

훗날 태종은 임종에 이르러 「난정집서」를 가져오라고 명합니다. 흐뭇한 미소로 한참을 감상하다 가슴에 품고는 "이대로 묻어 달라!"라고 유언을 합니다. 그러므로 오늘날 서예교본이나 백과사전에 전하는 「난정집서」 사진은 진본이 아닙니다. 왕희지의 글씨를 너무도 애지중지했던 당 태종은 구양순(歐陽詢, 557~641), 저수량(褚遂良, 596~658), 우세남(虞世南, 558~638) 등에게 임모(臨摸)를 하도록 명하였는데, 오늘날 남아서 전하는 것은 구양순의 임모본일 뿐 진본은 태종이 가지고 가버렸습니다.

언젠가 전직 대통령의 '전시장 정치'가 신문의 가십난을 채운 적이 있습니다. 신문에서 전하는 전문가들의 말을 빌리면 그분의 글씨가 상당히 비싼 값에 팔린다고 합니다. 다만 그 척도가 예술성인지 아니면 전직 대통령이라는 이른바 이름값인지는 현재로선 단정할 수 없습니다. 그건 그렇다 치고 나라 안팎의 사정이 가뜩이나 어지러워 서민들은 그야말로 죽을 지경인데도 그동안 온갖 것 다 누렸던 그때 그 사람들이 이른바 문화행사라는 고상한 전을 펴놓고 배회하며 민심을 저울질하여 몸값을 부풀리려 안달하는 모습을 보고 있노라면, 천하를 고스란히 남겨둔 채 임종을 맞이하면서까지 오직 생전에 사랑했던 예술품만을 잊지 못해했던 당 태종의 탁월한 문화적 소양과는 어딘지 크게 비교가 되는 것 같아 허전한 마음이 들었습니다.

이제 우리 정치판에도 부디 노회한 권모술수로서가 아니라 인격과 철학, 도덕성과 지적능력, 그리고 무엇보다도 문화적 소양이 함께 고려된 진정한 정치 9단의 시대가 오기를 기대해봅니다.

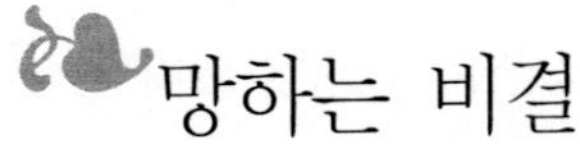

망하는 비결
문명의 서진과 『맹자』의 경고

확실히 망하는 비결이 있습니다.

『맹자(孟子)』에 이런 글귀가 있습니다.

자고로 한 나라가 망하는 데는 그들 스스로 망할 짓을 다 한 연후에
비로소 이민족이 쳐들어와 완전히 망하게 한다〔國必自伐, 而後人伐之〕.

역사는 맹자가 옳았음을 입증하는 수많은 사례를 보여줍니다. 로
마제국의 붕괴가 그렇고, 통일신라의 붕괴 또한 그랬습니다. 중국 역
사에 등장했던 수많은 나라의 붕괴나 고려, 조선의 멸망 또한 마찬가
지였습니다. 남베트남의 붕괴나 구소련의 붕괴, 한국전쟁도 유사한
사례에 속한다고 할 수 있습니다.

이것은 간디(M. K. Gandhi, 1869~1948)가 말한 '나라가 망하는 일곱

따뜻한 반란

가지 징조', 즉 ① 원칙 없는 정치(Politics without Principle), ② 노동 없는 부(Wealth without Work), ③ 양심 없는 쾌락(Pleasure without Conscience), ④ 인격 없는 지식(Knowledge without Character), ⑤ 도덕성 없는 상업(Commerce without Morality), ⑥ 인간성 없는 과학(Science without Humanity), ⑦ 희생 없는 종교(Worship without Sacrifice)와 맥을 같이합니다.

세계 패권국가의 흥망성쇠를 설명할 때, 혹자는 문명의 서진(西進) 현상으로 설명하기도 합니다. 지중해에서 시작된 세계적 패권의 인류문명이 서유럽대륙을 거쳐 대서양 건너 미국으로, 이제 태평양을 건너 동북아지역으로 계속 서진하고 있다는 설명입니다.

그럴싸합니다. 세계사를 거시적으로 조망해보면 문명의 서진론은 상당히 설득력이 있습니다. 역사를 꿰어보면 실재했던 사실(史實)이므로 논란의 여지도 많지 않습니다. 하지만 그 동인이 무엇이었는지를 좀 더 미시적으로 살펴보면 역시 『맹자』의 경고가 통렬하기 그지없습니다.

나라 경제가 여전히 불안정하다고 합니다. 외국 전문기관들은 한국 경제가 위기에서 완전히 벗어난 것이 아니라고 지적합니다. 언제든지 제2의 금융위기가 초래될 수도 있다는 경고입니다. 실제로 나라 안 곳곳의 살림살이는 천차만별입니다. 서울의 소비 패턴은 IMF 이전 수준과 같이, 아니 역사상 유례가 없을 정도로 흥청거리기도 했습니다. 1999년 서울의 고급 백화점들이 사상 최대의 매출액을 기록했다고 하니 그 소비 수준이 어느 정도였는지는 짐작하고도 남습니다.

그런가 하면 비수도권 지역 경제는 계속 바닥을 기고 있습니다. 지역의 주요 상권과 재래시장은 기약도 없이 파리를 날리는 상황이 지속되고 있습니다. 그나마 여유가 있는 사람들은 멀쩡한 업소를 갈아엎고 업종을 바꾸어 재차 신장개업을 시도해보기도 하고, 아예 몇 년간 엎드려 있겠다는 생각도 가하지만, 하루에 단 얼마씩이라도 벌어야 임대료에다 집안 살림을 꾸려가는 영세 상인들은 그야말로 죽을 지경입니다.

그래서 어떤 이는 서울에서 사는 사람들을 부러워하기도 했습니다. 하지만 이는 현재 나라 안의 사회 경제 상황을 정확히 이해하지 못한 데서 비롯된 잘못입니다. 서울이라고 해서 다 호황을 누리는 것은 아니기 때문입니다. IMF 관리체제 이후 한국 경제는 더 급격히 양극화되어 왔습니다. 가진 자와 못 가진 자의 골이 갈수록 더 깊게 패고 있습니다. 서울이든 지역이든 가진 자들은 늘 풍요로운 삶을 누려왔고, IMF 이후 소득의 격차가 심각해지면서 못 가진 자에겐 상대적 박탈감이 더 크게 작용하고 있습니다.

그런데 이제 한국이 처한 사회 경제적 당면 문제는 단지 상대적 빈곤만이 아니라 절대적 빈곤층마저 급격히 늘어나고 있다는 데 있습니다. 이제 못 가진 자들은 그야말로 소외된 삶을 절절히 느껴야 하는 상황입니다.

따뜻한 반란

인류 역사에서 명멸해간 나라들의 흥망성쇠는 한결같이 그들 사회의 사회 경제적 지표와 문화, 그리고 공동체의 도덕관으로 분석될 수 있습니다. 로마제국이 멸망했을 때도 로마제국의 모든 시민이 다 흥청댔던 것은 아니었고, 그들 모두가 다 타락했던 것도 아니었습니다. 또한 조선이 사라지기 직전에도 역시 모든 사람이 굶주리지는 않았습니다.

극소수 부유층의 지나친 풍요와 절대다수의 무산자 대중이 혼재했던 사회는 틀림없이 붕괴했다는 역사적 사실이 우리의 마음을 걱정스럽게 합니다. 하루빨리 양극단의 거리를 메울 수 있는 지혜가 필요합니다. 무작정 못 가진 자들의 분발을 요구하기에 앞서 사회와 정부의 진정성 있는 적실한 대책이 요구됩니다.

한보와 대우, 기아, 그리고 현대가 걸어온 모습을 지켜보면서 그동안 우리의 경제정책에 얼마나 허점이 많았는지를 생각하게 됩니다. 가진 자들의 회개를 단순히 요구만 하기에 앞서 진실로 시민이 주인이라는 민주적 시민의식으로 무장해야 할 때이라고 생각합니다. 문명의 서진으로 다가온 영광이 한반도에서 얼마나 오래 머물러 있는가 하는 것은 우리가 『맹자』의 경고를 얼마나 귀담아듣느냐에 달린 문제일 수도 있겠기 때문입니다.

구진천仇珍川이 사랑했던 조국

당 태종 이야기를 하나 더 해야겠습니다.

태종은 대단히 큰 도량을 지닌 지도자였지만 영악하기로도 빠지지 않았습니다. 안시성을 떠나면서 적장 양만춘에게 선물을 전했던 것도 그러했고 「난정집서」를 갖기 위해 도둑질을 시킨 것도 그랬습니다. 그뿐 아니라 애지중지했던 예술품을 저승에까지 가져갔던 것 또한 그러했습니다.

하지만 이렇게 영악했던 그가 일생에 단 한 가지 후회했던 것은 고구려를 정벌하려 했던 자기의 실수, 바로 그것이었습니다. 태종은 안시성에서의 치욕을 결코 잊을 수 없었지만 끝내 그의 생전에 고구려정벌의 대망을 완수할 수는 없었습니다. 훗날 그의 아들 당 고종 이치(唐 高宗 李治, 628~683)의 대에 이르러 고구려는 역사의 무대에서 사라지게 됩니다.

고종은 태종과는 견줄 만한 위인이 못 되었지만 그 부덕함이나 영악함만큼은 결코 아버지 못지않았던 것 같습니다. 고종은 선친의 후궁이었던 무씨(武氏, 624~705)를 간(姦)하여 후궁으로 만들었다가 급기야 황후(측천황후)로 삼았던 사람입니다.

당 고종은 고구려를 멸망시킨 다음 신라로부터 조공(朝貢)을 요구하기 시작합니다. 이때로부터 우리 민족은 약소민족의 처지로 전락하기 시작합니다. 조공이란 통상 그 나라의 특산물을 바치는 것인데 고종은 그렇게 말하지 않았습니다. 여자도 바치라고 했고, 노비도 바치라고 했습니다.

그런데 신라에서 가져간 조공품 중에 고종의 눈에 확 들어온 것은 다름 아닌 활이었습니다. "천 보 밖에 있는 표적을 맞힐 수 있다"고 하는 활을 보고 고종은 그저 감탄할 따름이었습니다. 여느 왕 같았으면, "이 활 몇천 자루를 더 바쳐라!" 이렇게 요구했겠지만 영악한 고종은 그렇게 말하지 않았습니다. "이 활을 만든 기술자를 조공으로 바쳐라!" 이렇게 명했던 것입니다. 그래서 잡혀간 사람이 바로 신라의 명노사(名弩師)였던 구진천(仇珍川)이라는 활 만드는 기술자였습니다.

무릎을 꿇은 구진천에게 고종이 묻습니다.

"네가 구진천이냐?"

"예, 그렇습니다."

제4부 여왕의 메시지

“네가 만든 활이 그렇게 훌륭하다니 어디 한번 만들어보아라.”

구진천이 열심히 만들어서 바쳤습니다. 그런데 고종이 쏴보니 불과 30보쯤 나가다 툭 떨어져 버리는 것이 아닙니까.

“이게 어떻게 된 거냐?” 고종이 꾸짖었습니다.

구진천이 대답하기를, “재료가 다르니 어쩔 도리가 없습니다” 하고 시치미를 뚝 뗍니다.

“그래? 그럼 신라에서 재료를 실어오면 될 것 아니냐?”

몇 달이 걸려 재료를 실어 와서 다시 명했습니다.

“자, 다시 만들어라.”

구진천이 열심히 만들어서 바치니 이번에는 60보쯤 날아가다가 떨어져 버립니다.

“야, 이거 얘기가 틀리잖아? 어떻게 된 거냐?” 고종이 화가 나서 꾸짖으니, “오다가 뱃길에 습기가 차서 그런 것 같습니다” 하고 또 시치미를 뗍니다.

그제야 영악한 고종은 ‘아, 이놈이 거짓말을 하고 있구나’ 하고 깨닫습니다. 화가 난 고종은 칼을 뽑아들고 구진천을 협박합니다.

“네 이놈, 활을 만들래, 아니면 내 손에 죽을래?”

구진천은 죽는 순간까지도 신라의 활 만드는 비술을 당나라에 전하지 않았습니다. 신라의 활 만드는 기술자, 고작 사찬(沙湌) 벼슬을 하던 미천한 구진천도 자기의 조국과 민족을 사랑했던 것입니다.

따뜻한 반란

구진천이 만약 고종에게 활을 만들어주었다면 그는 분명 특별한 대우를 받았을 것이고 자자손손 가업으로 이어내려 이국땅에서도 결코 남부럽지 않은 풍요로운 삶을 영위했을 것입니다. 당시 아무런 명예도 권세도 없었던 그가 그 길을 택했다고 한들 과연 누가 그를 욕할 수 있었겠습니까. 조국은 이미 그를 버렸고, 아무도 그에게 그 빛나는 조국애를 요구한 바 없었으며, 절개를 지켜야 한다는 강박관념에 사로잡힐 만한 그 어떤 사회적 위신도 지닌 바 없었지만, 구진천은 오로지 자기 나름대로 소중히 여겼던 가치와 소시민으로서의 작은 명예를 목숨과 과감히 바꾸었던 것입니다.

1997년 말, 이른바 IMF 사태가 우리 사회를 온통 뒤흔들어놓던 시절에 수원의 삼성전자에서는 우리의 반도체기술을 대만에 빼돌리다 발각되자 미국으로 도망친 사건이 있었습니다. 그들은 한결같이 고급인력이었고 회사에서도 특별한 대우를 받고 있던 처지였습니다. 그런데도 돈 몇 푼 더 벌어서 제 식구만 호의호식하려다 자자손손 수치로 남을 그런 부끄러운 죄를 저질렀던 것입니다.

또한 몇십 년을 굴지의 대기업 총수로 군림하면서 이른바 세계경영을 외쳤던 한 인간이 만신창이가 된 기업을 뒤로 한 채 졸지에 끝없는 도망자 신세로 전락하여 국외를 떠돌다 돌아온 일도 있었습니다. "세계는 넓고 할 일은 많다"라던 그분 역시 사적 이기심의 포로 신세를 탈피하지 못하여 국부를 탕진했고 스스로는 패가망신했습니다. 그뿐이 아닙니다. 지나간 정권 때 두루 요직을 차지했던 사람 중 여럿이 재임 중에 죄를 짓고는 정권이 바뀌면 외국으로 도피해 숨어 살며 조국을 향해 침 뱉는 소리나 일삼는 사람들이 적지 않았습니다. 정말이지 구진천과는 비교도 될 수 없는 소인배들이 지도층에 앉아 있는 것 같아 씁쓸하기 그지없습니다.

따뜻한 반란

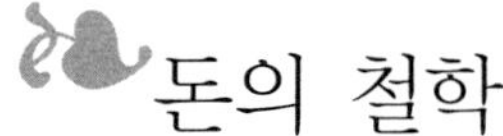# 돈의 철학

정치경제학 강의 시간에 꼭 들려주는 이야기가 있습니다.

어디선가 주워들은 이야기입니다. 미국에 한 거부가 있었는데 그에게는 재산을 물려줄 아들이 하나밖에 없었다고 합니다. 하지만 유감스럽게도 이 아들은 아버지의 마음에 쏙 들지 않았습니다. 아니 늙어가는 아버지에게는 오히려 큰 걱정거리였습니다. 그 아들은 오로지 돈밖에 모르는 인간이었습니다. 세상의 모든 것을 돈으로만 환산했고, 그 돈조차도 오직 자기 자신만을 위해 쓸 뿐 사회나 이웃을 위해서는 단돈 한 푼도 내놓을 줄 모르는 수전노였습니다.

대물림한 재산을 단지 지키는 것만이 문제라면 어쩌면 그보다 더 적임자도 없을지 모르겠지만, 돈이란 어떻게 벌어야 하고 또 어떻게 써야 하는지를 깨닫고 실천하며 살았던 아버지로서는 걱정이 이만 저만이 아니었습니다.

더 늦기 전에 아들을 깨우쳐야 했습니다. 기회 있을 적마다 아들을 붙들고 앉아 이른바 돈의 철학을 가르쳤지만 아들은 도무지 아버지의 충고를 받아들일 만한 정신상태가 아니었습니다. 그는 막무가내였습니다. 오로지 돈만을 위해 사는 사람이었고 돈이면 안 되는 것이 없다고 믿었으며 심지어 인간의 영혼까지도 돈으로 살 수 있다고 생각했던, 이른바 돈의 노예였습니다.

마침내 아버지는 아들을 깨우칠 수 없다는 생각에 절망했습니다. 저런 아들에게 재산을 물려주고 가야 한다는 것이 안타깝기도 했고 사랑하는 아들이 자명한 이치를 깨닫지 못한다는 것이 가슴 아프기도 했습니다.

임종에 이르렀을 때 아버지는 아들의 손을 잡고 마지막 유언을 했습니다.

"애야, 나는 이제 가야 할 것 같구나. 마지막으로 네게 한 가지 부탁이 있는데 들어줄 수 있겠니?"

"아버지, 무슨 부탁인들 제가 못 들어 드리겠습니까?"

"고맙구나. 내가 죽거든 내 시신을 좀 특별한 관에 넣어주려무나."

"어떻게 말입니까?"

"관 양옆에 구멍을 뚫어 내 손이 밖으로 나오게 해서 묻어주었으면 좋겠다."

"아버지, 아무 걱정하지 마십시오. 꼭 그렇게 해드리겠습니다."

따뜻한 반란

아버지는 끝내 아들을 깨우치지 못한 채 그렇게 죽음을 맞이했습니다. 아들은 아버지의 유언대로 특수한 관에 아버지의 시신을 담아 장례를 치렀습니다.

하관을 마치고 조문객들이 지켜보는 가운데 아들이 취토(取土)를 할 차례였습니다. 흙을 한 삽 떠서 던지려는데 관 양옆으로 삐죽이 나와 있는 아버지의 맨손이 눈에 들어와 잠시 머뭇거렸습니다. "대체 아버지는 왜 손바닥을 밖으로 나오게 해달라고 하셨지……?"

억수 같은 재산을 모아 굴지의 기업을 일으킨 아버지였습니다. 세간의 이목을 한몸에 받아왔으며 뭐 하나 남부러울 것이 없었던 아버지였습니다. 그런데도 저렇게 빈손으로 가시다니……. 이런 생각이 들자 순간 아들은 움찔했습니다. "그렇다면 아버지는 나를 깨우치기 위해서……?!"

이윽고 아들은 복받쳐 오르는 눈물을 참을 수 없었습니다.

"생전에 그토록 집요하게 당부하고 타이르셨건만 나는 아버지의 그 가르침을 외면했구나. 마지막 눈을 감으면서도 이 고집불통인 아들을 포기하지 않고 전 재산을 내게 물려주시다니……. 그리고 이제 죽어서 묻히는 이 마지막 순간까지도 당신의 시신을 바쳐서까지 아무도 알아들을 수 없는 무언의 신호로 나에게 마지막으로 호소하고 계시는구나! 인생은 어차피 빈손으로 간다는 것을……."

아들은 미쳐버릴 것 같은 회한에 통곡했습니다. 그때부터 그 아들은 아버지 생전의 가르침을 되새겨 완전히 새로운 인간으로 갱생했다고 합니다. 공동체의 복지와 교육과 미래를 위해 쏟았던 선친의 자선적 삶을 그대로 실천하면서 건강한 기업인 존경받는 부자로서 살았다는 것입니다.

오늘날 우리가 추구하는 선진 시민사회는 단지 입으로만 떠든다고 해서 실현되는 것이 아닌 것 같습니다. 서구 선진 자본주의 국가들이 선진 문화사회를 구가하게 된 과정에는 시민문화로 상징되는 민주주의 정신과 더불어 경제문화로 표출된 프로테스탄티즘의 윤리와 자본주의 정신이 기초가 되었다는 것을 인식해야 할 것입니다.

아직 우리 사회에서는 돈의 철학이 삐뚤어진 채로 전수되는 경향이 있습니다. 특히 오늘날 경제가 어려워지면서 그러한 경향은 더욱 심해지는 것 같습니다.

"야, 이놈아! 땅속을 백 길을 파봐라, 거기서 백 원짜리 동전 하나 나오는가."

물론 이것이 틀린 말은 아닙니다. 비록 백 원짜리 하나일지라도 소중히 여겨야 한다는 중요한 가르침입니다. 백 원짜리 하나도 신성한 노동의 대가로 얻어지는 것이지 땀 없이 거저 얻어지지 않는다는 경제원칙의 일면이 내포된 중요한 교훈입니다.

하지만 실제로는 그저 돈의 소중함만이 부각되어 인식됨으로써 우리 사회에는 저마다 제 돈을 혼자 움켜쥐고 도무지 내놓으려 하지

따뜻한 반란

않는 세태를 조장하게 된 것도 사실입니다. 돈이란 왜, 그리고 어떻게 벌어야 하고, 또 어떻게 써야 하는지를 몸소 실천하면서 가르치는 어른들은 많지 않은 것 같습니다. 벌 수 있는 데까지 긁어모아 고작 네댓 명의 피붙이들만이 더 좋은 집에서, 더 좋은 자동차에다, 더 고급스러운 옷을 입고, 더 맛있는 음식에, 더 편리한 삶을 더 즐겁게 살면 그만이라는 그릇된 돈의 철학이 확산되고 대물림된다면 우리 사회의 미래는 불투명할 수밖에 없을 것입니다.

졸부들의 가증스러운 돈이든 출처가 불확실한 정체불명의 돈이든 간에 네댓 명의 하룻밤 유흥비로 수백만 원이 지불되어 유흥업소 경기가 좋아진다고 해서 우리 경제가 살아나는 것은 아닐 것입니다. 피땀이 배어 있지 않은 돈은 죽은 돈이며, 죽은 돈은 우리 사회를 건강하게 할 수 없습니다. 설령 피땀 흘려 번 돈이라 할지라도 이웃과 사회의 미래를 위해서는 만 원짜리 한 장도 아까워하는 사람이 자신의 쾌락을 위해서는 수백만 원도 아끼지 않는다면 그 돈 역시 깨끗지 않기는 매한가지일 것입니다.

"돈이란 돌고 돌아서 돈이라고 했다"라는 우스개 같지만 가장 본질적인 돈의 철학을 깊이 깨닫고 실천하는 사람은 많지 않은 것 같습니다. 우리 사회가 더 인간적이고, 더 정의롭고, 더 진실하고, 더 희망찬 사회가 되기 위해서는, 미국의 그 거부가 죽어서 묻히는 마지막 순간까지도 아들에게 깨우치고자 했던 돈의 철학을 우리도 가르쳐

제4부 여왕의 메시지

야 할 것입니다. 끝까지 움켜쥐고 부자의 허세를 부리다가 죽을 때 피붙이에게 물려주는 것이 가장 현명하고 안전한 방법이라고 여기는 돈의 노예적인 발상은 결코 자녀들의 행복을 위한 최선의 방책은 아닐 것입니다.

갈수록 더 불확실한 미래 사회를 살아갈 자녀를 위한 최선의 방책은 우리가 죽은 다음에도 그들이 스스로 살아가야 할 사회의 미래 환경, 즉 건강한 시민사회를 형성하는 일에 기꺼이 투자하는 일일 것입니다. 개같이 벌어 모으기만 한 사람이 정승처럼 쓰기란 생각보다 어려운 일입니다.

차이콥스키 음악원에서

아내가 모스크바 국립 차이콥스키 음악원에서 공부하던 때입니다. 당시 저는 음악원에서 그리 멀지 않은 크렘린 궁전 앞에 위치한 모스크바 대학 구관(舊館)에서 정치사회학을 강의하고 있었습니다. 특별한 점심약속이 없는 날은 종종 아내가 다니던 음악원의 구내식당을 찾곤 했는데, 그곳은 다른 학교에 비해 메뉴도 다양했지만 무엇보다도 성악을 비롯한 여러 음악가의 연습소리가 울려 퍼지는 독특한 분위기가 무척 좋았습니다.

음악원에 도착하면 저는 으레 교정 앞에 멋진 자태로 우뚝 서 있는 차이콥스키 동상 아래 계단에 걸터앉아 수많은 연습실에서 새어 나오는 각종 현악기와 관악기 소리, 피아노 선율과 성악가들의 아름다운 노래를 감상하며 아내를 기다리곤 했습니다. 아내와 함께 구내식당에 들어서면 수많은 음악가가 허기를 채우기 위해 한꺼번에 몰려들었고 세계 각지에서 온 다양한 인종들로 뒤섞여 북적대기 일쑤였습니다.

아내와 제가 간단한 음식을 날라 와서 막 식사를 하려던 참이었습니다. 바로 옆자리에 잘 차려입은 어떤 핸섬한 러시아인 남학생이 어느 남루한 노교수와 함께 앉아 이야기를 나누고 있었습니다. 듣자 하니 수업 시간에 못다 한 이야기를 점심을 들며 마저 나누고 있는 것 같았습니다. 아내의 말에 의하면 그 노인은 화성학을 가르치는 유명한 교수이고 자신도 그에게서 배웠다고 했습니다.

저는 문득 학부형 노릇을 해야 할 것 같아 인사를 하려고 벌떡 일어났습니다. 그런데 막상 그들의 식사하는 광경을 보고는 차마 발이 떨어지지 않아 그냥 주저앉고 말았습니다. 그 교수의 행색이 너무도 초라한 모습이었기 때문이었습니다.

학생은 값비싼 비프스테이크에 칼질을 시작하고 있었고 노 교수는 마주앉은 학생과 연방 진지한 대화를 나누면서 다 해진 낡은 가방 속을 뒤져 작은 비닐봉지를 꺼냈습니다. 그 비닐은 이미 몇 번이나 씻었는지 무늬가 다 탈색되었고 쪼글쪼글해져 있었습니다. 노인은 비닐 속에서 먹을 것들을 하나씩 꺼냈습니다. 구내식당에서 산 차 한 잔이 노교수 앞에 놓여 있었고 비닐에서는 집에서 썰어온 것으로 보이는 식빵 네댓 조각과 상처투성이로 찌그러진 귤 한 개가 나왔습니다. 노 교수의 점심은 이것이 전부였습니다.

따뜻한 반란

그 광경을 보면서 저는 무척이나 의아했습니다. 잘 차려입은 제자가 마주앉아 스테이크를 맛있게 먹고 있는데, 남루한 차림의 노교수는 보잘것없는 음식으로 점심을 때우면서도 그들의 모습은 전혀 어색해 보이지 않았기 때문입니다. 점심상에서 보이는 두 사람의 생활수준은 극심한 차이가 나는데도 사제지간의 오찬 장면은 너무도 자연스러웠고, 두 사람이 나누는 학문적 대화는 진지하기만 했습니다.

남루한 차림에 형편없는 음식을 들고 있는 스승이었지만 자신이 먹는 음식의 100배 이상의 비싼 고급음식을 먹고 있는 제자에 대해 자존심 상해하거나 부끄러워하는 것 같지 않았고, 학생 또한 스승의 너무도 초라한 모습을 대하면서도 결코 그를 무시하거나 동정하는 것 같지도 않았습니다.

그들은 서로 각자의 음식을 먹으며 진지한 대화를 나눌 뿐이었습니다. 때로는 악보를 가리키며 흥얼거리기도 했고, 또 때로는 마주보고 환하게 웃기도 했습니다. 그들의 모습에서는 그 무슨 사제지간의 세속적 구분 따위는 찾아볼 수 없었고, 오직 인간 대 인간, 그리고 음악만이 있을 뿐이었습니다.

갑자기 저는 저 자신이 부끄러워졌습니다. 왜 나는 자연스레 다가가 인사를 나누지 못했을까. 왜 내겐 그들의 모습이 의아하게만 여겨졌을까. 정작 당사자들은 누구도 어색해하거나 부끄러워하지 않는데 왜 옆에서 지켜보는 내가 지레 주춤거렸을까. 나는 진정 무엇 때문에 그 노교수를 안쓰럽게 여겼던 것일까. 그제야 저는 우리 사회를 찌들게 하는 허위의식의 병이 제 몸에도 고스란히 배어 있음을 깨달았습니다.

21세기라는 오늘날도 여전히 우리 사회의 대학에는 교수식당 따로 학생식당 따로 구분되어 있습니다. 교수들은 교수들대로 또 학생들은 학생들대로 그것을 당연한 것으로 받아들이고 있습니다. 이제 더 이상 선생님은 화장실도 가지 않는 사람으로 아는 아이들은 없지만 여전히 초·중등학교에서는 선생님화장실 따로 학생화장실 따로 구분하고 있습니다.

이제 저는 참으로 궁금해집니다. 인간의 가장 기본적인 욕구충족의 장소 따위를 구분하는 것이 교육에 그 어떤 도움을 주는 것일까요? 식당이나 화장실을 따로 사용하는 것이 정녕 학생들로 하여금 스승에 대한 존경심을 우러나게 하는 것일까요? 그런 것이 과연 스승에 대한 공경이나 예우의 훌륭한 방법일까요?

저는 그러한 것은 단지 허물어뜨려야 할 권위주의의 구습일 따름이라고 생각합니다. 진정한 교육은 가르치는 사람과 배우는 사람이 진실로 인간 대 인간으로 마주 설 수 있을 때 비로소 이루어지는 것이라고 생각합니다. 민주주의는 바로 그러한 쓸데없는 벽들을 허물고 시민 모두가 허위의식으로부터 해방되는 것에서 비로소 성숙해지는 것이라고 생각합니다.

언제쯤에나 우리 사회에서도 교수와 학생이 같은 식당에 섞여 앉
아 자연스레 수업 시간에 못다 한 학문을 논하고 삶에 대한 진지한
대화를 나누는 모습을 보게 될까요?

타냐의 꾸지람

모스크바 유학 생활을 마무리하던 때였습니다.

어려움 끝에 학위논문이 마무리되어 잠시 숨을 돌리고 있을 무렵 모스크바 국립대학교 한국학국제학술센터에는 서울에서 갓 돌아온 러시아인 여류학자 타냐(Tanya)가 주변의 관심을 끌고 있었습니다.

그녀는 모스크바 국립대학교를 졸업했고, 십수 년 동안 외교관으로 생활하다가 뒤늦게 러시아 한국학계에 뛰어든 늦깎이였습니다. 구소련의 외교관으로서 평양주재 소련대사관에서 근무하는 동안 한국에 특별한 관심을 두게 되었고, 급기야 한국 사회를 본격적으로 연구하기 위해 아예 외교관 생활을 청산하고 서울대학교에서 학위 과정을 밟고 귀국한 학구파였습니다.

그녀의 학력과 경력은 제게 큰 흥미를 갖게 했습니다. 외교관으로서 서울과 평양을 두루 접하며 얻은 남북한에 대한 경험적 지식을 학문적 연구로 승화시키려 애쓰는 그녀의 열정과 업적, 그리고 무엇보다도 마흔이 넘어 결행했던 서울 유학, 그 모든 것이 제게는 경탄스러울 뿐이었습니다.

당시 저는 그 학술센터의 부소장으로 재직하고 있었기 때문에 타냐와 거의 매일 같은 연구실에서 함께 지냈습니다. 한국과 러시아, 남한과 북한, 미국 중심의 새로운 세계체제와 통일한국 등, 두 사람의 일치된 관심분야는 우리로 하여금 많은 시간을 함께하게 했고 대화는 늘 유익하고 매우 흥미로웠습니다.

처음 만났을 때 저는 그녀에게 대뜸 이런 질문을 던졌습니다.

"타냐! 서울과 평양을 골고루 관찰하고 경험해보니 두 사회는 어떤 점에서 특징적이던가요?"

저는 그녀와의 대화를 통해 남북한에 대한 생생한 경험적 자료를 얻을 수 있을 것 같은 기대감에 자못 의미심장하게 물었습니다. 그런데 그녀의 대답은 저를 심각하게 했습니다.

"독토르 김! 적어도 평양에서는 자동차의 크기나 아파트의 크기 따위로 사람을 구분하지는 않습니다."

순간 저는 자존심이 상했습니다. 비록 저 자신은 자동차도 집도 없는 하층민에 속한 처지였지만, 타냐의 말에 어딘가 모르게 가시가 돋아 있다는 느낌이 들었습니다.

"타냐! 서울이라고 해서 모든 사람이 다 속물근성에 젖어 있는 것은 아닙니다. 또한 북한이라고 해서 모든 사람이 다 인간주의자라고 할 수는 없지 않겠어요?"

저는 애써 옹졸한 변명을 늘어놓고야 말았습니다.

"독토르 김, 내 말은 남한 자본주의체제와 북한 사회주의체제에서 내가 느낀바 일반적으로 드러나 보이는 특징이 그렇다는 것입니다."

"타냐, 하지만 문명화와 삶의 질이라는 관점에서 북한식 사회주의가 초래한 하향평준화 사회가 남한 자본주의가 일구어낸 고도성장 사회보다 반드시 우월하다고 단정할 수만은 없지 않겠어요?"

옹졸한 변명으로 시작하다 보니 제 말은 이미 방향을 잃어 평소에 않던 말을 하고 있었습니다.

"물론이죠, 독토르 김! 하지만 아무리 성장을 거듭한다고 해도 그로 인해 초래되는 인간의식의 실종은 결코 돈으로도 구제할 수 없을 겁니다."

당시 저는 민족적 자존심이나 국가 이익을 지키는 외교관 신분도 아니었지만 자신도 모르게 흥분하여 학자로서 견지해야 할 객관적 시각을 상실하고 얼굴을 붉혔습니다. 우리의 자화상이 저를 너무도 부끄럽게 했기 때문이었습니다.

당시에 이미 모스크바 교민 사회를 개척하던 한국인 중 다수는 시베리아산 녹용과 웅담, 해구신과 사향, 만병통치약이라고 선전한 전자알약 따위를 긁어모아 한국인 관광객을 상대로 돈을 벌고 있었고,

따뜻한 반란

여행객들은 이른바 싹쓸이쇼핑으로 만 원짜리 전자알약을 50만 원에 팔아 국내 언론이 연일 떠들고 있었습니다. 그래도 그것들은 없어서 못 파는 실정이었으며, 급기야 러시아 장사꾼들은 한국인 고객으로부터 돈을 우려내기 위해 가짜를 개발(?)하기까지 했습니다.

자본주의 정신은 안중에도 없고 오직 달콤한 열매에만 집착하는 한국식 자본주의, 이른바 천민자본주의 의식은 21세기를 사는 오늘도 한국 사회의 앞길을 우울하게 합니다. "경제위기가 다시 올 수도 있다!"는 말에 하루하루를 한숨으로 보내는 서민들은 "행여나 반가운 소식이 있을까?" 하여 보기 싫은 텔레비전 뉴스를 또 틀어놓지만, 막상 그들 눈에 비친 소식이라고는 "1,000만 원짜리 외제 핸드백이 내놓기 무섭게 동이 난다"라는 어처구니없는 뉴스라니요.

더 큰 자동차, 더 넓은 아파트, 더 비싼 의상과 더 고급요리가 한국의 가진 자들의 주된 관심사로 지속되는 한 우리는 타냐의 냉소적인 꾸지람을 당분간 피할 길이 없을 것 같아 마음이 우울해집니다.

제4부 여왕의 메시지

사랑꾸러기들의 껌통

저는 껌 씹는 것을 별로 좋아하지 않습니다. 지금이야 나이도 어느 정도 들어서 더러는 점잔도 피워야 할 때가 있고 또 어린아이들을 키우다 보니 어쩌다 껌이 생겨도 제 입에 까 넣기가 왠지 미안하여 좀처럼 씹을 일이 없습니다만, 옛날 훨씬 더 어렸을 때에도 껌은 그다지 좋아하지 않았던 것 같습니다.

제가 아주 어렸을 때는 껌도 제법 귀한 물건이었습니다. 시골에서 자란 저는 껌은커녕 그 흔한 새우깡도 사 먹을 형편이 아니었습니다. 그땐 참 어려웠습니다. 저보다 훨씬 연만한 분들이 이 글을 보시면 "이 친구, 과장이 지나치네" 하실지 모르겠습니다만, 사실 저는 아동기에 동네의 또래들과 함께 철마다 산과 들을 오르내렸습니다. 머루, 다래는 기본이고 개울가에선 버들강아지 열매를 따 먹었고, 산에선 송구(소나무 속껍질)를 벗겨 먹었으며, 정 입이 심심할 때는 심지어

맨입에 소금을 털어 넣기도 했던 경험이 있습니다.

어린 시절 우리 동네에서 제가 가장 부러워했던 친구는 여름철에 옥수수 대궁을 여러 개씩 옆구리에 차고 다니는 친구였습니다. 워낙 먹을 것이 없던 시절이라 옥수수 대궁이 아이들의 간식거리였습니다. 옥수수를 다 따내면 베어서 잎을 제거하고 다듬은 다음 들고 다니며 딱딱한 껍질 속의 부드러운 속살을 씹어 단물을 빨아 먹고는 뱉어 내는 것입니다. 그래서 여름철이면 아이들이 씹어낸 옥수수 속살의 단맛 때문에 골목마다 파리가 들끓었습니다.

부잣집 아들이었던 제 친구네 넓은 밭에는 가장자리마다 온통 빽빽하게 옥수수가 심어져 있어서 매일 옥수수 대궁을 여러 개씩 다듬어 허리에 차고 다니며 그것도 대충 씹어서 뱉어내곤 했습니다. 저는 고작 하루 한 개 정도나 씹을 수 있었으므로 너무 아까워 꼭꼭 씹어 단물을 완전히 빨아 먹고는 뱉었으니 어린 마음에 그 친구가 얼마나 부러웠겠습니까.

중학교에 들어가니 시골동네의 부잣집 친구와는 비교도 안 되는 도시의 멋쟁이 친구들을 상대하게 되었습니다. 희뿌연 얼굴에 좋은 옷을 입고 살이 통통하게 찐 친구들이었습니다. 집안 형님의 교복을 대충 줄여서 입고 다니던 저는 부잣집 친구들의 포르스름한 교복이 말쑥한 것도 신기하게만 보였고, 특히 그들의 씀씀이(군것질)가 진기해 보였습니다. 어리둥절했던 시절 그 추억의 핵심에 껌이 있었습니다. 중학교 동창생 중에는 양 볼이 유달리 오동통하게 부풀어 오른 친구가 있었는데 이 친구는 어려서부터 껌을 너무 많이 씹어서 그렇게 되었다고 했습니다. 연방 껌을 씹어대면서 말입니다. 그때 저는 처음으로 껌에 대한 좋지 않은 인상을 갖게 되었습니다.

그런데 어느 수업 시간에 선생님께서 퀴즈를 하나 내주셨습니다. "이 세상에서 가장 머리가 둔한 사람이 어떤 사람인지 아나?" 친구들이 여러 가지 답을 말했지만 모두 다 틀렸습니다. 결국 선생님께서 답을 말씀해주셨는데, '껌 씹으면서 글씨를 못 쓰는 사람'이라고 했습니다. 껌을 씹으면 글씨 쓰는 손이 멈추고 글씨를 쓰려면 껌이 안 씹히는 사람, 즉 두 가지를 한꺼번에 할 수 없는 사람이라는 뜻이었습니다.

그런데 그 우스개 이야기가 제게는 충격이었습니다. 사실 저는 그때까지도 껌을 씹어보지를 못했기 때문에, "설마 나도 껌 씹으며 글씨가 안 써지는 것은 아닐까?" 몹시 초조하고 궁금해졌습니다. 결국 친구들 몰래 껌을 사서는 글씨를 쓰면서 씹어보고, 씹으면서 글씨를 몇 번이고 써보고서야 비로소 안도할 수 있었습니다. 그 이후로 저는 껌에 대한 남모를 콤플렉스를 간직한 채 살게 되었고 그래서인지 청년 시절에도 왠지 어색하여 남들 앞에서 껌을 씹는 일은 없었습니다.

이야기가 횡설수설 삼천포로 갔다 왔습니다.

우리는 가끔 택시를 타면서 앞좌석 사이나 조수석 앞에 껌통이 설

따뜻한 반란

치된 것을 보게 됩니다. 거기에는 '사랑실은교통봉사대'라는 이름이 적혀 있고 동전 투입구가 있습니다. 그리고 수익금은 심장병 어린이를 위한 수술비로 지원된다고 쓰여 있습니다. 그런데 저는 거의 한 번도 그 껌을 씹어보지 않았던 것 같습니다. 우선 첫째는 껌을 좋아하지 않아서이지만, 더러는 "오다가다 백 원짜리 동전 몇 닢을 모으는 식으로 과연 심장병 어린이들에게 진정한 도움을 줄 수 있을까?" 하는 못된 의구심이 있었던 것 같습니다. 그래서 차라리 천 원짜리 지폐를 한 장 넣어주고 말지언정 껌을 사 씹는 일 따위는 관심도 없었습니다.

그런데 저는 껌에 대해 또 하나의 콤플렉스를 느껴야만 했습니다. 사실 너무도 부끄러워 얼굴이 벌겋게 달아올랐었습니다. 지레짐작으로 남의 선행을 폄훼했던 저 자신을 반성하지 않을 수 없었습니다.

몇 해 전에 '사랑실은교통봉사대' 안동지대 창설 7주년 기념식에 참석했을 때입니다. 그 자리에서 저는 깜짝 놀랄 만한 보고를 들었습니다. 전국대장이 행한 보고에 의하면, 1986년 서울본대 창설 이후 2000년 현재 전국에 40개 지대가 창설되어 6,300여 명의 대원이 활동하고 있는데, 이들의 택시 안에 설치된 껌통으로 지금까지 612명의 심장병 어린이들의 목숨을 구했다는 것입니다. 깜짝 놀라지 않을 수 없었습니다.

무심코 지내보면서 일견 무가치하게도 여겼던 이분들의 활동이 그야말로 더없이 따뜻한 사랑이었고 그야말로 묵묵한 실천이었다는 사실을 깨닫자 부끄러워졌습니다. 늘 크고 거창한 일들만 생각하며, 정치나 법, 정책 등 제도권 프로젝트나 대기업들만이 사회 발전과 복지, 그리고 인간성 실현에 제대로 역할을 할 수 있다고 믿는 사회 지도층 인사들이 있다면 반성해야 할 것 같습니다.

굴지의 대기업도 그 어떤 서슬 퍼런 권력도 구하지 못했던 어린 생명체들을 그저 자신의 위치에서 주어진 일을 묵묵히 행하며 열심히 살아가는 '사랑실은교통봉사대' 대원들이 살려내고 있다는 사실에 우리 사회의 현실이 너무 부끄러웠습니다. 너무도 아름답고 숭고한 사람들이었습니다. 과연 그들이야말로 진정 이 사회의 '사랑꾸러기들'이라 이를 만하다는 생각이 들었습니다.

이제부터는 저도 껌의 콤플렉스를 벗어던지려 합니다. '사랑실은 교통봉사대' 택시를 타게 되면 먼저 껌부터 꺼내 씹을 것입니다.

따뜻한 반란

빈민의 사회적 기여

빈곤은 인간 사회에서 가장 오래되고 심각한 사회문제입니다. 우선 빈곤에 처한 개인과 그 가족에게는 생존이라는 절박한 문제일 것이며, 국가 사회적 차원에서는 사회해체를 초래하는 심각한 문제가 되기도 합니다. 따라서 빈곤은 그 자체가 이미 사회문제일 뿐 아니라 그로 인해 다양한 사회문제를 새로 유발하는 원인이 된다는 점에서 더 큰 문제가 됩니다. 오늘날 수많은 사회문제 중 결코 적지 않은 부분이 바로 이 빈곤에서 비롯되기 때문입니다.

그러면 모두가 부유해지면 사회가 더 평화로워질까요?

얼핏 생각하면 "그렇다"라고 대답할는지도 모릅니다. 하지만 더 엄밀히 생각해보면 결코 단정적으로 긍정하기가 쉽지 않다는 것을 깨닫게 됩니다. 우리 인간 사회에는 부유한 사람들 못지않게 빈곤한 사람들이 수행하는 사회적 기여도가 결코 만만치 않기 때문입니다.

모두가 다 부유해질 수도 없겠지만 설령 모두가 부유해질 수 있다고 하더라도 그것이 곧 이 사회를 평화 상태로 이끄는 것은 아닐 수도 있을 것입니다.

모두가 다 부유하다면 과연 누가 힘들고 더럽고 성가신 일들을 하려고 하겠습니까? 밤 열 시부터 새벽까지 온 도시를 누비며 집집마다 내놓은 오물 물이 줄줄 흐르는 역겨운 냄새를 풍기는 쓰레기를 치우는 청소 일은 누가 할 것이며, 설거지는 또 누가 할 것입니까? 누가 공장에서 기름 묻은 작업복을 입고 험한 일을 하려 하겠습니까?

바로 이런 논지에서 이미 40년 전에 사회학자 허버트 갠스(Herbert J. Gans)는 《미국사회학저널(American Journal of Sociology)》(No.78, Sep. 1972)에 기고했던 「가난의 긍정적 기능(The Positive Functions of Poverty)」이라는 논문에서 빈민들이 수행하는 긍정적 기능을 제시한 바 있습니다.

즉, 남들이 하지 않으려는 불쾌한 일들을 도맡아 하며, 값싼 노동력을 제공해주고, 저질상품의 소비자가 되어주며, 사회에서 지탄받는 일탈의 본보기가 됨으로써 지배적 규범을 지지하게 해주고, 좋은 교육과 좋은 일에 대한 경쟁에서 스스로 배제됨으로써 다른 사람들의 진출을 도와주며, 부유층이 즐기는 문화 활동을 창조하는 등의 기능들을 묵묵히 수행해주고 있다는 것입니다.

실로 통렬한 지적이 아닐 수 없습니다. 우리는 그동안 자본주의 사회를 운영해오면서 사회적 중요도를 잘못 평가해왔는지도 모릅니다. 우리 사회의 임금체계는 중요성과 희소성, 난이도의 정도와 수련 기간 등에 의해 구분되고 있습니다.

예컨대, 의사는 인간의 생명과 건강을 돌보는 의료행위 자체가 매우 중요한 일이고, 또 그 일은 전문적이므로 희소성이 높으며, 의사가 되기 위해서는 어려운 공부를 오랫동안 해야 합니다. 따라서 여타의 직업에 비해 더 많은 임금을 보장받는 데에 시민들은 묵시적으로 합의를 해주고 있는 것 같습니다.

그렇다면 환경미화원은 어떻습니까? 새벽같이 일어나서 혹은 밤낮을 바꾸어서 힘들고 불결한 작업을 한다는 것은 매우 어려운 일이고 저마다 하지 않으려는 일들이기 때문에 그 숫자도 사실 그렇게 많은 것도 아니었습니다. 그뿐 아니라 그들이 수행하는 행위는 결코 의사들 못지않게 중요한 일입니다. 만일 청소부들이 파업을 해서 하루, 이틀, 사흘……, 계속된다면 온 도시는 모두 쓰레기더미가 될 것입니다. 오물과 악취가 들끓고 수많은 병원체가 득실거려 그야말로 지옥을 방불케 할 것입니다. 그러한 상태에서는 의사들이 있다고 해도 별반 소용이 없을 것입니다.

이렇게 중요한 일을 수행하는 청소부들이지만 그들의 사회적 지위나 임금은 거의 밑바닥 수준에서 벗어나지 못합니다. 도대체 이러

제4부 여왕의 메시지

한 현상을 어떻게 이해해야 하겠습니까? 지금까지 우리가 별 의심 없이 받아들여 왔던 가치나 규범, 제도나 관습 중에는 모순된 것이 하나둘이 아닌 것 같습니다. 이는 형식적 차원에서의 민주화는 상당히 이행되어왔지만 실질적 차원에서의 민주화의 완성은 아직도 요원한 처지라는 사실을 보여주는 실례입니다.

예컨대, 공직 사회에서 일반 행정직과 기능직 사이에는 아직까지도 적지 않은 차별이 존재하는데, 그러한 차별의 이유나 기준선은 대단히 모호한 것이 현실입니다. 인간화의 차원에서 본다면 더 힘들고 성가신 일을 더 많이 수행하는 기능직이 당연히 우대되는 차별이어야 하는데 아직 우리 사회는 여전히 그 반대의 경향을 유지하고 있습니다.

1992년 초 모스크바에 도착하자마자 제가 수행했던 첫 번째 과제는 러시아의 임금체계였습니다. 당시 러시아에서는 교수나 의사의 임금이 공장노동자의 임금보다 결코 더 높지 않았습니다. 당시 가장 높은 임금을 받는 직업은 탄광의 광부들이었습니다. 이상하게 여겨 교수와 의사에게 "어찌 그럴 수 있느냐?"라고 물어보았는데, 그들의 대답은 의외였습니다.

"당연한 것 아닌가? 노동자나 광부들은 우리보다 더 어렵고 힘든 일을 더 많은 시간 동안 계속하지 않는가?"

그렇습니다. 광부들은 한번 갱도에 들어가면 나올 때까지 끊임없이 일합니다. 그리고 매우 위험하고 육체적으로도 힘이 듭니다. 따라서 그들이 더 많은 임금을 보장받는 것은 당연합니다. 그럼에도 저는 불필요한 권위주의적 사고와 의식으로 찌들은 우리 사회를 돌아보며 자신들의 임금체계를 당연하게 받아들이는 러시아의 교수와 의사들의 인간적 사고방식이 기특하고 존경스러워 저절로 고개가 숙여졌습니다.

여왕의 메시지

지난 1999년 4월 21일, 영국 여왕 엘리자베스 2세가 제 고향 안동의 하회마을과 봉정사(鳳停寺)를 방문했습니다.

여왕의 행차 자체가 이미 빅뉴스인 데다가 그동안 국제 사회에 거의 알려지지 못했던 한국의 작은 농촌지역을 전격적으로 방문한 사건이어서, 미국의 CNN 뉴스가 밀착취재를 할 정도로 지구촌의 이목이 집중되었습니다. 그로부터 그 두 곳은 관광산업의 막대한 시너지 효과를 불러와서 졸지에 전국에서 가장 유명한 명소 중 하나로 인식되게 되었습니다.

엘리자베스 2세는 과연 무엇을 보고자 그 멀리 안동에까지 왔던 것일까요? 일각의 주장처럼 여왕은 유교문화와 양반문화, 선비문화를 보러 왔던 것일까요? 당시 저는 그 역사적인 사건을 아전인수식으로 해석하여 정치적으로 포장하고 활용하던 분들의 모습이 애처

따뜻한 반란

로워 보였습니다.

하회마을에 도착한 여왕은 서애 류성룡 선생님의 집인 충효당(忠孝堂)에 잠시 들렀다가 돌섬 아래서 아낙네들이 김치를 담그는 모습을 구경하고, 농부가 소를 몰아 밭갈이하는 모습을 흥미 있게 보았습니다. 이것들은 서민들의 삶, 민중문화이지 유교문화, 양반문화와는 일정한 거리가 있습니다. 여왕은 이 나라의 민초들이 어떻게 살아왔는지를 보았던 것 같습니다.

이어 담연재(澹然齋)로 간 여왕은 별신굿탈놀이를 구경했습니다. 탈놀이는 사람 위에 사람이 있던 사회, 하층민들이 권력자와 가진 자, 지체 높은 자들 앞에서 감히 얼굴을 맞대고 눈을 똑바로 쳐다보고 말할 수 없었던 시절, 탈이라는 가면을 쓰고 그들의 애환을 카타르시스 하던 유일한 기회였습니다.

인간이면 누구나 공통적으로 지니고 있는 욕구와 치부를 그럴싸한 의관으로 위장한 양반과 선비 앞에 황소의 신체 일부(정낭)를 내흔들며 내뱉는 메시지는 "인마야, 니도 내하고 맹(역시) 똑같은 사람이래, 머 그꾸(그렇게) 잘난 체하노?"였습니다. 이것은 유교문화나 양반문화라기보다는 오히려 그것의 부정적 찌꺼기에 대한 반항문화, 즉 하층민들의 인간적 절규였던 민중문화였습니다.

이어서 여왕은 봉정사로 이동하는 길에 농산물도매시장에 들러 상인들이 농산물을 경매하는 모습을 지켜보았습니다. 그곳은 그야말로 유교나 양반하고는 아무런 관계도 없습니다. 하회에서 여왕이 보고자 했던 것이 "옛날에 이 나라 하층민들은 어떤 애환을 느끼며 살았는가?" 하는 것이었다면, 농산물도매시장에서는 "오늘날 이 땅의 서민들은 어떻게 살고 있는가?"를 보고자 했던 것 같습니다.

마지막으로 여왕은 봉정사를 방문했습니다. 봉정사야말로 유교나 양반하고는 더더욱 관계가 없습니다. 봉정사는 신라의 불교가 "나만의 해탈은 의미가 없다. 중생들이 고해에 빠져 있는데, 나 혼자 해탈하는 것이 무슨 의미가 있는가?"라는 자기반성으로 소승(小乘)에서 대승(大乘)으로 변환된 후인 672년 문무왕 시대에 세워진 명찰(名刹)입니다.

봉정사는 권력자와 가진 자, 지체 높은 자들의 불교가 아니라, 서민들의 불교, 즉 민중불교의 상징입니다. 그 불교는 이 나라 민중들이 삶의 고통에서 해방되어 자족하고 살아갈 수 있게 한 정신적 원동력이었습니다. 여왕이 봉정사를 찾았던 것은 한국 최고(最古)의 사찰을 통해서 한국 민중의 피 속에 흐르는 본질적인 원류가 무엇인가를 이해하고자 했던 것이지, 그 무슨 건축학이나 미학적 조예 때문만은 아니었을 것입니다.

결국 엘리자베스 여왕은 유교문화와 양반문화, 선비문화를 보기 위해 안동을 방문한 것이 아니었습니다. 한국 근현대사를 관류(貫流)해 온 이 나라 지도층의 정신적 원류를 형성했던 유교문화와 양반문화, 선비문화뿐만 아니라, 광범한 서민 대중들의 삶이 녹아 있는 민중문화를 더불어 이해하려 했던 것입니다.

만일 여왕이 오로지 유교문화와 양반문화를 보려 했더라면 차라리 서울의 성균관을 방문하는 것이 여러모로 더 편했을 것이고, 설령 안동을 방문하더라도 여타 정치인들이 그랬던 것처럼 도산서원이나 양반가의 종택을 둘러보고, 유림 대표들과 악수하고 점심 한 끼 하면서 기념촬영을 하는 것으로 일정을 잡았을 것입니다.

혹자는 반문할 것입니다. "궁중에서나 차릴 법한 거창한 생일상을 받지 않았느냐?"라고. 그렇습니다. 그것은 서민들이 받을 수 있는 것이 아니었습니다. 그래서 애당초 버킹엄(Buckingham) 궁에서는 한사코 "그런 거창한 생일상을 받을 수는 없다"라고 거부했습니다. 그런데 지역의 유지사회에서는 그것을 받지 않으면 알맹이가 빠지는 것이라고 우겨, 하는 수 없이 "그럼 같은 날 생일을 맞이하는 시민들을 불러 함께하자"라고 했던 것입니다.

여왕은 단지 관광을 위해 하회마을을 찾은 것이 아니었습니다. 짧은 방한 일정에 고작 두 시간 남짓한 시간을 머물기 위해, 승용차, 비행기, 또다시 승용차로 갈아타면서 몇 시간이나 걸려 왕복하는 복잡하고 피곤한 여정을 선택한 것은 나름대로 이유가 있어서였습니다. 서울의 빌딩숲에서는 한국의 참모습을 볼 수 없겠기에 그는 힘든 코스를 기꺼이 감수하고서라도 이 사회의 좀 더 깊은 내막을 파악하고자 했던 것입니다.

여왕은 하회마을과 봉정사를 통해서 한국 사회뿐 아니라 동양 사회의 정신적 가치와 문화유형, 그리고 민중들의 삶을 한꺼번에 이해했던 것 같습니다. 군국주의적 과거사를 가진 일본과 공산당 통치를 지속하고 있는 중국 사이에서 식민 통치와 전쟁의 상흔을 극복하고 민주주의와 시장경제를 성공적으로 발전시킨 한국 문화야말로 오늘날 동양 문화의 정신적 원류의 한 표본이라는 것을 여왕은 꿰뚫어 이해하고 있었던 것 같습니다.

여왕은 결코 허세를 부리고 싶어 하지 않았습니다. 여왕은 유지사회나 유교문화보다는 서민 대중의 삶이 녹아 있는 민중문화에 더 각별한 관심을 표명했습니다. 탈춤을 관람할 때 사물놀이패의 흥겨운 장단에 친히 발장단을 맞추던 파격적인 모습이 담긴 CNN 뉴스 화면은 지금도 우리 뇌리에 생생하게 남아 있습니다. 여왕은 권력자와 가진 자, 지체 높은 자들보다는 민중들의 삶과 애환을 이해하고자 했고, 그들을 격려하고 용기를 주고자 했습니다. 그 무슨 비즈니스나 소수 지배층과의 인간관계를 형성하는 데 관심을 두지 않았던 것입니다.

주지의 사실입니다만 영국은 입헌군주제 나라입니다. 여왕은 정치와 경제에 대한 아무런 책임도 없습니다. 여왕은 그저 품위를 유지하며 왕실을 잘 관리하기만 하면 됩니다. 그런 그가 국익을 위해 한국의 몇몇 정치인의 비위를 맞춰주기 위해 이끄는 대로 이끌릴 어떤 이유도 없습니다.

여왕은 겸손했습니다. 안동 방문을 마치고 상경한 다음 서울에서의 일정은 김대중 대통령과 함께 환영음악회에 참석하는 일이었습니다. 한국의 의전 팀이 세운 시나리오는 두 분을 음악회 무대 한가운데로 이끌어내 박수를 보내는 것이었습니다.

하지만 무대 중앙까지 걸어 나와 박수를 받고 물러난 김대중 대통령과는 달리, 여왕은 끝내 무대 중앙으로 나오지 않고 출입구 언저리에서 겸손한 자태로 손을 흔들어 감사인사를 표하고 물러났습니다. 예술무대를 정치로 오염시키지 않으려는 여왕의 사려가 돋보인 장면이었습니다.

그러면 하회마을과 농산물도매시장, 봉정사를 지나는 두 시간 동안 여왕이 우리 사회에 전하고자 했던 진정한 메시지는 무엇일까요? '한국 민주화의 상징이었던 김대중 씨가 대통령이 되어 이 나라가 민주화되었다고 하니 어디 정말 얼마만큼 이 사회가 인간화되었는지 한번 보자', 그래서 '아직도 이 땅에 인간에 의한 인간의 차별과 소외가 존재한다면, 가진 자들에 의한 못 가진 자들의 애환이 있다면, 이 기회에 우리 시민들이 그것의 모순성을 제대로 깨닫고 말끔히 씻어내어, 새로운 세기엔 그야말로 평등하고 인간화된 세상에서 모든 이들이 공평하게 삶의 행복을 찾자'라고 호소한 것이 아닐는지요?

이제 이 땅의 민중들은 더 행복해져야 합니다.

그러기 위해서는 사회 지도층 인사들이 높은 수준의 도덕적 의무감, 곧 노블레스 오블리주(noblesse oblige)를 발휘해야 합니다. 이(利)보다는 의(義)를 중시하는 명예로운 수준의 정치의식을 선보여야 하고, 사적 이익보다는 사회적 이익을 추구하는 합리주의에 바탕을 둔 건강한 시민성, 즉 진정한 선비정신을 발휘해야 합니다.

또한 민중들은 스스로 미래를 일구어야 합니다. 민중의 진정한 행복은 민중들이 스스로 각성하여 쟁취하는 것이지, 누군가의 호의에 기대어 시혜적으로 얻을 수 있는 것이 아님을 우리는 역사에서 배웠습니다. 사회의 소망스러운 미래는 꾹 참고 기다리기만 하면 저절로 맞이할 수 있는 것이 아니라, 사회 전체가 적극적으로 도전하고 개척하여 만들어가는 것이기 때문입니다.

이러한 노력이야말로 우리가 선조로부터 물려받은 소중한 유산인 유교문화와 민중문화를 더욱 발전시키는 일일 것이며, 장차 우리가 만들어가야 할 통일 한국 사회의 문화적 원형을 재창조하는 길이 될 것입니다. 그리고 이것은 우리가 역사와 선조들에게 진 빚을 갚는 일이기도 합니다.

따뜻한 반란

아리스토텔레스와 법정 스님

아리스토텔레스(Aristotle, B.C.384~B.C.322)의 이야기입니다.

그는 천차만별인 인간의 생활을 크게 세 가지 형태로 나누어 생각했습니다. 그 첫째는 향락적 생활이요, 둘째는 정치적 생활이고, 셋째는 관조적 생활이었습니다.

첫째로, 향락적 생활이란 감각적 만족을 얻는 쾌락을 선(善)으로 간주하여 추구하는 삶을 의미합니다. 사실 세속의 모든 삶은 어쩌면 바로 이 향락적 삶과 무관하지 않은 것 같습니다. 향락적이라고 하여 굳이 퇴폐적인 유흥업소 따위를 연상할 필요는 없습니다. 육체의 오감을 통해 얻는 즐거움과 만족을 추구하는 삶은 모두 향락적 삶입니다.

이에 대해 아리스토텔레스는 물질적 육체적 만족을 행복으로 간주하는 저속한 생활이라고 규정하고, 그러한 삶은 단지 동물적 행복감을 줄 따름이라고 비하했습니다.

둘째로, 정치적 생활이란 명예를 하나의 선으로 간주하여 추구하는 삶을 의미합니다. 이것은 인간이 국가 안에서 사회적 활동을 수행하는 경우를 말하며 각자가 맡은 직분과 책임을 완수함에 따라 부여받게 되는 사회적 명예를 추구하는 삶을 말합니다. 세속을 사는 우리는 그러한 삶을 일컬어 일견 매우 훌륭한 삶을 사는 것으로 생각할 수도 있습니다.

하지만 그러한 명예조차도 현실적 삶에서는 정말 순수하게 맡은 바 직분을 다하고 책임을 완수한 사람에게 공정하게 부여되는 경우는 그리 많지 않습니다. 오히려 어떤 이는 매우 존경받아 마땅한데도 세인의 관심을 받지 못하는가 하면, 또 어떤 이들은 지탄받아 마땅한 사람인데도 그럴싸하게 포장되고 위장되어 사회적으로 큰 명예를 한 몸에 지니고 살아가더라는 것입니다. 즉, 국가사회 속에는 명예의 불공정 배분이 허다하므로 아리스토텔레스는 명예를 선으로 간주하여 추구하는 정치적 생활 또한 저차원의 생활로 분류했습니다. 이러한 정치적 생활은 그것을 추구하는 인간들에게 단지 인간적 행복감을 줄 따름이라는 것입니다.

셋째로, 관조적 생활이란 진리탐구의 생활을 의미합니다. 이것은 향락적 삶을 통해 얻는 육체적 물질적 쾌락과는 비교할 수도 없고, 또 정치적 삶을 통해 얻게 되는 사회적 명예가 주는 인간적 행복과도 비교할 수 없는 인간 이상의 신적(神的) 생활이라고 평가했습니다.

아리스토텔레스는 진리를 추구하는 관조적 생활 속에서 비로소 인간적 행복을 초월한 신적 행복감을 얻게 된다고 높이 평가했습니다.

그러면 도대체 관조적 생활이란 어떤 것일까요?

몇 해 전 모 일간지에 소개된 법정(法頂) 스님의 말씀이 떠오릅니다. 동안거(冬安居)를 끝내고 하산한 스님을 어느 기자가 인터뷰한 기사입니다.

기자가 묻습니다.

"혼자 기거하시는 스님의 일과는 언제나 궁금합니다."

"새벽 네 시에 일어나서 저녁 열 시에 잡니다. 조반 전에 녹차를 마시며 참선하는 일이 제게는 아주 중요한 일과입니다. 가장 맑고 향기로운 자연의 은혜를 받아들이는 순간이죠. 오전에 글을 쓰고, 오후에는 장작을 패거나 눈을 치우기도 합니다. 눈 치우는 데도 기본노선이 있습니다. 물 긷는 곳으로 가는 길, 변소로 가는 길, 그리고 나뭇간으로 가는 길, 세 곳이죠. 결국 먹고 배설하고 불 때고, 이게 생활의 기본입니다."

여기까지라면 그다지 색다른 면을 느낄 수 없을 수도 있습니다. 스님들이라면 누구나 하는 지극히 일상적인 모습으로 알고 있기 때문입니다. 하지만 다음 구절은 제게 크게 인상적이었습니다. 기자가 다시 물었습니다.

"저녁에는 어떻게 시간을 보내십니까?"

제4부 여왕의 메시지

"촛불이나, 호롱불을 켜놓고 바깥소리를 듣습니다. 허공으로 기러기 날아가는 소리, 짐승들 지나가는 소리가 들립니다. 밤의 고요를 이숙하게 하는 소리들이죠. 도시에서는 알 수 없는 소리입니다. 물론 결국은 자신의 소리를 듣는 것이죠."

아, 역시 법정 스님다운 면모가 아닐 수 없습니다. 법정 스님이 그간 써낸 여러 글에서 우리는 그의 철저한 무소유의 삶을 익히 알고 있습니다. 그는 문명의 이기들을 참선을 방해하고 자기를 앗아가는 공해로 간주하여 산속에서는 그 어떤 것도 갖지 않는다고 했습니다. 전화기는 물론이요, 텔레비전, 냉장고, 라디오 등 일체의 가전제품을 이용하지 않는다고 했습니다.

그렇다면 밤 열 시에 잠자리에 든다는 스님이니 초저녁부터 촛불이나 호롱불을 켜놓고 밤 열 시까지 서너 시간 동안씩 바깥소리를 듣는다는 것입니다. 아홉 시 뉴스를 본다든지 가끔은 동료들과 전화로 안부를 묻기도 하는 것이 아니라, 매일 밤 열 시까지 촛불 앞에서 우두커니 앉아 바깥에서 들려오는 자연의 소리를 벗하며 즐긴다는 것입니다.

아리스토텔레스가 말하는 관조적 삶이란 바로 이런 삶을 말하는 것이 아닐까요? 인간의 소리가 아닌 자연의 소리를 벗하며 그것을 일상적으로 즐길 수 있다는 것은 이미 신적 생활, 신적 행복의 경지에 들어 있는 것이 아닐까요?

따뜻한 반란

그런 의미에서 볼 때, 아마도 이 세상에서 진정으로 행복한 사람은 로마에 계시는 교황님도 아니요, 조계종 총무원장님도 아니요, 백악관이나 청와대의 일시적 주인들은 더더욱 아니며, 깊은 밤 깊은 산속 오두막에서 촛불을 켜놓고 간간이 바깥에서 들려오는 자연의 소리를 들으며 즐거움을 느낄 수 있는 법정 스님 같은 분이 아닐는지요?

지은이

김명호 | 金明浩 | andong21c@hanmail.net

1960년 경북 안동 출생. 안동고등학교를 거쳐 건국대학교에서 정치학 박사 학위를 받고 1992년 봄 모스크바로 떠났다. 모스크바 국립대학교에서 객원교수로 일했고 정치학 최고박사 학위를 받은 후, 고향인 안동으로 돌아와 나라와 지역에 건실하고 유용한 도구가 되기를 다짐했다. 20년간의 학문생활과 12년간의 야인생활에서 얻은 깨달음과 경험으로 아이들이 행복할 수 있는 선진 문화사회를 이루는 데 뜻있는 사람들의 참여를 기대하고 있다.

1960년 경북 안동 출생 / 안동고 졸업

건국대학교 정치학박사(Ph. D.) / 러시아외무부 외교아카데미 박사후 과정 / 모스크바 국립대학교 정치학 독토르(Doctor)

한국정치학회, 한국국제정치학회, 한국동북아학회 정회원 / 부산대학교 민족문제연구소 연구위원 / 러시아외무부 외교아카데미 연구위원 / 러시아과학아카데미 동방학연구소 연구위원 / 모스크바 국립대학교 한국학국제학술센터 부소장 / 모스크바 국립대학교 객원교수 / 사단법인 한·러문화협회 연구기획이사 / 민주평화통일자문회의 자문위원

21세기시민문화연구소 소장 / 대구경북지방분권추진위원회 준비위원 / 대구경북발전포럼 이사 / 로얄오페라단 운영위원 / 포럼 '내일' 대표 / 제16대 국회의원선거 입후보(경북 안동) / 제4회 전국동시지방선거 안동시장 후보 / 제9대 경상북도의회 의원

논문 「소련의 인간적 사회주의 연구」, 「북한 체제 변화와 민족 재통합 전망」 등
단행본(편저 및 역서) 『러시아의 운명』, 『부하린: 인간, 학자 그리고 혁명가』, 『식민지 조선에서』, 『1945년 남한에서』, 『그리운 나의 아버지 스탈린』, 『러시아는 무엇을 꿈꾸는가?』, 『블라지미르 지리노프스키, 그는 누구인가?』, 『러시아를 알려면 지리노프스키를 보라』, 『스딸린체제의 한인 강제이주: 구소련국립문서보관소 극비문서』

김 명 호　에 세 이
따뜻한 반란

ⓒ 김명호, 2010

지은이 • 김명호
펴낸이 • 김종수
펴낸곳 • 도서출판 한울
편집책임 • 배은희

초판 1쇄 발행 • 2010년 2월 1일
초판 2쇄 발행 • 2011년 8월 1일

주소 • 413-756 파주시 교하읍 문발리 535-7 302 (본사)
121-801 서울시 마포구 공덕동 105-90 서울빌딩 1층(서울 사무소)
전화 • 영업 02-326-0095, 편집 031-955-0606, 02-336-6183
팩스 • 02-333-7543
홈페이지 • www.hanulbooks.co.kr
등록 • 1980년 3월 13일, 제406-2003-051호

Printed in Korea.
ISBN 978-89-460-4476-0 03810

* 가격은 겉표지에 있습니다.